MÜLLER UND DIE SCHÜTZENMATTE

Raphael Zehnder wurde 1963 in Baden AG (Schweiz) geboren, lebte achtzehn Jahre im Aargau, sechsundzwanzig Jahre in der Stadt Zürich und wohnt mit seiner Familie seit 2008 in Basel. Er verdiente sein Geld als Schallplattenverkäufer, Nachtwächter und Musikjournalist, studierte Französisch und Latein und promovierte in französischer Sprach- und Literaturwissenschaft. Er arbeitet als Redaktor beim Schweizer Radio und Fernsehen SRF, ist Miterfinder der Zürcher Kriminalnacht im Theater Rigiblick in Zürich und Autor von acht Kriminalromanen um den Polizeimann Müller Benedikt. Bei Emons ebenfalls erschienen: der Fotoband «Zürich in den 1970er Jahren».

Folgen Sie @MllerBenedikt1 auf Twitter. Und @BucherManfred äussert sich dort auch.

Alles in diesem Buch ist ganz und gar erfunden. Keine Person oder Institution, deren Name in diesem Text dem Namen einer realen juristischen oder natürlichen Person ähnelt oder entspricht, hat mit dieser auch nur das Geringste gemein. Insbesondere entspricht der hier beschriebene fiktive Sportclub Basel nicht dem FC Basel 1893. Dass der Autor den Sportclub Basel im Stadion Schützenmatte angesiedelt hat, bedeutet keinesfalls einen unfreundlichen Akt gegenüber dem BSC Old Boys Basel, dessen Heimstätte die Schützenmatte in der Realität ist.

RAPHAEL ZEHNDER

MÜLLER UND DIE SCHÜTZENMATTE

MÜLLER ACHT

Kriminalroman

emons:

Bibliografische Information der Deutschen Nationalbibliothek
Die Deutsche Nationalbibliothek verzeichnet diese Publikation in der Deutschen Nationalbibliografie; detaillierte bibliografische Daten sind im Internet über http://dnb.d-nb.de abrufbar.

MIX
Papier aus verantwortungsvollen Quellen
FSC® C083411

Umschlagmotiv: shutterstock.com/Fotosr52
Umschlaggestaltung: Nina Schäfer, nach einem Konzept von Leonardo Magrelli und Nina Schäfer
Umsetzung: Tobias Doetsch
Gestaltung Innenteil: DÜDE Satz und Grafik, Odenthal
Lektorat: Irène Kost, Biel/Bienne, Schweiz
Druck und Bindung: CPI – Clausen & Bosse, Leck
Printed in Germany 2021
ISBN 978-3-7408-1156-3
Originalausgabe

Für Annette, Julius und Vinzenz:
«We Are Family» (Sister Sledge)

Zum Schluss bleibt die Polizei immer Sieger,
wussten Sie das nicht?
Spirou + Fantasio: «Aktion Nashorn»

Ich? Wir!
Muhammad Ali

Nimm den goldenen Ring von mir,
dam-dam, dam-dam
Bist du traurig, dann sagt er dir,
dam-dam, dam-dam
Drafi Deutscher

Lorem ipsum dolor sit amet, considitur sadipiscing elitur, sed diam nonnumquam eiusmodi temporibus invidunt … Ignoscite mihi, quaeso, ea facete dicta mea. Dici quod risum subrisumque quasi semper in mente habeo. Libenter adiungam quod Jeremias scripsit: «State super vias et videte et interrogate de viis antiquis quae sit bona et ambulate in ea et invenietis refrigerium animabus vestris.»

Dramatis personae sunt:
Müller Benedikt (50), Kriminalkommissär, Basel-Stadt, privat: 4054 Basel

Ut ille legis causam defendunt:
Blaser Xerxes (23), Aspirant, Kantonspolizei Basel-Stadt
Cattaneo Roland (40), Kriminaltechniker, Kantonspolizei Basel-Stadt
Dominguez Freddie (27), Detektiv, Kriminalkommissariat Basel-Stadt, privat: 4123 Allschwil
Gormann Markus (40), Detektivkorporal, Kriminalkommissariat Basel-Stadt
Krähenmann Thomas (46), Leitender Staatsanwalt, Basel-Stadt, privat: 4102 Binningen
Metzger Adrian (37), Wachtmeister mbA, Kantonspolizei Basel-Stadt
Sermeter Gülay (36), Detektivwachtmeisterin, Kriminalkommissariat Basel-Stadt, privat: 4057 Basel
Stickelberger Daniel (46), Dr. iur., Erster Staatsanwalt, Basel-Stadt, privat: 4411 Seltisberg
Wäckerlin Romina (34), Detektivin, Kriminalkommissariat Basel-Stadt, privat: 4402 Frenkendorf
Werner Gloria (24), Aspirantin, Kantonspolizei Basel-Stadt

Audiatur et altera pars:
Andersen Torben (49), Trainer des Sportclubs Basel, Super League, 4051 Basel
Augsburger Robert «Robi» (42), Dr. iur. et oec., Vorsteher des

Justiz- und Sicherheitsdepartements des Kantons Basel-Stadt, privat: 40■ Basel

Baumann Holger (42), Assistenztrainer SC Basel, D-79540 Lörrach-Stetten

Bürgin Ruedi (53), Unternehmer, Vizepräsident des SC Basel, privat: 4148 Pfeffingen

Dupovac Vlado (36), Assistenztrainer SC Basel, 4053 Basel

Gassmann Marky (43), Freiberufler, 4053 Basel

Gattiker Hugo J. (53), Unternehmer, Postfach, 6301 Zug, privat: 6403 Küssnacht SZ

Henggeler Benno (45), Dr. iur., Rechtsanwalt, privat: Postfach, 6301 Zug

Jornod Samuel (47), lic. iur., Präsident des SC Basel, Unternehmer, privat: 4103 Bottmingen

Jüngling Paulina (38), Consultant, 4052 Basel

Meierhofer Alwin (45), Schreinermeister, 4142 Münchenstein

Müller Doris (46), Schwester von Müller, Gesundheitsfachfrau, 4054 Basel

Oberholzer Marcel (33), Marketing Import/Export, 4053 Basel

Putzi Désirée (42), lic. iur., Rechtsanwältin, Stingelin Voegelin Law, 4052 Basel

Rossi Francesca (34), Sachbearbeiterin, 4053 Basel

Sermeter Céline (11) und Murat (12), Kinder von Sermeter Gülay, 4057 Basel

Wagner Noah (12) und Maurice (13), Kinder von Müller Doris, 4054 Basel

Walder Urs (38), PD Dr. phil., Deutsches Seminar der Universität Basel, 4051 Basel

Woods Sheila (44), M. Sc., digitale Nomadin, Wohnort unbekannt

Et aliorum manus.

EINS

Ärger.

«Das war jetzt aber wirklich gar nichts ... gestern Nachmittag», seufzt Freddie Dominguez an diesem Montagmorgen, 7. Dezember, bei Arbeitsantritt im Waaghof. Sitzungszimmer S 207. Er tritt zu Müller und Gormann, fast grusslos, und lässt seinen Frust galoppieren.

«Wissen die nicht, wo das Tor steht, oder? Angsthasenfussball! Kein Pass kommt an, von der Offsideregel haben die keine Ahnung, im Mittelfeld stehen sie einander auf den Füssen rum ... und die Aufstellung: Welcher Trainer ... ich frage euch: Welcher Trainer stellt bei einem Heimspiel gegen einen Mittelfeldclub bloss *einen einzigen* Stürmer auf? Hä? Die wollen vorne mitspielen? Einen Europa-League-Platz erreichen? Und dann dieser Südamerikaner! Der trifft keinen Ball, keinen! Kein Wunder, dass ...»

Eine Tirade ist es, die Freddie Dominguez loslässt. Freddie, getauft auf Alfred Mauchle, der seit der Heirat mit Rosa aus 4123 Allschwil Dominguez heisst, ist genetisch ein überzeugter Zürcher. Doch allmählich scheint Polizeidetektiv Dominguez zum Superbasler zu werden. Vielleicht, um seinen Dialekt – Schlieren, ich sage nur: 8952 Schlieren – zu kompensieren. Und das -ie in Freddie hat er sich von Schwarzenegger Arnie abgeschaut.

Im Stadion war die Leistung des SC Basel gestern tatsächlich suboptimal. 0:1 verloren ... gegen dieses Lugano, das bisher eine Grottensaison spielt. Während der Stadtrivale FC Basel 1893, quasi der grosse Bruder, souverän 4:0 gespielt hat gegen einen Gegner, dessen Namen ich nicht nenne, um dessen Anhängern nicht Pulver in die Wunde zu streuen.

Der SC also hyperunterirdisch. Egal. Bei einem Ausbruch wie dem eben von Freddie Dominguez denkst du dir nichts weiter, als Arbeitskollege, als Kriminalkommissär Müller, als Chef.

Weil das Allerbeste am Fussball ist, dass jeder es besser weiss und könnte als die zweiundzwanzig schlappen Nüsse unten auf dem Rasen und die sechs oder neuerdings zehn Möchtegerne, die erst später eingewechselt werden können, weil ihre Puste für ein ganzes Spiel nicht reicht. Weicheier. Motorisch beschränkt sind sie ohnehin, hüftsteif und pomadig und solche Wörter. Klar, wer ausser für den Sport bloss für Tätowierungen, Frisuren, SUVs, Spielkonsolen, Wellnesszonen und Blondinen brennt, kann ja nichts auf die Reihe kriegen, sagt Freddie Dominguez, selbst ein heftig kräftiger Fitnessstudiostammgast.

«Einfach asymptotisch», ereifert sich Freddie Dominguez.

«Aber voll», stimmt ihm Romina Wäckerlin zu, die beim Eintreten den Schluss von Freddies Suada gehört und sich an den Tisch im Sitzungszimmer gesetzt hat. «In der 88. Minute so eine faule Kiste kassieren. Bei einem Heimspiel!»

Kurzer Einschub, mit Verlaub: Fussball kann im Stadion unter Umständen durchaus viel Spass machen und auf dem Kunstrasen der Schützenmatte beim Selberkicken mit den beiden Neffen – der Müller gelegentlich mit Noah (12) und Maurice (13) – erst recht. Gäbe es nicht all die Männer, die den Fussball und sich so ernst nehmen und ansonsten ein eher inhaltloses Leben haben, dass ihnen dieser Sport zur Religion wird und zum Vorwand, Unbeteiligte anzugreifen oder sich, bis zur Unempfindlichkeit mit Schmerzmitteln vollgepumpt, mit Gesinnungsgenossen anderer Vereinsfarben zu klopfen. Dienstlich haben wir bis zum Abwinken mit dieser Klientel zu tun. Unsere Familien sehen uns am Wochenende selten, weil – eben – Heimspiele, Auswärtsspiele, Durchsetzung von Sondermassnahmen, aber auch Kulturanlässe und Demonstrationen plus die übliche Kriminalität. Summa summarum: das Einerseits-Andererseits von Sinn, Schwachsinn, Unsinn und Wahnsinn. Und als Krone des Ganzen eben noch der Fussball.

Auch diese Stadt lebt nach der müllerschen Drei-i-Regel: «Irgendwas ist immer.»

Freddie drosselt den Motor nicht. «Saumässig!», fügt er bei, «für so einen Grottenkick friert man sich den Ranzen ab. Zum

Glück ist jetzt Winterpause.» Dann Vollbremsung, geistige, er setzt sich an den Tisch in S 207, weil Kriminalkommissär Müller Benedikt schon so schaut. Wie schaut? Erwartungsvoll in die Runde. Runde ist es, weil sich ausser dem Chef selbst, Romina Wäckerlin, Freddie und Markus Gormann unterdessen Gülay Sermeter, Aspirantin Werner und Aspirant Blaser ebenfalls auf den Stahlrohrstühlen niedergelassen haben.

«Guten Morgen miteinander», beginnt der Müller, «dass nicht alle von euch ein ruhiges Wochenende hatten, weiss ich …», er blickt zu Wäckerlin und Gormann, die am Sonntagmorgen mit einer Messerstecherei im Bahnhof SBB beschäftigt waren, «… nun zu den Aufgaben, die heute anstehen.»

Wenn du nichts Kapitales, Grosses, Letales hast als Polizist = Mensch, bearbeitest du die Pendenzen weiter oder das, was gerade anfällt. Der Mensch ist nämlich nicht gescheiter als die Marienkäfer, die sinnlos miteinander wetteifern, wer die meisten Punkte hat. Auf den Homo sapiens angewendet, bedeutet dieses Axiom heute, wenn wir uns auf Grossbasel-West beschränken und eine Auswahl treffen: eine Tätlichkeit an einem Rotlicht Ecke Schützenmattstrasse/Steinenring. Zwei Automobilisten – beide sahen Grün, behaupten sie – gingen physisch aufeinander los. Art. 123 StGB (einfache Körperverletzung) oder Art. 126 (Tätlichkeit)? Sie haben sich geklopft wie Trickfilmfiguren. Festgehalten und Identität abgeklärt durch die Sicherheitspolizei, vor Ort befragt durch Detektivwachtmeisterin Gülay Sermeter und Detektiv Freddie Dominguez. Protokoll des Vorfalls von beiden Beteiligten und sogar einem Zeugen unterschrieben.

Unweit davon, im Bachlettenquartier – Ecke Oberwilerstrasse/Schweizergasse – hat in der Nacht mutmasslich ein Wildschwein mehrere Fahrzeuge beschädigt. Ein Anwohner hat das Eindringen der Wildnis in die Ordnung der Zivilisation beobachtet und verschwommen fotografiert. Befragung und Schadenaufnahme durch Detektivin Romina Wäckerlin, die Sie sich, falls Sie sie noch nie getroffen haben, vorstellen können wie eine athletischere und jüngere Ausgabe einer nicht gewählten französischen Präsidentschaftskandidatin, deren Gesinnung sich nicht mit der vom Müller deckt. Mit auf Wildschweinfahndung: Markus Gormann, Detektivkorporal mit Herkunftsort Schaffhausen, an seiner griechischen Nase erkennbar und intern bekannt dafür, dass er allein vierhändig Klavier spielen kann.

Gleich anschliessend müssen die Kollegin und der Kollege weiter, im Langen Loh die Sicherheitspolizei bei einer Reihe von Einbrüchen unterstützen. Die niedrigen Häuserreihen dort sind beidseits der schnurgeraden Strasse so hübsch aufgereiht und werktags tagsüber so beschaulich und verlassen, dass eine handwerklich begabte, tatkräftige und ortskundige Equipe gleich serienmässig abräumen kann. Leider triffst du meist erst hinterher ein. Du kannst die Anwohnerinnen und Anwohner beruhigen und leider etwas frustrieren, weil die Aufklärungsquote von Einbrüchen … die Aufklärungsqu… die willst du in der Kriminalstatistik nicht nachschlagen, weil sie dich persönlich kränkt.

Zwischendurch Handreichung zugunsten der Abteilung Cybercrime und Wirtschaftsdelikte: Sicherstellung sämtlicher elektronischer Speichermedien einer Finanzberatungsfirma an der Schützenmattstrasse. Plus: Vom Neuweilerplatz in 4054 meldet die Leiterin der Filiale eines grossen Lebensmittelhändlers Taschendiebstahlaktivität, was intensivere Präventions- und Observationstätigkeit erfordert. Dazu sind Aspirantin Gloria Werner und Aspirant Xerxes Blaser abkommandiert, in Zivil, wie es dem Zweck des Auftrags entspricht. Als Kollateralbenefiz fangen sie sogar einen herrenlosen Hund ein, einen niedlichen Labrador namens Topsy, mit schwarz glänzendem Fell und treuen Augen. Er leckt Gloria die Hand ab, war entlaufen und kann der überglücklichen Besitzerin in den Ziegelhöfen zurückgegeben werden. So kommen Gloria und Xerxes sogar zu einem Kaffee, offeriert von dieser erfreuten Einwohnerin des Neubad-Quartiers.

Ja, solches machen wir auch: Wir helfen.

Und Rolf Vetter? Der Dicke mit der Glatze und Lebensweisheiten wie «Lieber dick als tätowiert» oder «Lieber dick als vorbestraft» oder «Lieber dick als ein Zürcher»? Was ist mit ihm, werden Sie fragen, wenn Sie die zwei bisherigen Müllerbaselbücher gelesen haben, das vom ermordeten 19-jährigen Nationalratssohn Paul Flückiger und das vom Rabattwahnsinn nebst Philosophentragödie in der Freien Strasse. Vetter? Ja, der Kollege hat sich frühpensionieren lassen. Ermittlungstechnisch fehlt er, klar. Mit einem Mann weniger dieselbe Arbeit zu erledigen, das bringt das Müllerteam gelegentlich ans Limit. Zwei Gründe, laut Dr. iur. Daniel Stickelberger, dem Ersten Staatsanwalt, führen dazu, dass Vetter «vorerst» (sagt Stickelberger, der Chef des Chefs von Müller) nicht ersetzt wird: a) Polizeibudget im Grossen Rat unter Druck; b) sinkende Fallzahlen, rückläufige Zahlen in der Kriminalstatistik. Kannst du gut und gerne mit Grenznähe und Kriminaltourismus und kurzen Fluchtwegen und dann bye-bye argumentieren. Davon verstehen die Parlamentarierinnen und Parlamentarier, «die ... Mehrheit von ihnen» (Stickelberger), so viel wie von Imkerei oder Entyomologie oder wie das mit den Insekten heisst. Detektivkorporal i. R. Rolf Vetter dürfte nun in seinem Quartier – 4058 Hirzbrunnen – seinem Parteikollegen ohne disziplinarisch unangebrachte Gegenleistung beim Pneuwechseln oder Kettenmontieren helfen, statt ihm irgendeinen Gefallen abzuverlangen, der in die Polizeiarbeit hineinfunkt. Im Waaghof schwebt als Rolf Vetters Vermächtnis noch immer ein Flachwitz: «Was ist das Gegenteil von ‹Erdteil›?» – «Inkontinent.»

...

Ja, Vetter hat's gut, der ist vorzeitig in Rente gegangen.

Wobei, denkt der Müller, wenn du am Tropf der 3. Säule hängst, nur eine reduzierte Rente ausbezahlt bekommst, deine Ersparnisse verzehrst und auf die AHV wartest, bist du raus aus der Arbeitswelt. Was machst du dann, wenn du mitten in der Nacht aufwachst und dich der Schlaf nicht mehr findet? Was tust du tagein, tagaus überhaupt, wenn du den Polizeiausweis abgegeben hast? Kannst du etwas anderes sein als ein Ex-Bulle, der nicht aus seiner Haut kann: beobachten, schauen, abschätzen, eingreifen? Was für ein Leben ist ein Leben ohne Funktion? Etwas ins Sinnieren gerät der Müller wegen seiner eigenen Work-Work-Balance und rutscht unruhig in seiner Psyche umher. Weil Müller = Polizei = Arbeit, Arbeit, Arbeit und §, § und nochmals § und StGB und StPO und zwischendurch, immerhin, in halb erschöpftem Zustand eine Prise Privatleben.

Das alte Polizistenproblem. Fortuna dreht an ihrem Rad, mal dreht sie's hoch, mal hinunter, bald schneller, bald rückwärts, bald unrund. Für dich und dein Leben bedeutet das: Du wirst a) arbeitssüchtig, b) alkoholsüchtig, c) zynisch, d) depressiv oder e) ein bisschen ein Grübler.

Auf den Müller treffen a) und e) zu. Kann ich Ihnen versichern, ich kenne ihn einige Jahre.

«Um zu ertragen, was anderen zustösst, sind wir allemal stark genug.» (La Rochefoucauld).

Diese Minute, während der Müller Benedikt in seinem Einzelbüro im dritten Stock des Waaghofs nur dasitzt, ist führungstechnisch zwiespältig: Einerseits sollst du als Kriminalkommissär, also Chef, als Mensch erscheinen, authentisch, mit äh Gefühlen und offenem Ohr; andererseits immer, jawoll, Führungsstärke zeigen, der Boss sein und alles im Griff haben. Ähm ja, «alles im Griff» kannst du sowieso voll vergessen, weil schau einmal zum Fenster hinaus und hör die Nachrichten an. Dann weisst du, was es geschlagen hat: rund um die Uhr Arbeit für die Polizei.

Zum Beispiel das:

Hinter dem Kunstmuseum liegt der Picassoplatz. Dessen Namen kennt niemand, weil niemand je jemanden besuchen könnte, der dort wohnt. Weil dort keiner wohnt, der sagen könnte «gleich am Picassoplatz». Einzig Bürohäuser und Bürohäuser. Okay, ein Pub steht dort auch, aber eben vor allem Bürogebäude, eines neben dem anderen, und ein ästhetisches … nun … Urteil darüber will ich nicht brechen. Schwamm drüber, einatmen, sooo, stellen wir uns einfach vor, auch in dieser Gegend wäre es marvellous, malenswert oder zumindest lebendig und inspiriert durch das Gefühl, das der japanische Zauberer

Itoh Kata, Shotaro Ishinomori zitierend, in Band 20 der Reihe «Spirou + Fantasio» («Zauberei in der Abtei») beschreibt: «Wenn du auf deinem Wege stets Lachen und Freude verbreitet hast, so hast du richtig gelebt.» Imagine, es wäre wirklich so.

Aber … hier setzen verzerrte elektrische Gitarren ein, du denkst, Godzilla schleicht sich an und bespritzt dich, sein «taedium vitae» ausspeiend, mit gallig ätzender Magensäure … in der Realität steht vor einer Geschäftsliegenschaft, die unter anderem die Räumlichkeiten der Immobilienverwaltungsgesellschaft █████ AG beherbergt, ein Mann Mitte vierzig und ruft etwas. Er deklamiert und gestikuliert wie der Vogel Gryff, wenn ihm Ameisen den Buckel hinunterkrabbeln. Auf Zürichdeutsch motzt und mosert er drauflos, nennt die Immobilienwirtschafter und -innen «verlogeni Sieche, wo no nie gschaffet händ», «fuuli Tuble» und «gäldgierigi Parasite». Er erinnert den Müller an etwas … nicht an die weltweit einzigartigste Stadt mit zwölf Stadtkreisen am Fuss des Uetlibergs, sondern an die Praxis von Andreas Borowski, seinem Psychotherapeuten beim Rigiplatz in Zurigo, den er nach jener Geschichte, der unglücklichen, mit der Schusswaffe, dem «Vorfall», wie er ihn bei sich nennt, regelmässig aufgesucht hat, um das Erlebnis zu verarbei… dort! Ja, dort, im Hauseingang von Borowski hat er den Mann gekreuzt, der beim Picassoplatz die Wolken vom Himmel herunterkratzt. Der kam bestimmt von Borowski. Ein armer Teufel wie … ich … damals, denkt der Müller.

Avisiert hat die Polizei ein Mitarbeiter der genannten Immobilienverwaltungsfirma, die einer Pensionskasse gehört, die zur Deckung der Verwaltungskosten und zur Anlage des Vorsorgekapitals der Versicherten Häuser aufkauft, dann die Bewohner rauswirft, die Liegenschaften renoviert und die Wohnungszinsen gegenüber vorher um den Faktor x erhöht und neu vermietet. Die bisherigen Mieter dürften wieder einziehen, keine Frage, sie kriegen von der █████ AG ein Angebot. Das aber gopfertori nicht zum Haushaltsbudget passt, also kommen doppelverdienende Expats rein, denen das egal ist, weil sie in den Konzernhäuserklötzen genug verdienen.

Tendenziöse Aussagen das alles? Antihausbesitzerpolemik? Klassenkampf? Vollsozialistischer Kommunismus gar? Hä?

Wir fassen lediglich sinngemäss zusammen, was der Mann vor dem Bürohaus beim Picassoplatz ruft und schreit. Der erwähnte Mitarbeiter der Firma hat deswegen die Polizei gerufen und den gerade vom Neuweilerplatz und dem Labradorhund Topsy zurückgekehrten Aspiranten Xerxes Blaser am Apparat gehabt. Als der Müller davon hört, fährt er selbst mit Blaser hin, um aus dem Büro rauszukommen. Die Luft im Waaghof, ehrlich, im Sommer heiss und stickig, im Winter staubtrocken oder zugig, je nach aktueller Störung des Heizungssystems.

Nicht mal so absurd, findet der Müller, als er dem Mann zwei, drei Minuten zugehört hat, wie er salbadert, wenn auch störend für die Autos, die hier durchfahren, um sich am Aeschenplatz zu verknoten.

Musst du ihn mitnehmen oder zumindest zur Ruhe ermahnen und von diesem Ort entfernen. Minimalprozedere: Du führst eine Personenkontrolle durch: Haag Oswin (46). Seltener Vorname, aber nicht vorbestraft. Überprüfst du mittels Anruf in der Zentrale. Wohnt an der Wettsteinallee, fast schon beim Landhof hinten. Keinerlei Vorgänge registriert. Gibt an, als kaufmännischer Mitarbeiter eines mittelständischen Unternehmens zu arbeiten. Überprüfst du, indem du dort anrufst, dich bloss als «Müller» meldest, nach ihm fragst und die Auskunft erhältst, dass Herr Haag erst tags darauf, sehr wahrscheinlich, wieder im Büro erscheinen werde, worum es denn gehe?

Haag ist ausser sich, erzählt dem Müller davon, dass früher in der Schweiz gearbeitet worden sei, *gearbeitet*, ja: **gearbeitet**, exakt und zuverlässig, aber dass heute Leute wie die von dieser «█████ssverwaltung» nur noch ich weiss nicht was sie täten, jedenfalls nie zurückrufen und nur mit drei Tagen Verzögerung auf Mitteilungen reagieren, die er ihnen über «diese App» (voller Ekel ausgesprochen) habe zukommen lassen, etwa, dass die Zentralheizung wieder einen Schwächeanfall erlitten hat. Du frierst dir den hmhmhm ab, bis die endlich den Monteur bestellen. Vor lauter Nägelfeilen und Autoschlüsselpolieren …

keine Zeit zum Arbeiten, die faulen ... diese ... ernst nehmen? Vergiss es. Im Haus ... eine Sauerei wegen der Mieter, die in den letzten zwei, drei Jahren eingezogen sind.

Der hat eine Energie drauf, dieser Haag, könnte glatt in die Kommunikation wechseln.

Wem vermieten die diese Wohnungen? Idioten, die kein Licht löschen können, in der Waschmaschine, «das glauben Sie nicht», Speisereste hinterlassen, vermutlich ein beschmutztes Tischtuch einfach reingeschmissen, ohne es zuvor im Lavabo auszuspülen, den Waschplan nicht kapieren, weil voll und ganz strunz. Und Getränkedosen und Kaugummipapierchen, ja Kaugummis, schwarze Klebemasse selbst im Hauseingang, auf dem Trottoir vor dem Haus. Aus dem Abfallsack rinnt eine braune Sauce, die stinkt. Oswin Haag bezweifelt, dass es Kaffee war. Der Verursacher, dieser Schweineigel, putzt seinen verdammten Dreck nicht weg. Gab's alles vorher nicht.

Was kommt jetzt noch als Gegenwartsdiagnose?

Keiner wechselt heutzutage im Lift die kaputte Glühbirne. Ausser er, Oswin Haag. Die vom zweiten Stock grölen morgens 00:40 Uhr lauthals und kakofonisch Lieder, eine Männer-WG in einem Haus mit Familien! Und wenn er hinuntergeht, um zu reklamieren, muss er dreimal klingeln, weil die so zugedröhnt und besoffen sind, die vier Mieter, dass sie das Schellen durch den Cannabisqualm und die Promille hindurch nicht kapieren. Als einer doch endlich die Tür öffnet, faselt der, er sei «da nicht involviert», während die anderen im Nebenraum weiter jeglicher Harmonielehre beide Ohren abgrölen. Glaubst du ja selbst nicht. Hast im Zimmer nebenan geschlafen, während die Hippopotamusse Lieder und Bierdosen und Bongs massakrieren? Warum bist du denn angezogen? Genau solchen Leuten vermietet die Verwaltung die Wohnungen. Vielleicht, weil sie die anderen Mieter vergraulen wollen, bis diese kündigen? Dann renovieren, Miete rauf, voilà. Die ... faulen Kerlinnen der Verwaltung: tun nichts, hueresiech, kassieren nur und sind frech.

O-Ton mitten aus der Bevölkerung. Den erzählt Oswin Haag

am Picassoplatz dem Kriminalkommissär und dem Aspiranten Xerxes Blaser. Die Schilderung hat Tempo. Sie brauchen nicht zu befürchten, hier würden per Arbeitszeitvernichtung fruchtlos Steuergelder verbrannt. Denn a) deeskalieren Müller und Blaser, b) dauert die Erzählung 10 Minuten max., c) ist diese Taktik erfolgreich, denn der Klient beruhigt sich und gibt an, sich nun ins Café des Kunstmuseums begeben zu wollen, «um eine Latte zu trinken, wie die Leute das heute tun», und d) verplempert der Müller das Geld des Steuerzahlers nicht mit kumpelhaftem Wir-beide-bei-Borowski-erinnerst-du-dich-auch?, sondern verschweigt das absichtlich, weil Arztgeheimnis, Persönlichkeitsschutz → und deshalb → geradeaus zum Ziel, und e) ich sagte es bereits: Inhaltlich hat die Schilderung von Herrn Haag Hand und Bein, da könntest du einen Wahlflyer draus machen, falls du ein Politiker bist, dem die Menschen mehr am Herzen liegen als die Verwaltungsratsmandate und -entschädigungen und sonstigen Prinzipal- und Kollateralbenefize, die du als parlamentarischer Lobbyist einstreichen kannst.

Haag also davon → Café Kunstmuseum. Müller und Blaser → nächster Job.

Wir sagten es: Irgendwas ist immer. Anders gesagt: analysieren – strukturieren – abstrahieren – disponieren.

***

Kälte.

Wird es dunkel, wird es Nacht, wird es in manchen Seelen und Gemütern erst recht finster. Nachts packt sie das Elend, würgt die Finsternis die verlorenen Existenzen, beuteln manche die unerfüllten Träume. Verschwundene oder «never» (Metallica; Shakespeare: «Richard II», Akt 1, 2. Szene, Vers 40) auch nur halbwegs mögliche Möglichkeiten drängen nach oben, und die brutale Einsamkeit schwillt auf.

20:26 Uhr: Anruf einer Anwohnerin → Eine Streife fährt ins Kleinbasel, Offenburgerstrasse: «in einem Hauseingang ein halb nackter Mann, ich habe ihm ein Handtuch gegeben». So treffen ihn die Polizisten Novak und Petracca an. Der Mann sitzt am Boden, einigermassen windgeschützt, kalt ist es trotzdem.

«Guten Abend. Wie heissen Sie?», fragt Novak.

Keine Antwort.

«Wohnen Sie hier?», versucht er's erneut.

Keine Antwort. Der Mann stiert sie nur an, rote Augen in tiefen Höhlen, das Handtuch einigermassen um den Körper geschlungen. Gegen vierzig, vielleicht auch jünger, aber von Promillen und Substanzen gezeichnet. Er schlottert.

Nochmals: «Wohnen Sie hier?»

Eine Kopfbewegung. War das ein Nicken?

Nochmals: «Wie heissen Sie?»

Der Mann greift mit der rechten Hand in seine Haare, halblang, vor nicht allzu langer Zeit geschnitten, und murmelt etwas.

«Ich verstehe Sie nicht», sagt Novak und wiederholt: «Wie ist Ihr Name?»

Die Antwort könnte Bracher, Becker, Bucher, Bacher, Pichler lauten, jedenfalls ein labialer Plosivlaut wie /b/ oder /p/ und ein gutturaler Frikativ wie – eben /ch/, was sich in phonetischer Schrift auch /x/ notieren lässt. Petracca vergleicht das Gehörte mit den Namen auf den acht, zwölf, sechzehn Klingelschildern. «Becher», liest er, greift zum Handy und ruft die Zentrale an: «Basilea 23 hier, Sven, hallo. Eine Personenüberprüfung: Becher ist der Name … Ja, Becher … Wir haben ihn halb nackt im Hauseingang Offenburgerstrasse ■ angetroffen … Ja, ich warte …»

«Wo haben Sie Ihren Schlüssel?», fragt Novak – und nach einer Weile Nullreaktion: *«Don't you have a key? Do you understand me?»*

Petracca hört unterdessen im Handy, dass strafrechtlich gegen den Mann nichts vorliegt, er aber schon wegen Trunkenheit in der Öffentlichkeit aufgefallen ist und zweimal eine Patrouille wegen Ruhestörung an diese Adresse ausrücken musste. «Danke», sagt Petracca zur Zentrale, «wir gehen jetzt ins Haus, um zu sehen, wie dort die Lage ist.»

Sie helfen dem Mann auf, dessen Vorname laut Zentrale Max

ist. Petracca stützt ihn. Novak folgt ihnen. Alle drei langsam die Treppe in den ersten Stock hoch. Die mit «Becher» beschriftete Wohnungstür steht einen Spalt offen. Drin brennt Licht, Zigarettenrauch hängt im Treppenhaus, und drin brabbelt und jingelt halblaut ein Fernseher.

«Ist jemand in der Wohnung?», fragt Novak den Mann.

Keine Reaktion.

Novak klopft an die angelehnte Tür und assistiert Max Becher über die Schwelle. Im Eingangsbereich der Boden übersät mit Kleidungsstücken, Papierfetzen, Zigarettenstummeln und Asche. Petracca betritt die Wohnung ebenfalls und sieht sich um: Garderobe mit Jacken, nicht die billigste Ware, sauber aufgehängt, ein Familienfoto (älteres Paar in Schwarz-Weiss, gerahmt), links in der Küche am Kühlschrank Marienkäfermagnete mit Zetteln drunter, auf dem Spülbrett Lebensmittelverpackungen, teils aufgerissen und leer, im Spültrog schmutzige Teller, Besteck, drei, vier ausgetrunkene Flaschen, Bier, Wodka. Der Vorhang am Küchenfenster auf einer Seite aus der Aufhängung gerissen. Blick zurück in den Korridor: auf dem Boden Schuhe, ein Zigarettenstummel, Blätter einer Gratiszeitung, ein T-Shirt, ein Pullover. Kleines Badezimmer mit Dusche und WC, in der Kloschüssel ebenfalls Zigarettenasche und -kippen. Kein alter Siff, keine Kakerlakenlegionen unter den Gegenständen, die Novak mit dem Fuss wegschiebt. Sieht aus nach «Normalbetrieb trifft Quartalsabsturz». Rechts wohl das Wohnzimmer. Von hier schwafelt und dudelt der Fernseher: Gelächter, Stimmen, jemand ruft «Richtig!», Applaus, eine Show, und der Geruch nach Rauch verdichtet sich. Auf einem durchgesessenen Sofa mit Blumenmuster glimmt eine Zigarette vor sich hin. Novak und Petracca, den betrunkenen Becher stets fest im Blick, sehen: Auf dem Sofa sitzt eine Frau, etwa Mitte dreissig, Jeans, T-Shirt, derangierte Frisur, glasige Augen. Als sie die Uniformen sieht, lallt und schimpft sie los. Schwer verständlich, kaum verständlich, unverständlich. Tonfall und Körpersprache verraten: Über den Besuch der Polizeifamilie ist sie mässig begeistert.

Die Sicherheitspolizisten führen bei beiden einen Alkohol-

Schnelltest durch. Ergebnis: 2.9 Promille bei ihm, 3.1 bei ihr. Bei dieser Dosis, ich äh wäre absolut tot.

«So können wir Sie nicht lassen», sagt Novak.

Petracca fordert über die Zentrale eine weitere Patrouille an, «mit mindestens einer Frau», wie er präzisiert.

Dem betrunkenen Max Becher dämmert nun, dass … in der Wohnung, die er mit Marietta Niederlechner (identifiziert durch Ausweiskontrolle) teilt, tatsächlich zwei Polizisten stehen, die … irgend… was … Was wollen, was machen … die Bullen, he, die Bullen sind hier, was machen … die hier in der … Wohnung?

«He …», ruft er deshalb, syntaktisch etwas reduziert, «… was?» Er greift dem einen Uniformierten an den Oberarm, um ihn zu …

«Nehmen Sie Ihre Hand da weg», interveniert Novak sofort, hat sie aber bereits abgeschüttelt, und weiter mit solidem Bass: «Bleiben Sie ruhig.»

Becher hebt die Hände als Waffenstillstandsangebot.

«Setzen Sie sich dorthin», weist ihn Novak an, weil der Mann gefährlich schwankt, und zeigt ihm mit dem Arm die Richtung. Das Schwerkraftgesetz gemäss Polizeipraxis: Sitzt der Kunde, so fällt er nicht.

«Ich … was …», lautet Bechers Antwort.

Die Beine versuchen immerhin, den mit Gratiszeitungen und – potenzielle Gefahr für die Polizisten – einer Schere – Petracca behändigt sie – überhäuften Sessel anzusteuern, der in rechtem Winkel zum Sofa steht. Novak hilft mit sanftem Druck auf den Arm des Betrunkenen, dass dieser den Sessel ansteuern kann. Hat er weitere Substanzen im Organismus? Und seine Partnerin, die offensichtlich in bewusstseinsverengtem Zustand vor sich hinqualmt?

Novak und Petracca hören Schritte im Treppenhaus. Die Besatzung des zweiten Streifenwagens trifft ein. Kurzer Informationsaustausch. Dann stützen, wanken → ins Erdgeschoss → Plan: die beiden Angehaltenen zur Vermeidung von Selbst- und Fremdgefährdung – par exemple akute Brandgefahr – auf die

Wache. Vorher aber ins Universitätsspital zur Hafterstehungsfähigkeitsprüfung. In diesem Zustand erst recht nicht einfach auszusprechen. Auf der Notaufnahme muss eine Ärztin oder ein Arzt abklären, ob die Personen gesundheitlich imstande sind, den Rest der Nacht in einer Zelle auf der Clarawache zu verbringen. Dr. med. Gunhild Makowski wird dies bejahen, gibt jedoch den Kollegen ein krampflösendes Medikament mit, falls das Absinken des Alkoholpegels zu gar argen Entzugsschmerzen führen sollte. Der Spitalcomputer verzeichnet nämlich bereits Befunde von Max Becher und Marietta Niederlechner.

Notaufnahme Universitätsspital, ich sagte es. Während die Ärztin, Novak und Petracca plus die Kollegin und der Kollege der zweiten Patrouille dieses Prozedere durchführen, wollen wir, es ist mittlerweile 23:10 Uhr, kurz in die Kojen mit den Patientinnen und Patienten schauen. Ist es hier wie in den Katastrophenfilmen? Blut? Chaos? Maschinenpiepsen? Stimmengewirr der Pflegekräfte und der Ärztinnen und Ärzte? Hektisches Treiben?

In den Notfallkojen, wer liegt da, mitten in der Nacht? Eine junge Frau. Seit vier Tagen quälen sie Kopfschmerzen so heftig, als bohrte ihr jemand mit dem Black & Decker in den Schädel. Sie heult nur noch. Eine Freundin ist bei ihr. Der Arzt kommt und stellt Fragen. Vermutlich injiziert er intravenös ein starkes Medikament, denn nach einigen Minuten flaut das Weinen der jungen Frau ab zu einem Wimmern. Im Abteil gegenüber hören wir Personal, Zurufe, das Klappern von Geräten, Schnaufen, Röcheln und, das war klar zu hören, das Wort «Herzanfall». Eine Koje weiter liegt ein Mann mit wässrigen Augen, vermutlich vom Alkohol gerötetem Gesicht, das Blut einigermassen abgewischt. Gebrochene Nase, erkennst du sofort. Sturz? Kneipenprügelei? Über den Korridor, gegenüber, hinter dem Vorhang auf der Liege: ein Sportler Anfang zwanzig, Trainingsanzug mit Aufschrift «Suisse». Wir spitzen die Ohren und erfahren aus dem Gespräch mit der Ärztin: Mitglied des Fecht-Nationalteams, Trainingsverletzung, Achillessehne, den Wettkampf in drei Tagen in Heidelberg muss er vergessen.

Wenige Meter weiter, hinter dem übernächsten weisslichen Vorhang: einer mit Schwächeanfall. Ist Ende vierzig, gross, drahtig, Marathonläuferstatur, mit dem Taxi zum Notfall gefahren. An seinem Arm hängt eine NaCl-Infusion. Pfleger Betim Shala, einer von vielen Mitarbeitenden mit diesem «Migrationshintergrund», von dem manche gerne sprechen, kontrolliert mit Blick auf das Überwachungssystem «IntelliVue» Blutdruck, Puls und Sauerstoffsättigung. Der Patient liegt auf dem Rücken, die Arme und Hände über der dünnen, aber warmen Decke, sein Kopf bewegt sich nicht, wohl aber seine Augen. Sie tasten die Umgebung ab: Wand, Decke, Chromstahlständer mit Infusionsbeutel, offener Vorhang zum Korridor hin, drei unbenutzte Kleiderhaken rechts an der Wand. Der Mann wirkt, als nehme er alles auf, was sich auf der Notfallstation des Universitätsspitals ereignet. Vielleicht wirkt auch das Sedativum. Seine Lider senken sich. Schläft er ein?

Das alles sehen wir und würden wir Ihnen in diesem Buch erzählen, würde uns nicht das Amtsgeheimnis – Art. 320 StGB – daran hindern.

Hut ab, Ihr Damen und Herren vom Krankenhauspersonal. Fachwissen braucht Ihr, Nerven, stabile Mägen und körperliche Kondition. Danke für Euren Einsatz Tag für Tag, Nacht für Nacht.

Während ich Ihnen, geschätzte Leserinnen und Leser, das erzähle, sind Novak, Petracca und die zweite Patrouille schon auf dem Weg, um das volltrunkene Paar aus der Wohnung «Becher» auf die Clarawache zu überführen. Sie werden die Nacht getrennt in zwei Einzelzellen verbringen. Das Wort «Ausnüchterungszelle» passt nicht. Denn die Polizei nüchtert niemanden aus, sondern versucht, Schaden von den Menschen fernzuhalten, also Eigen- und Fremdgefährdung zu minimieren. Allen steht es frei, sich ins Koma zu trinken, zu rauchen und zu schnupfen, sich das Gehirn wegzusaufen, sich kaputtvollzudröhnen – natürlich unter Berücksichtigung des Betäubungsmittelgesetzes (BetmG). «Eigenverantwortung» nennt das der Liberalismus. «Der freie Wille schützt vor Torheit nicht.»

So drückte es Müllers Lieblingsgrieche Diodoros aus, in einer pessimistischen Spätphase seines Lebens, als ihn die Arthrose plagte und sein Lebensmut aaarghhh zu versiegen drohte.

***

Raunen.

Schauen wir auf die, die in diesen Stunden in Basel unbeschwert der Freizeit frönen, in diesen Stunden, meint: präzis kurz vor 22:00 Uhr MEZ, Anfang Dezember. Viele trifft man in einer Beiz an. Weihnachtsfeier des Betriebs, ein Bier nach dem Training, auf einen Absacker mit ein paar Kolleginnen oder Kollegen. Die Kneipe, in die wir selbst uns nun begeben, werden wir nicht benennen, weil der Ort des folgenden Gesprächs nicht relevant ist, sollte dessen Wortlaut je als Beweis für allfällige vorsätzliche Handlungen eingestuft werden. Wir betonen: Der Wirt des Lokals hat mit den Ereignissen nichts zu tun. Weder wollen wir eine Schadenersatzforderung riskieren noch umgekehrt einen gastronomischen Betrieb bevorzugen und hier Werbung machen.

Wir betreten also diese Wirtschaft, ziehen den Mantel aus, setzen uns an einen Tisch und hören vier Männern bei je einer, der zweiten und der dritten Stange hell und einer Schale Erdnüssen beim Diskutieren zu. Temperament kann man ihnen attestieren, Interesse am Ballsport und eine kernige Wortwahl ebenfalls.

«Ich hab's von Anfang an gesagt, nicht, Alwin?»

«Was denn?»

«Sag bloss, du erinnerst dich nicht. Dass das nichts wird. Im Juni habe ich das schon gesagt: Es wird eine Scheisssaison.»

«Stimmt, das hast du gesagt. ‹Der Preusse versteht doch unsere Mentalität nicht›, das hast du gesagt.»

«Mein Wort. Genau das. Ich frage mich, wie lange sie den noch behalten. Eine Fehlverpflichtung. Wer hatte bloss diese – ■■■■! – saudumme Idee? Der hat bisher noch nirgends auch nur etwas geleistet.»

«Gar nichts, nirgends, genau.»

«Wenn dieser ■■■ bleibt, gehe ich da nicht mehr hin –»

«Hahaha! Urs, das glaubst du ja selbst nicht –»

«Ich meine es ernst, todernst, ■■■ noch mal!»

«Ein kompletter Schafseckel ist das … total arrogant. Marcel, hast du gehört, was …?»

Ad libitum. Mezzoforte. Beim Fussball laufen die Emotionen heiss, und es ist nicht einfach, leise zu sein. Aber das wäre auch nicht nötig, wir sind in einem freien Land, Meinungsfreiheit Art. 16 BV. Aufpassen musst du nur, wenn du am falschen Ort zum falschen Zeitpunkt in Gesellschaft der falschen Leute politisch wirst oder auf Hass stösst. Damit du keins auf die Nuss bekommst. Im analogen Leben geschieht das nicht oft, im Internet dagegen sehr wohl. Dort gibt's Shitstormfallen mit Garantie: Religion, Migration, Veganismus, #MeToo, Klimawandel, Israel, G5-Strahlung, Gesichtsmasken, Schweinekoteletts, Schokosüssigkeiten mit Eierschaum drin. Dann geht's ab, aber hoppla.

Zurück in die Beiz: Bevor Sie sich über die vier Männer, denen wir gerade zugehört haben, gar turboschnell eine Meinung bilden: Sie sind zwischen 35 und 45 Jahre alt, zwei sind Akademiker, einer Marketingplaner, einer Schreiner, und zwei tragen gelegentlich bei der Arbeit eine Krawatte.

«Sollten wir nicht irgendwie aktiv werden?», fragt der eine, der vorhin als Urs angesprochen worden ist, «zum Beispiel …»

***

Schlafstörung.

Müller nachts, längst ist's Dienstag, der 8. Dezember, und ausser Haus weiterhin kühl und feucht. Die Notrufzentrale klingelt ihn aus knapp zwei Stunden Schlaf. Kriminalkommissär Müller Benedikt wohnt noch immer oberhalb des Lebensmittelladens an der Ecke Birsig-/Oberwilerstrasse, 4054 olé. Er ist müde und abgespannt, klar, das Hirn auf Energiesparbetrieb, als sich das Telefon meldet, aber zack → «Wohin du auch gehst, geh mit deinem ganzen Herzen» (Konfuzius). Also Volldampf, weil «Verhandlungseinsatz», hat ihn die Zentrale vorbereitet. Nämlich so: Zwei Patrouillen fordern Verstärkung an, weil Eskalationsgefahr in einem Wohnhaus Güterstrasse, 270er Nummer, Nähe Heiliggeistkirche, fast bei der Delsbergerallee.

Hergang: 01:40 Uhr → Anruf an die 117 wegen bedrohlichen Lärms und wütender Stimmen. Eintreffen einer Zweierpatrouille, Korporal Jeanneret Simone und Polizist Gugerli Kelvin. Eindringen ins Treppenhaus (Altbau, einigermassen gepflegt, Altpapierbündel unterhalb der Briefkästen ordnungsgemäss verschnürt vorbereitet). Requirierender Nachbar, wohnhaft zweiter Stock, nennt als Quelle der Unruhe die vierte Etage. Dort zwei Wohnungen. Kollegin Jeanneret und Kollege Gugerli vernehmen aus der Wohnung rechts Streit, hauptsächlich laute Männerstimme und Rumpeln und Klirren, vermutlich Teller, Schüsseln. Auf dem Türschild zwei Namen: M. Oberholzer und F. Rossi. Sie klingeln. Geht wohl im Geschrei und Getöse unter. Erneutes Klingeln. Drinnen Gepolter, der Mann verstummt. Wieder Jeannerets Finger auf der Schelle. Schritte stampfen von innen zur Tür.

«Wer ist da?»

Jeanneret: «Polizei. Öffnen Sie bitte die Tür.»

Drinnen lacht hämisch ein Mann.

«Öffnen Sie die Tür!»

Der Türspion wird kurz hell, dann dunkel. Er späht offenbar ins Treppenhaus. Doch er sieht niemanden. Sie stehen nicht vor, sondern beidseits der Tür, Jeanneret hier und Gugerli drüben. Lernst du in der Polizeischule in Hitzkirch: Vorsicht bei Türen. Dahinter kann sich so was an Situationen und Konstellationen und Kalibern verbergen. Diese furnierten Spanplatten sind für Kugeln kein Problem.

«Machen Sie die Tür auf», sagt Jeanneret draussen.

Von innen hämmert der Mann mit Fäusten an die Wohnungstür. Semantisch ein negatives Signal. «Was tun?», fragte W. I. Lenin. Zu zweit die Tür aufbrechen? Machbar wäre das, die Schultern sind stark, Jeanneret und Gugerli gut trainiert. Doch anatomische Limiten: Du hast zu wenig Hände frei: rechts die Waffe, links der Arm vorerst taub wegen des Aufpralls auf das Holz beim Rammvorgang. Zweitens Dienstvorschrift, Verstärkung anzufordern, weil eigene Sicherheit und Fremdgefährdung, allenfalls Risiko für Drittpersonen. Du weisst nie, wie viele Personen sich in der Wohnung aufhalten, ob bewaffnet oder nicht, ob auf Kokain, Amphetamin oder sonst einem Dreck. Hat der Mann in der Wohnung eine Schusswaffe? Eine Stichwaffe? Einen abgehackten Flaschenhals? Ein Messer in der Faust? Ist eine Familie in der Gewalt eines Desäquilibrierten?

Die Lage in der Wohnung eine Blackbox.

Das Licht im Treppenhaus geht aus. Automatik.

Gugerli drückt auf den flackernden orangen Schalter, die Funzel leuchtet wieder. Kpl Jeanneret und Pol Gugerli ziehen sich in den dritten Stock zurück, rufen die Zentrale an, fragen nach den Namen von der Türklingel, Oberholzer und Rossi, ob da etwas vorliegt. Und sie fordern, reglementskonform, Verstärkung an. Die Einsatzzentrale bietet das Alarmpikett – ein Fahrzeug, drei Mann beiden Geschlechts – und eben den Kriminalkommissär auf.

«Die Eichhörnchen und Stinktiere fliehen auf die Bäume, wenn sich ihnen ein Feind naht. Der Mann aber soll kämpfen.» (Wort des Winnetou, «Winnetou I», S. 76).

Deshalb Müller Benedikt um 02:07 Uhr an der Güterstrasse, 270er Nummer, dritter Stock, mit zwei Kolleginnen und drei Kollegen der Sicherheitspolizei. Der unterbrochene Schlaf nagt an ihm, aber wenn Gefahr im Verzug ist, kann dir der Sandmann den Buckel hinunter.

Nach kurzer Besprechung leise in die vierte Etage zur Wohnungstür hoch. Die Ohren spitzen.

Ist das ein Weinen, was sie aus der Wohnung hören? Ja. Es klingt nach einer Frau. Ein Stuhl wird grob über den Boden geschleift. Eine Tür, vielleicht von einem Schrank, knallt zu. Scherben klirren, die wohl auf dem Boden liegen. Jemand tritt darauf, weil er in der Wohnung umhergeht.

Eine Kollegin sichert im dritten Stock das Treppenhaus.

Jeanneret, Gugerli und zwei Kollegen vom Alarmpikett wieder links und rechts der Tür. Der Müller direkt davor. Klopft an. Energisch, kalt: «Kriminalkommissariat, mein Name ist Müller, öffnen Sie die Tür.»

Drin rumpelt es.

Dann röhrt die Männerstimme von eben: «Hau ab, bevor ich rauskomme.»

«Wer ist bei Ihnen in der Wohnung?»

«Geht Sie nichts an, das.»

Durchs Schlüsselloch, fühlst du, dringt grün der Geruch von Aggression aus der Wohnung. Wie's wohl dort drin aussieht? Hinter unauffälligen Eingängen triffst du manchmal auf Situationen und Menschen in Zuständen ... Wollen Sie gar nicht so genau wissen. Muss jemand in Ordnung bringen. Ja, schützen und dienen. Machen wir.

«Ich[*] bin hier, um Ihnen zu helfen», sagt der Müller, bestimmt, aber nicht pitbullig. Ihn ins Gespräch ziehen, dann drinbehalten, ihn ablenken, damit er zur Ruhe kommt. Und niemandem etwas antut.

«Helfen!», höhnt der Mann durch die geschlossene Tür. Ja, Pressspanplatte mit Holzimitatfurnier. Billige Sache. Kein Widerstand.

«Die Bullen! ... Grnz! ... Wer sagt denn, dass ich ... ‹Hilfe›», er spricht's aus, als spucke er gleichzeitig aus, «brauche? ... Ich komme selbst zurecht.»

«Dann machen Sie die Tür auf, damit wir[**] sehen können, ob es allen Personen in der Wohnung gut geht.»

Ein Seitenblick von Müller, Jeanneret hält den Taser bereit, sie zielt auf die Tür.

Tatsächlich hören der Kriminalkommissär und die Sicherheitspolizei-Patrouillen nun, wie sich jemand von innen am Schloss zu schaffen macht. Im Zylinder dreht sich der Schlüs-

---

[*] Der Müller sagt «ich», um dem Klienten das Gefühl einer ausgeglichenen Eins-zu-eins-Situation zu vermitteln.

[**] Der Müller wechselt in die erste Person Plural, um dem Klienten zu signalisieren, dass die Ordnungskräfte in der Überzahl sind und Widerstand zwecklos ist.

sel. Die Tür öffnet sich 0.7 Handbreit. Bleibt aber mit einer Kette gesichert. Ein Gesicht erscheint: starrer Blick, Pupillen wie Bierdeckel, käsige Haut, spärlicher Stoppelbart, bürotauglicher Kurzhaarschnitt. Darunter Sweatshirt und Jeans. Müller schätzt ihn auf 35.

«Ich warne dich!», bellt der Mann, der nur den Kommissär sieht. «Bleib, wo du bist, sonst passiert etwas.»

In der Türöffnung blitzt ein Messer auf. Küchenmesser. Müller zeigt dem Mann seine leeren Handflächen.

«Ich will nur mit Ihnen reden», sagt er ruhig. «Self Control» (Laura Branigan). Obwohl er den Kerl gern nudelweich abwatschen würde. Weil er das Weinen der Frau noch im Ohr hat. Weil er die Not und Gewalt satthat. Weil er zu dieser Stunde lieber zu Hause schliefe oder neben Gülay Sermeter. Selbst Schlaflosigkeit ist besser als das hier. Aber jetzt fokussieren: Alle Sinne muss er beisammenhaben, die richtige Antwort finden, den Ton treffen.

Die Lichtautomatik geht wieder aus. Jemand betätigt erneut den Schalter.

«Worüber mit mir reden?», sagt der Messermann hinter der Sicherheitskette hervor. Die bewaffnete Hand ist hinter der Tür verschwunden.

«Über die Personen, die bei Ihnen in der Wohnung sind. Darüber, wie es denen geht ... Herr Oberholzer.»

Der Müller weiss es, weil der Kollege mit der Zentrale telefoniert und diese die Namen der Mieter bestätigt hat.

«Der bin ich», antwortet der Mann, «etwas dagegen?»

«Und jetzt hängen Sie die Kette aus und lassen mich in die Wohnung», sagt der Müller und nähert sich der Tür, einen Schritt nur. Marcel Oberholzer (33) schreit auf, entsichert die Kette, reisst die Tür auf, springt auf den Müller los, das Küchenmesser voran – und bricht, von den zwei → Projektilen aus dem Taser → getroffen, zusammen. 50'000 Volt Spannung sind durch die beiden feinen Drähte aus der Elektroschockpistole in Jeannerets Hand in den Körper des Angreifers geschossen.

Der liegt innert zwei Sekunden entwaffnet und gefesselt auf

dem Treppenabsatz vor der Wohnung (Linoleum grau, sauber, abgenutzt). Der Müller hat bloss einen leichten Schnitt erwischt, es tropft rot von der Kante der linken Hand. Gugerli reicht ihm eine Verbandspatrone, Müller wickelt aus und um die Wunde, wird das nachher richtig versorgen, sofort → hinein.

War das verhältnismässig, dieser Tasereinsatz? Müller und Jeanneret werden einen Rapport schreiben müssen, Gugerli und die andern müssen unterschreiben, das muss sein: erklären, wie es zur Festnahme kam, und alles, was hier vorgefallen ist. Was fällt weiter vor? Gugerli zerrt den ausgeknipsten Oberholzer in die Wohnung zurück, eine Kollegin schliesst die Türe und behält den Festgenommenen im Auge, ein anderer bleibt im Treppenhaus, beruhigt die Nachbarn von nebenan und unten, schickt sie in ihre Wohnungen und wünscht ihnen eine gute Nacht. Unterdessen ruft Jeanneret die Zentrale an, Zwischenstand durchgeben. Und erwähnt auch den Tasereinsatz und Müllers Verletzung.

Nach einigen Minuten stellen die Kollegin und die Kollegen vom Alarmpikett Oberholzer auf die Füsse, nehmen ihn in die Mitte, schleppen ihn das Treppenhaus hinunter, weil immer noch benommen. Die Lichtautomatik schaltet wieder aus. In der Dunkelheit entsteht ein Gerangel. Fiat lux again → Lage wieder unter Kontrolle. Sie führen ihn zum Wagen. Blaulicht an, Horn nicht, sonst beschwert sich die Quartierbevölkerung. Ab in den Waaghof.

Der Müller, Jeanneret und Gugerli durch den Korridor (staubfrei, aufgeräumt, keine heruntergerissenen Kleider oder umhergeschleuderten Gegenstände) in die Wohnung. Links zur Strasse hin brennt Licht, ist die Küche. Auf deren Schwelle entdeckt Müller die ersten Scherben, ein Teller, wie's aussieht. Dann mehr Scherben, ein aufgerissener Briefumschlag, ein voller Aschenbecher, Werbesendungen, ein zerbrochenes Glas, eine Küchenuhr, zerdeppert und verbogen, die Batterien auf dem Boden irgendwohin gespickt. Ein Feuerzeug und eine leere Zigarettenpackung liegen dort ebenfalls.

In Müllers Hand pocht leise der Schmerz.

Auf einem Stuhl eine Frau um die dreissig, langes braunes Haar, schmales Gesicht, schwarzer Trainingsanzug mit drei goldenen Streifen, kein blaues Auge, kein Blut, verweinte Augen, feuchte Wangen. Sie zittert.

«Frau Rossi?», fragt Simone Jeanneret, «sind Sie verletzt?»

Francesca Rossi schaut die Polizistin lange an, als begriffe sie nicht, was die fremden Menschen in der Wohnung zu suchen haben. Sie erkennt die Uniformen von Jeanneret und Gugerli. Sie schüttelt den Kopf. Physisch und äusserlich sind keine Schäden erkennbar. Doch der Mensch ist keine Porzellantasse. Die unsichtbaren Beschädigungen erkennt einzig die Fachperson und spürt das Opfer selbst, weil es merkt: Ich lebe nicht, ich funktioniere nur, gelegentlich immerhin teilweise, in mir ist etwas abgestorben, manchmal weiss ich nicht, wo mir der Kopf steht, fühle ich noch? Narben auf der Seele. Da hilft keine Salbe.

Der Hergang? Feststellen, was passiert ist. «Ein Streit, der eskaliert ist, nachdem ... er ... heimgekommen ist, vom Hundertsten ins Tausendste», bringen sie aus Frau Rossi heraus. Können Sie sich das vorstellen: Ein rosa Spülschwamm mit harter grüner Oberfläche zum Pfannenscheuern scheint bei der Auseinandersetzung eine Rolle gespielt zu haben. Der Schschschwamm lag im Spülbecken, mitten in der verrrrrdammmmmten Fffffeuchtigkkkkeit. Was. Ein. Ideales. Biotop. Für. Bakterien. Und. Erreger. Aller. Art. Ist. WaseinidealesBiotopfürBakterienundErregerallerArtist! «Deshalb ist er in die Luft gegangen», erklärt sie. Sie lasse den Schwamm «immer absichtlich» und «permanent» – oder sagte er «konsequent»? – im Spülbecken liegen, «um ihn zu ärrrgern», habe er gesagt. Er selbst macht das anders, nämlich richtig: Er drückt den Schwamm jeweils zuerst sauber bis zum letzten Tropfen aus und legt ihn darauf zum Trocknen – mit der weichen Seite oben! – auf die saubere Abtropffläche, damit die Bakterien absterben. Wenn sie mal die Zeitung läse, wüsste sie das, ■■■■■! Ja, genau dieses Fluchwort habe er gebraucht und sie auch als ■■■■ beschimpft. Auf die Frage, ob Oberholzer getrunken oder etwas genommen habe,

Drogen, antwortet Francesca Rossi nicht. Der Drogentest auf der Clarawache wird die Hopfen-und-Malz-Vermutung bestätigen.

Er sei aus gewesen und etwa um elf heimgekommen, mit einer absoluten Scheisslaune, sagt Frau Rossi. Mit Kollegen unterwegs. Er brauche das halt ab und zu.

Ob er heute Nacht zum ersten Mal … das Küchenmobiliar zertrümmert habe? Eine vage Geste mit beiden Händen. Ob er ihr gegenüber gewalttätig geworden sei? Das Gesicht versteinert. Ob er sie bedroht habe?

Diese Aussagen, Nichtaussagen und Eindrücke notiert Polizeikorporal Jeanneret Simone, während der Müller bei der Zeugeneinvernahme zusieht und Polizist Gugerli Kelvin den Rest der Wohnung inspiziert.

«Kommissär», ruft der auf einmal aus dem Nebenzimmer, «kommen Sie schnell her.»

Der Müller eilt nach nebenan, sieht hin und erkennt sofort, was als Nächstes zu tun ist. Den Schmerz in seiner Hand vergisst er schlagartig.

***

Somnus non interruptus.

Während der Müller mit der erstintervenierenden Patrouille den Vorgang Oberholzer und Rossi bearbeitet und das Alarmpikett den mutmasslichen Gewalttäter abtransportiert hat, schläft Detektivwachtmeisterin Gülay Sermeter in ihrer Wohnung an der Hammerstrasse im Kleinbasel. Sie schläft nicht allein. In ihren Armen liegt Murat. Er hatte einen bösen Traum, liess sich zwar beruhigen, fürchtete sich jedoch im Dunkeln. Dort lauern Drachen und böse Bilder von Schusswaffen und zerspritzenden Gehirnen aus einem Computerspiel, über das seine Schulkameraden auf dem Pausenplatz dauernd reden und das sie angeblich jeweils bis tief in die Nacht spielen. Weil Gülay ihren Schlaf braucht, hat sie den 12-jährigen Sohn in ihr Zimmer geholt. Und da sie der Geräusche wegen aufgewacht ist und auf keinen Fall allein im Kinderzimmer bleiben wollte, liegt auf ihrer anderen Seite auch ihre Tochter Céline (11). Schlaf ist Gold. Jede Minute zählt.

***

Zurück an die Güterstrasse. Wohnung Rossi und Oberholzer.

02:42 Uhr. Zwei Kinderbetten zeigt Gugerli dem Müller. Aber keine Kinder.

Wo sind sie?

Ist Francesca Rossi ihre Mutter? Oberholzer der Vater?

Geht es ihnen gut?

Lara (3) und Louis (5) seien zwei, drei Tage bei ihren Eltern in 4123 Allschwil, sagt Frau Rossi. Kriminalkommissär Müllers und Polizeikorporal Jeannerets Blicke treffen sich. Bei diesem Zusammentreffen von Umständen stutzt du als Polizeimann. Du vermutest, die Mutter habe die Kinder präventiv in Sicherheit gebracht. Weil sie Grund zur Annahme hatte, dass die Situation eskalieren könnte. «Der Zufall ist keiner», hielt der antike Diodoros fest.

«Die Kollegen haben … Herrn Oberholzer auf die Clarawache mitgenommen», mischt sich der Müller in Jeannerets Befragung ein. «Sie können frei sprechen. Er wird 48 Stunden bei uns bleiben, vielleicht auch einige Tage länger. Wir können ein Kontaktverbot verhängen und ihm untersagen, sich Ihnen, den Kindern, Ihrem Arbeitsplatz und der Wohnung Ihrer Eltern zu nähern.»

Mit dem Dienst-iPad dokumentiert Gugerli den Zustand der Küche.

Simone Jeanneret fragt Frau Rossi, ob sie einen Tee will. «Ein Glas Wasser nur, bitte», antwortet diese. Die Kollegin holt es und setzt sich wieder zu ihr an den Tisch.

«Geht das schon länger so?», fragt die Polizistin.

Ihr Zeit lassen, um sich zu sammeln. Mitten in der Nacht fühlt sich der Mensch noch verletzlicher als bei Tageslicht. Die Welt verengt sich: Es gibt nur das Ich und die Dunkelheit – und die Bedrohung, die von anderen Menschen ausgeht. Meist Tatort Familie. Meist Täter Partner.

«Wenn er betrunken ist», sagt Francesca Rossi, «und einen schlechten Tag hatte.»

«Kommt das oft vor?» Jeanneret praktiziert die Kombination von Nachfrage und Mitgefühl.

Rossi zuckt die Schultern und wischt sich etwas aus dem rechten Auge, jetzt auch aus dem linken.

«Sie werden morgen auf dem Polizeiposten eine detaillierte Aussage machen müssen. Schaffen Sie das?», fragt Simone Jeanneret.

Francesca Rossis Körpersprache sagt: vielleicht.

Sie wird morgen auf dem Posten auch ein Blatt mit Adressen und Telefonnummern von Beratungsstellen erhalten.

Wir erfahren: Rossi arbeitet als Sachbearbeiterin beim Volksschulamt, Oberholzer im Marketing einer Import-/Exportfirma im Hafenareal 4057 Kleinhüningen.

Gugerli hat inzwischen Frau Rossis Eltern in Allschwil aus dem Schlaf geschellt, musste sie erst einmal beruhigen und kann aufgrund des Telefongesprächs positiv bestätigen, dass sich die Kinder unversehrt bei ihren Grosseltern aufhalten.

Nachdem Simone Jeanneret die Einvernahme abgeschlossen hat, fragt sie Frau Rossi, ob sie allein in der Wohnung bleiben will oder ob sie die Anwesenheit einer Psychologin wünsche.

«Ich fahre zu meinen Eltern», sagt Rossi und steht auf.

«Sie fahren nicht selbst», wehrt der Müller ab, «jemand wird Sie fahren.»

Jeanneret und Gugerli nicken. «Packen Sie das Notwendigste zusammen, wir warten solange», sagt die Polizistin.

Der Müller lässt unterdessen seinen Blick in der Küche umherschweifen: die Scherben, Stücke von Tellern, einer Blumenvase, Tassen, ein aufgerissener Briefumschlag, Werbesendungen, ein zerbrochenes Glas, die zerschlagene Küchenuhr, die Zeiger abgeknickt, eine Batterie liegt unter Frau Rossis Stuhl, die zweite beim Herd. Der volle Aschenbecher, das zerknüllte Zigarettenpaket, das Feuerzeug.

An der Wand ein Wimpel des Sportclubs Basel, drauf Autogramme, die der Müller nicht lesen kann. Gut, die Namen würden ihm ohnehin nichts sagen. Vom FC Zürich, für den er sich jahrzehntelang interessierte, hat er die meisten Spielernamen auch längst vergessen. Als er Frau Rossi, die Kollegin und den Kollegen hinausbegleitet, entdeckt er zwischen Mänteln und Jacken an der Garderobe auch einen Fan-Schal des SC.

Den Schmerz in der Hand spürt er wieder. Irgendwo findet er bestimmt ein Analgetikum.

Kann man sich fragen: Warum übernimmt Kriminalkommissär Müller Benedikt als Offizier der Kriminalpolizei solche Einsätze? Überlässt er Routinefälle nicht der Sicherheitspolizei? Traut er denen nicht zu, solche Fälle kompetent zu bereinigen? Doch, doch, keine Frage. Sagen wir es bürokommunikatorisch aktuell mit Bulletpoints:

• Müller = erprobter Verhandler.

• Müller = heute Nacht Pikettoffizier und bei Hinweisen auf mögliche Komplikationen – hier: häusliche Gewalt; schwärzestes Szenario: Tötungsdelikt(e), Geiselnahme und, wie sich herausgestellt hat, Kinder betroffen → höherrangige Präsenz von Vorteil. Die Sicherheitspolizisten oft jung, du willst sie nicht verheizen.

• Müller Benedikt = gerne polizeilich unterwegs. Er muss spüren, was auf der Strasse passiert, in den Wohnungen, draussen. «An der Front» sagt er nicht, der Ausdruck ist was für Rambos und Exterminatoren. Die braucht die Polizei nicht. Das richtige Polizeigefühl hat er einzig in Tuchfühlung mit der Wirklichkeit. Dort, wo's oft unangenehm ist, weil du den Menschen in Not siehst – und in physischen und psychischen Zuständen, die du niemandem wünschst.

Ehrlich gesagt, die Funktion als Kommissär bedeutet viel administrative Arbeit, sehr viel, zu viel administrative Arbeit, um die Bürokratie zu füttern, diese unersättliche verzweigte Maschinerie, findet er. Koordinieren, organisieren, führen, taktieren, delegieren. Zu viele Anlässe, an denen er teilzunehmen hat zwecks Informationsaustausch und strafverfolgungsinterner Innenpolitik. Zu viele Konzeptpapiere, zu denen er als Dritt- oder Viertmeinung auch noch zwei, drei gescheite Details hinzufügen muss, bloss um zu markieren, dass er das Dokument gelesen und sich eingehend mit der Materie beschäftigt hat.

Manchmal denkt der Müller, er träte besser wieder ins Glied zurück und wäre Teil der normalen Mannschaft. Wie früher bei der Polizei Zürich, auf Tour zwischen 8048 Altstetten und 8008 Seefeld, zwischen 8046 Affoltern und 8041 Leimbach, mit dem Freund und Kollegen Bucher Manfred, mit Rocco Catanzaro, Rosanna Vukic, Heather Brogli und Weiermann Gustav, der mittlerweile pensioniert ist und sich in der Genossenschaftswohnung am Friesenberg seiner Makrameeeulen-Sammlung widmet. Das weltweit einzige Hobby mit drei e hintereinander. Gelegentlich denkt Müller, der Offiziersgrad ist nichts für ihn. Doch Gefahr! So was darfst du auf keinen Fall jemandem anvertrauen, der hierarchisch über dir steht. Darfst du nie jemandem gestehen, der dir hierarchisch unterstellt ist. Darf der Müller nur Gülay anvertrauen. Ohne sie wäre er im Leben allein mit sich selbst und der Polizei.

Aber jetzt fertig dieses Kapitel. Zu Hause zwei Paracetamol eingeworfen, neues Pflaster auf die Hand. Der Dienstag hat die mitteleuropäische Zeitzone nämlich längst im Würgegriff: 03:16 Uhr.

ZWEI

144 olé!

Das Personal der Notfallstation des Universitätsspitals in 4031 hat auch in der Nacht auf Dienstag, den 8. Dezember, für kargen Lohn hart durchgearbeitet. Die junge Frau mit den erzbrutalen Kopfschmerzen hat, wir sagten es, starke Schmerzmittel erhalten und liegt in den frühen Morgenstunden in der Röhre → MRI, EKG, EEG, Abklärung. Die Freundin, die sie hergebracht hat, ist übernächtigt direkt zur Arbeit. Das Mitglied der Fechtnationalmannschaft hat ein leichteres Analgetikum erhalten und wird, falls sich die Schwellung ausreichend zurückgebildet hat, voraussichtlich gegen Mittag oder am frühen Nachmittag an der Achillessehne operiert werden. Der Nasenbeinbruch ist gerichtet, geschient, verbunden und nach Hause entlassen. Der Mann mit Herzanfall liegt oben auf der Intensivstation und kann vermutlich heute oder morgen auf die Station überwiesen werden. Nach einigen Tagen wird er in die Reha eintreten, falls in einer Klinik ein Platz frei wird.

Der erschöpfte Mann, Ende vierzig, gross, Marathonläuferstatur, der gestern im Taxi ins Universitätsspital gefahren wurde, liegt an diesem Morgen weiterhin in Koje D21 der Notfallstation. Drei mal vier Meter misst das Abteil. Weisse Wände, die Decke mit fein gelochten weissen Platten verkleidet. Fünfeinhalb Platten in die eine Richtung, viereinhalb Platten in die andere. Das weiss er, weil er immer wieder hochschaut. Die Gesamtzahl der Platten zu zählen schafft er nicht. Die Konzentration. Etwas mehr als zwanzig müssen es sein, versucht er zu rechnen. Fünfeinhalb mal viereinhalb? Fast fünfundzwanzig, denkt er. Das Sedativum, denkt er, verhindert, dass ich das genauer ausrechnen kann. F = a x b. Fünfeinhalb mal viereinhalb. Was ergibt das? Dreht er den Kopf nach rechts, was er in diesem Augenblick tut, sieht er den Monitor. «IntelliVue» ist der Typ, die Marke ist die der Stereoanlage, die er als Kind hatte, war noch in Belgien hergestellt. «Puls», «Blutdruck», «Sauerstoffsättigung», sieht er auf dem Bildschirm. Und Ziffern. Die Werte sagen ihm nichts, obwohl er damit öfter zu tun hat. Laktatwerte, Sauerstoffsättigung der Muskeln, Körperfettanteil, Körperwasser. Er bekommt jeweils die Berichte.

An einem Haken an der Wand hängt ein weisser Plastikbeutel, Effektensack. Durch den Plastik erkennt er sein Handy, den Schlüssel, das Portemonnaie und die Zeitung. Dass er die hierher mitgenommen hat? Daneben ein Gummihandschuhdispenser mit drei Grössen. An der Decke eine Metallschiene, an der das Krankenhauspersonal etwas befestigen kann, ein Gerät, eine Vorrichtung, einen Apparat. Neben der Liege ein verchromter Ständer. Daran hängt ein durchsichtiger Beutel, aus dem durch einen Schlauch eine farblose Flüssigkeit in seine Armbeuge tropft.

Der Kotzbeutel heisst «SicSac» und wird als «Spuckbeutel» bezeichnet. Steht auf dem Behälter an der Wand. Dass es nach Desinfektionsmitteln riecht, erklärt sich von selbst. In allen Büchern über Spitalszenen hängt Desinfektionsmittelgeruch in der Luft. Das ist vorhersehbar und deshalb nicht der Erwähnung wert.

Zuerst alle dreissig, später alle sechzig Minuten hat eine Gesundheitsfachfrau EFZ, ein Gesundheitsfachmann EFZ, ein oder eine cand. med. oder Dr. med. die Bildschirmanzeige überprüft und einige Worte mit dem Mann gewechselt. Mittlerweile versteht er wieder, was sie von ihm wissen wollen, zumindest hat er diesen Eindruck. Doch er wendet aussergewöhnlich … viel Kraft auf, um sich … zu konzentrieren, damit er aufnehmen kann, was Dr. med. Gunhild Makowski gerade zu ihm sagt. Will sie ein EKG in seinem Hirn machen? Fragt sie ihn nach Kängurulasagne? Kann ja nicht sein. Sicher will sie wissen, wie er sich fühlt. Eine Frage, dieser Reflex funktioniert noch in ihm, erfordert eine Reaktion, ein Verhalten, das dem Menschen eingeschrieben, antrainiert ist. Also antwortet er … die Wörter suchend … «Schon einigermassen», weil er annimmt, dass sich die Medizinerin nach seinem Befinden erkundigt hat. Sie mustert ihn aber bloss kurz – und kritisch, wie ihm scheint. Seine Antwort hat wohl nicht auf ihre Frage gepasst.

«So können wir Sie nicht nach Hause lassen», sagt sie, «ich lasse Sie auf die Station verlegen. Wir haben jetzt ein freies Bett.»

Das hat er verstanden. Die Ärztin kontrolliert noch einmal das Krankenblatt auf dem Klemmbrett.

«Können wir jemanden benachrichtigen?»

Er lächelt.

«Sie haben angegeben, dass Sie verheiratet sind.»

Er lächelt nur und ist wieder eingeschlafen.

***

Häuslich.

07:58 Uhr. Aus der Clarawache ist Marcel Oberholzer in den Waaghof überführt worden, der häusliche Randalierer von letzter Nacht. Zwei Sicherheitspolizisten bringen ihn zur Einvernahme in den Raum S 311. Zerknittert sieht er aus, als hätte er sich im Kleinbasel durch alle Hinterhöfe gerollt. Im Beisein des Pflichtverteidigers lic. iur. Peter Hauri eröffnet ihm Gülay Sermeter, er werde mit dem Verbot belegt, sich Frau Rossi, ihrem Arbeitsplatz, den beiden Kindern und Frau Rossis Eltern zu nähern oder diese Personen in welcher Form auch immer zu kontaktieren.

«Aber ich wohne dort!»

«Das hätten Sie sich vorher überlegen müssen», antwortet Sermeter. Detektivkorporal Markus Gormann sitzt als Zeuge dabei. «Dieses Verbot gilt vorerst für 14 Tage.»

«Und wo soll ich schlafen? All meine Sachen sind in der Wohnung.»

Er klingt jämmerlich. Nach vier Stunden unruhiger Schlaflosigkeit in der Zelle im Waaghof fehlt ihm die Energie, um wütend zu werden.

«Wir können Ihnen das Nötigste aus der Wohnung holen lassen», sagt Gormann. «Sie haben sicher Bekannte, bei denen Sie unterkommen können.»

Fast gleichzeitig nehmen Romina Wäckerlin und Freddie Dominguez in Müllers Einzelbüro Francesca Rossis Zeugenaussage auf. Rossi konnte auch nicht schlafen und hat sich zwei Stunden vor dem vereinbarten Termin am Empfang gemeldet. Damit sie es hinter sich hat, wie sie sagt. Romina und Freddie gehen mit ihr das Protokoll durch, das Jeanneret von der Sicherheitspolizei letzte Nacht erstellt hat. Hier eine Präzisierung, dort eine kleine Streichung, da eine Ergänzung. Tendenz abwiegelnd. Sie erklärt, sie wolle Oberholzer – «Marcel» – noch eine Chance geben.

«Wirklich? Die wievielte?», hakt Wäckerlin nach. Akteneinträge wegen Vorfällen, in die Oberholzer und Rossi oder Oberholzer und eine allfällige Vorgängerin von Rossi involviert waren, liegen zwar nicht vor. Doch oft decken Frauen Gewaltexzesse ihres Partners über Jahre, oder das Verhalten erreicht nicht die Schwelle, die sie zu einer Anzeige bewegt. Stichwort Dunkelziffer. Dass Oberholzer einzig dieses eine Mal gegenüber Rossi ausgerastet ist, bezweifelt Wäckerlin. Was fehlt einem, der «wegen Bakterien und anderen Erregern im feuchten Schwamm im Spülbecken» die Wohnung auseinandernimmt? Oder – anderes beliebtes Motiv – wegen eines «zu interessierten» Blicks seiner Partnerin auf einen anderen Mann diese beschimpft und verhöhnt und bedroht und schlägt? Dem Alkohol allein ist so etwas nicht zuzuschreiben.

«Und Ihre Kinder?», fragt Wäckerlin weiter.

Rossis Mundwinkel zuckt. «Lara und Louis können nochmals einige Tage bei meinen Eltern bleiben. Ich habe das heute Morgen mit ihnen besprochen.»

Verschiedenes.

Müller beschäftigt sich unterdessen im Einzelbüro mit anderen Aktenvorgängen, die in seinem Posteingang gelandet sind. Einmal geht es um einen Linksextremen, der mutmasslich aus Protest gegen den Kapitalismus das Schaufenster einer Grossbank mit Parolen besprüht hat. Art. 144 StGB (Sachbeschädigung). Danach kümmert sich der Kommissär um einen Rechtsextremen, der gegen die Einwanderung vorzugehen beabsichtigte, indem er laut mehreren Zeugen vor einer Dönerbude in der Klybeckstrasse Passanten beschimpfte. Seine Hauptargumentation gemäss Aufzeichnung der Patrouille letzte Nacht: «Man darf ja heutzutage nichts mehr sagen. Das ist Diktatur! Aber ich lasse mir meine Meinung nicht verbieten. Ich sage, wie es ist.» Leute, die behaupten, sie dürften heutzutage gar nichts mehr sagen, hören in der Regel nicht mehr auf zu quasseln, denkt der Müller. Sie posaunen permanent ihren Schrott heraus, ihre Ressentiments, ihre Abneigung, ihren Hass. Für Art. 261bis StGB reichen die Schimpfwörter, die der Mann ausgestossen hat, wohl nicht. Aber, falls die Zeugen zu einer Strafanzeige zu bewegen sind, sicher für Art. 173 (Ehrverletzung) und für Art. 186 (Hausfriedensbruch), sollte der proper gescheitelte Aufrührer seinen Unmut auch innerhalb des Schnellimbisses geäussert haben und die Zeugen aussagewillig sein.

Aspirantin Werner und Aspirant Blaser fahren derweil in die Breite: In der Farnsburgerstrasse steht ein als gestohlen gemeldetes Fahrzeug. Lustigerweise finden die Aspis bei der Untersuchung des Autos im Handschuhfach eine kleinere Menge Kokain. Der Besitzer des Wagens wird später angeben, das Beutelchen gehöre «aber garantiert nicht» ihm.

In allen Fällen gilt die Unschuldsvermutung.

Im System liest der Müller die Strafanzeige einer Feministin, die im Internet, in «sozialen» Medien, von angeblich erwachsenen Männern, die gerne von den Werten der abendländischen Zivilisation sprechen, mit Beschimpfungen und Drohungen bombardiert wird, die Wörter wie «Zivilisation», «Anstand», «Nächstenliebe» und «Gutmenschentum» hämisch gehässig verspotten. Hm. Der Kommissär schüttelt den Kopf und leitet die Anzeige an Mladen Jonovic von Cybercrime weiter. Der bearbeitet nicht nur Wirtschaftsdelikte, sondern auch den Müll und Hass auf den elektronischen Kanälen. Jonovic und seine Chefin, Jessica Panzeri, werden sich mit Providern und Service-Anbietern herumschlagen müssen, die sich weigern, die

Daten ihrer Nutzer herauszurücken, angeblich weil der Server im Ausland steht.

Verzweifelst du als Müller am Menschen? Angesichts der Niedrigkeiten und Dummheiten? Der blanken Idiotie? Der Stichwunde in der Hand, die wieder etwas schmerzt? Angesichts des Testosteronrauschs und der Rechthaberei, der Frechheit, Anstandslosigkeit und Blödheit? Der Anmassung, des Wahns und … Stopp! Verzweifeln tut er nicht, sondern – Vorsilbe bitte streichen: zweifeln. Ist auch ein philosophisches Prinzip des Kommissärs: weder judihui und hurra noch grrrrr und grrrrrmmmbl, sondern Stirnfalten und sich ans Kinn fassen und hoffen, dass es eines Tages Licht werde.

«Der Weise nennt sich selbst nicht so.» (Diodoros)

***

Stadtgespräch.

«Ob dieser Mann der richtige Trainer ist für den SC Basel, fragt man sich nicht erst seit der schwachen 0:1-Heimniederlage vom Wochenende.» Der Sportchef der einen Regionalzeitung führt in seinem Kommentar die Klinge gnadenlos. «Mit viel Vorschusslorbeeren ist Torben Andersen im Juni angetreten und hat vollmundig versprochen: ‹Wir spielen um den Titel.› Der Blick auf die Tabelle zeigt heute: Der SC orientiert sich brutal nach hinten. Der Traditionsverein kämpft gegen den Abstieg. Hoffen wir, dass er sich aus der grössten Not noch retten kann. Klar ist jedoch: Andersens Verpflichtung war ein Irrtum. Denn die ‹Ära› des deutschen Trainers in Basel ist eine Anhäufung von Misserfolgen und Pannen. Das beginnt bei der Transferpolitik …»

Freddie Dominguez unterhält das Müllerteam in der Automatenkaffeepause kurz nach 10:00 Uhr im Waaghof, indem er aus der Zeitung vorliest.

«Transferpolitik», kommentiert er selbst, «also, drei der Neuen hat er noch keine Minute eingesetzt, weil sie … verletzt … seien. Ha! Sonen Seich …»

Wäckerlin schüttelt bedrohlich ihren blonden Pferdeschwanz

und stimmt dem Kollegen zu. «Schwächlinge sind das! Keine Kondition und technisch absolute Pfeifen. Können den Ball höchstens knapp von einem Osterei unterscheiden –»

«Und der neue Südamerikaner?», wirft Gormann ein, «den setzt er doch ein, nicht?» Gormann gilt im Polizeikorps nicht gerade als Fussballautorität, sondern eher als Jazz- und Schubertlieder-Liebhaber. Sein Wort hat bei diesem Thema null Gewicht → Aspirant Blaser: wegwerfende Handbewegung. Freddie: Grimasse.

Romina Wäckerlin schaltet sich ein: «Als einzigen Stürmer schicken sie den aufs Feld. Defensivquatsch! Und wenn Sanchi-Martini zufällig mal einen Ball aus der Nähe sieht, verstolpert er ihn, dieser …»

Sie schaut zum Müller hin, der hätte das Wort «███» nicht gern gehört, sie stockt, fügt aber hinzu: «Also, ich bin gespannt, wie lange die Vereinsleitung noch ähm wartet, bis sie Ordnung schafft.»

«Die sind einfach zu entscheidungsschwach, keine Leadership», wirft Blaser ein. In Gegenwart des Kommissärs verzichtet er darauf, zu sagen «Die haben einfach keine Eier».

«Die haben so viel Geld für nutzlose Transfers verpulvert, dass sie sich eine Entlassung gar nicht leisten können», übernimmt Freddie, «kein Vergleich zum FCB, der bis vor wenigen Jahren wirklich solide gewirtschaftet hat. In Zukunft gehe ich vielleicht an deren Spiele, ins Joggeli. Der SC kann mich mal.»

«Misswirtschaft!», ruft Wäckerlin, und Blaser und Freddie glühen vor lauter Nicken.

Obwohl Gormann und Aspirantin Werner parallel dazu begonnen haben, demonstrativ über ein Buch zu sprechen, das sie beide gerade gelesen haben und das zurzeit die Belletristikbestsellerliste anführt, stellt der Müller doch erstaunt fest, wie sehr sich die Hälfte seines Teams beim Thema Fussball erhitzt. An den früheren Stationen seines CV hat er solche Verve rund um den Ball nicht erlebt: Vom zweidrittelkatholischen Blauburgunderdorf im unteren Reusstal, wo er aufwuchs, radelte er zwar → Stadion Altenburg → FC Wettingen. Später von seiner Wohnung in 8003 Wiedikon in wenigen Minuten → Letzigrund →FC Zürich. Doch eine halbe Stunde nach dem Schlusspfiff hatte er jeweils das Resultat vergessen.

Fussball macht Spass im Jetzt, ein kurzes Vergnügen, 90 Minuten plus Nachspielzeit, in denen man jubeln, schreien und fluchen kann, kleine Auszeit vom Alltag. Als in den nuller und zehner Jahren das Hooliganzeugs erneut um sich griff, die Transfersummen explodierten und dubiose Finanzmagnaten diesen Sport zu ihrem Spielzeug machten, hat sich der Müller innerlich und überhaupt vom Fussballbetrieb verabschiedet. Die Ergebnisse nimmt er noch zur Kenntnis, die Aufstellungen liest er, die Tabelle überfliegt er beim Zeitunglesen, er seufzt und denkt an unbeschwertere Zeiten. Seit er nicht mehr in Zürich lebt, geht er – falls – privat zu unterklassigem Fussball, weil Überlaufen zu Ligakonkurrenten prinzipiell unmöglich. Lieber aber sieht er beim Rugby zu. Auf der Pruntrutermatte in 4053 spielen die Mannschaften des RFCB. Raue Sache, klar, aber die Spieler können nicht nur austeilen, sondern auch einstecken, keiner reklamiert gegen den Schiedsrichter, kein verwöhntes Getue. Im Rugby geht's auch um Respekt.

«Ihr müsst mal lesen, was sie im Internet über den Trainer schreiben», trumpft Freddie Dominguez auf, «ha! Da geht was. Haarscharf am Strafrecht vorbei, haarscharf.»

Der Müller streift ihn mit einem Blick, und Freddie verwandelt sich zurück in den Aspiranten Mauchle, der er bei der Polizei Zürich war. Er hat unfreiwillig immer wieder für Lacher gesorgt. Einmal hat er vorgeschlagen, den gefrorenen Tank des Wasserwerfers aufzutauen, indem er unter dem Fahrzeug ein Feuer entfachen würde. Müller sieht ihn noch immer als den Jungspund, der sich brüstete, wenn *er* auf einem Foto zu sehen sei, sei die Aufnahme zwangsläufig scharf. Dabei ist er jetzt verheiratet und eidgenössisch diplomierter Polizist, ja sogar bei der Kriminalpolizei.

***

Innenpolitik.

Der Müller setzt sich nun intensiv mit den Geheimnissen der Führungstätigkeit auseinander. Diese sind schwer zu beschreiben, schwerer zu vermitteln und oft am schwersten plausibel so nachzuvollziehen, dass man sie in dieser Grösse und Gewichtung für nötig hält.

Am Nachmittag wird die Führungskomponente dieses Müllerarbeitsdienstags anschaulicher: Der Kommissär muss an einem «ungezwungenen Austausch» mit dem Vorsteher des Justiz- und Sicherheitsdepartements (JSD) teilnehmen. Ein Freiluft-Event. Der Chef des JSD will, vermutet Müller, ostentativ oder demonstrativ zeigen, dass ihm das nasskalte Dezemberwetter und die Bise aus dem Schwarzwald nichts anhaben können. Er will Tatkraft und Unverwüstlichkeit markieren. Konkret: Regierungsrat Dr. iur. Robert «Robi» Augsburger geht mit den Staatsanwälten, dem Ersten und den Leitenden, zudem dem Leitenden Jugendanwalt und den Kriminalkommissären auf der Chrischona «wandern». Das ist der höchste Berg des Kantons Basel-Stadt. Mit dabei sind auch Mitglieder des Stabs des Regierungsrats. Sie flüstern Augsburger unter anderem die Namen ein, die er noch nicht kennt oder die er wieder vergessen hat. Hochfahren auf 522 m. ü. M., und zwar ökologisch mit dem Bus 32.

Zum ÖV-Vergleich: In Zürich fährt der 32er von der Holzerhurd in Affoltern bis zum Strassenverkehrsamt, in Bern vom Bachmätteli bis Riedbach Bahnhof, in der Region Lausanne von Crissier (Timonet) bis Prilly (Galicien), und in Städten wie Luzern, Winterthur und Baden existiert der Bus 32 total nicht*. Wo … waren wir? Genau, ja: beim Weg auf die 4126 Chrischona, richtig … Also Bus 32: Riehen → Bettingen → Chrischona. Der Regierungsrat leicht enttäuscht, weil ausser der Fahrerin und den eingeladenen Strafverfolgern keine Wahlberechtigten im Bus, Hudelwetter, da fährt leider niemand hier hoch, dem er zulächeln könnte.

* Diese Aufzählung erhebt nicht den Anspruch auf Vollständigkeit. Insbesondere bleibt das Ausland ausgeklammert, das einen grossen Teil der Welt ausmacht.

Doch Programm ist Programm: «Ungezwungener Austausch mit Regierungsrat Dr. iur. Robert Augsburger», lautete der Betreff der E-Mail und die Anrede «Sehr geehrte Kollegen». Das liess den Müller gendermässig etwas stutzen, aber die Fakten wiesen ihn zurecht. «Sie sind herzlich eingeladen, am Dienstag, 8.12., 14:00 Uhr, mit dem Vorsteher des Justiz- und Sicherheitsdepartements von der Chrischona nach Bettingen zu wandern (mit Imbiss). Ziel des Anlasses ist der ungezwungene Austausch zwischen Regierungsrat Dr. iur. Robert Augsburger und den baselstädtischen Staatsanwälten und Polizeikommissären. Sie können frei alle Fragen stellen. Wir danken Ihnen, wenn Sie diese vorab bis zum 25.11. dem Departementssekretär Erwin Hardegger zustellen. Regierungsrat Dr. iur. Robert Augsburger sieht dem Gedankenaustausch mit Ihnen mit Freude entgegen.»

So stand es in der E-Mail. Der Müller hat keine Frage eingeschickt. Weil, wann hätte er Zeit dafür haben sollen, eine solche zu formulieren? Vielleicht landet sie im Personaldossier? «Ungezwungen», darunter versteht er … äh … informell und eher gesellig, also ohne Vorbereitung.

Bei der Haltestelle Bettingerstrasse hat der Müller fast alle angetroffen, Handschlag, zunicken, «Sali» zu den Kommissären, «Guten Tag» zu den Staatsanwälten, dem Leitenden Jugendanwalt und zum Vorsteher des Justiz- und Sicherheitsdepartements. Im Bus vorwiegend Stille, nur mit Schmidlin, dem Chef der Fahndung, und mit Koch von der Spezialeinheit plaudert der Müller ein wenig. Auf der Chrischona angekommen, den Regenmantelkragen hochgeklappt die einen, die Kapuze über den Kopf gezogen die Schlauen. Dann Fuss vor Fuss gesetzt, der Landesgrenze entlang absteigend. Der Wind verhindert Gespräche über mehrere Meter. So kann der Müller weitgehend schweigen. Mit Krähenmann und Stickelberger, seinem Chef und dessen Chef, wechselt er zwar beim Gehen das eine und das andere Wort, aber nichts Wichtiges. Das Tagesgeschäft soll das ungezwungene Beisammensein mit dem Departementschef nicht trüben. Obwohl, die meteorologische Lage liesse sich nur noch trüber trüben, wenn die Wolken Frösche regneten wie

Tel. 0221-569 77-0 · info@emons-verlag.de

☐ **Bitte senden Sie mir das aktuelle Verlagsprogramm zu**

☐ **Ich möchte den Newsletter von** emons: **per E-Mail erhalten**

☐ **Ich habe Interesse an Krimis aus folgender Region:**

Besuchen Sie uns auch auf www.facebook.com/EmonsVerlag

Name

Straße

PLZ/Ort

E-Mail

Ich bin damit einverstanden, dass meine hier angeführten Daten zu dem folgenden Zweck »Versand von Kundenprospekt« erhoben, verarbeitet und genutzt sowie unter Umständen an unseren Dienstleister zum Versand des angeforderten Kundenprospektes weitergegeben bzw. übermittelt und dort ebenfalls zu dem folgenden Zweck »Versand von Kundenprospekt« verarbeitet und genutzt werden. Hier werden die Daten unmittelbar nach dem Versand gelöscht. Im Fall des Widerrufs werden mit dem Zugang meiner Widerrufserklärung meine Daten gelöscht.

emons: **verlag**
Cäcilienstraße 48

50667 Köln

01/2021

BESTSELLERAUTOR
MARC VOLTENAUER:
PREISGEKRÖNT. NOIR. STARK.
DAS
MARC VOLTENAUER
LICHT
IN
DIR
KRIMINALROMAN
IST
emons:
DUNKELHEIT
ISBN 978-3-7408-1153-2
(D) 18,00 € (A) 18,50 €
emons:
www.emons-verlag.de

anno 1214 zu St. Martin im Wald von Bitschwiller oberhalb von Thann im Elsass, was die Bevölkerung in Furcht und Schrecken versetzte, den Curé aber in exorzistische Ekstase.

Item. Am Waldrand am oberen Ende des Talwegs, wenige Meter von der Landesgrenze, wo das Gelände links nach Süden steil ins Deutsche hinunter abfällt, nach Grenzach-Wyhlen, entdecken die neunzehn – einige Leute vom Stab des JSD sind mittlerweile auch dazugestossen – ein weisses Pavillonzelt mit finnischen Fackeln davor und Fingerfood und Glühwein drin. Passt tageszeitlich nicht. Wer hat schon Lust auf Fingerfood nach einem Spaziergänglein nachmittags um 15:30 Uhr? Wer hat überhaupt Lust auf Glühwein? So rein grundsätzlich gefragt: Wer hat Lust auf Fingerfood und Glühwein an einem Dienstagnachmittag um 15:30 Uhr am Waldrand oberhalb von Bettingen bei Hudelwetter in Gesellschaft des Herrn Regierungsrats und aller Vorgesetzten und Polizeioffizierskollegen?

Während du schön sauber unten in der Stadt im Dreck menschlicher Untaten waten könntest, wie es deine Aufgabe und dein Interesse ist. Hier könnte ich ein Ausrufezeichen setzen oder gleich eine weitere Handvoll dahinter. Kurz: Der Müller fühlt sich am falschen Ort und strengt sich massig an, einigermassen kommunikativ aus der dunkelblauen Windjacke zu gucken. Weil bei dieser Gelegenheit die Chefs mit den Chefchefs und dem Chefchefchef beieinanderstehen, hat Müller Benedikt das Gefühl, dass sie *ungezwungen* die Polizeioffiziere aushorchen wollen und beobachten, wie sie sich verhalten, um danach mitzuentscheiden, wer sich vielleicht eignen würde a) für höhere Aufgaben später einmal, falls sie Kopfnicker genug sind, oder b) für Frühpensionierungen oder c) als Opfer von Abbaurunden.

Eiserne Regel: Kompromittiere dich nicht.

Sagen wir's, wie es ist: Solche Anlässe sind konzeptionell nicht für den Müller konzipiert. Er würde lieber schön sauber unten in der Stadt im Dreck menschlicher Untaten waten, wie es seine Aufgabe und auch sein Interesse ist. Sagte ich das bereits? Die Nasskälte macht ihm nichts aus, das Unbehagen ist anderer Natur. Karrierebewusst zu handeln liegt ihm nicht. Ehrlich gesagt, es ist ihm zutiefst zuwider.

Warum er denn Polizist geworden ist? Weil er die Welt ein bisschen besser machen will. Nämlich! Ein kleines Bisschen höchstens, mehr geht nicht, weiss er, weil hat keinen Zauberstab, sondern bloss das Strafgesetzbuch als Superkraft. Er kommt nicht aus seiner Haut. «Der Mensch ist eben der Mensch» (Strassberg).

Im Pavillonzelt, die klebrige Tasse mit dem heissen Zimtfusel in der Hand, hält Regierungsrat Robert «Robi» Augsburger ein «improvisiertes kleines» Impulsreferat, das ihm – wird der Müller am nächsten Tag per Flurfunk erfahren – Beat Schwarz von der Medienstelle auf den Leib geschrieben und das Augsburger in den letzten Tagen zu Hause vor dem Spiegel auswendig gelernt hat. Inklusive Atempausen, Lächelpausen, Sympathieausstrahlungsmomenten, Stirnrunzeln und Raum für allfällige Lacher. Thema: «Das Image der Polizei». Klingt nicht mal schlecht, was er sagt, denkt der Müller, weil darin fast gleich lang von Rechtsstaat und Menschenrechten die Rede ist wie von Effizienzsteigerung, von … ähm … Erfahrungskapitalisierung und Aufklärungsquoten.

Trotzdem ist er froh, als er … ticktackticktackticktack … kurz vor 18:00 Uhr den Badge ans Lesegerät halten kann, wieder die Personenvereinzelungsanlage des Waaghofs durchschreitet und mit dem Lift in den dritten Stock in sein reales Leben zurückkehrt.

Immerhin hat ihm keiner das Du angetragen.

***

Rückblende: Heute Dienstag auf der Station. 09:47 Uhr.

Stimmen, Schritte, Teller klappern, weit weg knallt etwas, eine Lifttür? Auch im Einerzimmer ein Kommen und Gehen. Die Tür öffnet sich, eine junge Frau in weisser Berufskleidung und mit Besoldung weit unter dem Medianlohn tritt ein, bleibt in der Tür stehen, schaut sich um, wendet sich ab und verschwindet. Hinter sich schliesst sie die Tür. Dann klopft es, ein Mann in Weiss erscheint, vom verchromten Rollwagen im Korridor nimmt er einen Thermoskrug.

«Ich bringe Ihnen Tee», sagt er, stellt das Plastikding auf den Korpus neben dem Bett.

Auf dem Schwenkarm steht bereits eine ☐ halb volle oder ☐ halb leere – bitte gemäss persönlicher Opti- oder Pessimismusneigung ankreuzen – Tasse, sicher kalt.

Der Patient mag jetzt keinen Tee. Magenverstimmung oder Fieber, so was hat er nicht. Die Augen fallen ihm wieder zu. Er hört die Lüftung, ein Knacken der Heizkörper, darin gurgelt das Wasser, weit entfernt und deshalb leise eine Bohrmaschine, fast nicht wahrnehmbar Hammerschläge, die Vibrationen eines Motors. Er muss eingeschlafen sein.

Er erwacht wieder, als eine Krankenpflegefachfrau EFZ sein Handgelenk ergreift. Ihre Hand ist warm. Die andere löst die Uhr, die an der Brusttasche ihrer Funktionskleidung angeclippt ist. Die Frau – «P. Jakovljevic», steht auf dem Namensschild – schaut auf die Uhr, ihm ins Gesicht, wieder auf die Uhr. Sie konzentriert sich, dann nickt sie befriedigt, lächelt ihn kurz an.

«Normal», sagt sie und meint wohl den Puls.

Normal, denkt er, ist das normal? Ich? Entspricht mein Zustand der Norm, denkt er, wie ich mich fühle?

Er schlummert wieder ein. Vermutlich schläft er sogar. Ja. Der müde Mann auf der Station schläft, aber nicht tief und REM-mässig gut genug, wie man es ihm wünschen würde, damit er wieder auf die Beine kommt. Die Luft? Macht das die Luft? Krankenhausgerüche, die Klimaanlage, Belüftung, kein einziges frisches Sauerstoffmolekül. Desinfektionsmittel, Waschmittel, Menschen, die atmen und transpirieren, Essensgerüche in den Kleidern, Schweiss von Patienten und Besuchern, von Patientinnen und Besucherinnen, und der Geruch nach nassem Hund in der feuchten Stadt Anfang Dezember ohne Schnee.

Richtig hell ist es nicht geworden, fällt ihm auf, als er die Augen wieder aufschlägt. Warum das? Ich meine: Warum schlägt er die Augen wieder auf? Weil auf dem Korridor Betriebsamkeit ausgebrochen ist. Tellerklappern, Stimmen, Tellerklappern, Türen gehen. Dann geht auch seine auf. Eine Frau in Weiss bringt ein Tablett. Chromhaube über dem Teller, Loch in der Mitte, weswegen eigentlich? Damit das Essen schneller kalt wird? Damit man den Deckel leichter abheben kann? Oder hat die Öffnung mit dem Dampf zu tun? Die Frau stellt das Essen auf den Schwenkarm des Korpus neben dem Bett. Nachttisch nennt man das wohl nicht, denkt er. Steuerungsteil, Knöpfe, Draufdrücken → Das Kopfteil des Bettes richtet sich etwas auf, damit er aufrecht sitzt. Er zieht den Schwenkarm zu sich her, hebt den gelochten, hohlen Chromstahlkegelstumpf vom Teller.

Kartoffelstock mit Saucensee und braunen Fleischstücken, Erbsen und Karotten. Ein Glasschälchen grüner Salat. Schweizer Küche.

Gut, hat er ein Einzelzimmer. So hat er einigermassen seine Ruhe.

Er wacht erneut auf, als ein Arzt an seinem Bett steht. Dr. med. F. Bosshard. Trägt Bart und Brille, beides schwarz, Kugelschreiber in der Brusttasche des weissen Kittels. Der Arzt stellt ihm Fragen. Der Patient versteht nicht recht, was der Mann sagt. Haben sie ihm ein Beruhigungsmittel verabreicht? Im Kopf ist's so dauerdämmerig wie vor dem Fenster.

«Ich bin sehr müde», sagt er. Das merkt er klar, er weiss, dass er das gesagt hat. «Ich bin nur müde, sonst geht's mir gut.»

Die Lippen des Arztes bewegen sich, seine Worte sind nicht zu decodieren. Dr. Bosshard greift nach dem durchsichtigen Beutel, der über einen Schlauch mit der Armbeuge verbunden ist, und verstellt etwas am Regler.

Im Halbschlaf hört er sein Handy. Es liegt im weissen Plastikeffektenbeutel, der in der Notfallstation am Haken hing. Dieser Beutel liegt nun neben der Tasse auf dem Schwenktischchen. Nach einer Weile hört der Klingelton – «I Was Made For Lovin' You» in dezenter elektronischer Version – auf. Schliesslich schafft er es, das Gerät aus dem Sack zu fischen und mit dem Zeigefinger die Anzeige zu aktivieren. Ein Anruf in Abwesenheit. Er liest den Namen. Endlich. Endlich wieder erreichbar. Ein Projekt, intensive Arbeit, vertraulich und deshalb ohne Handy, weil nichts fotografiert werden darf. Er ruft zurück, hört drei Sätze. Zusammengefasst: «alles in Ordnung, gut vorangekommen, ich liebe dich». In drei Sätzen resümiert er seinerseits die Situation: «Erschöpfung, Notaufnahme, Krankenhaus seit gestern Abend». Er hört, was die Stimme als Antwort antwortet und antwortet als Antwort: «Einverstanden.»

***

Açk: Glut, Erlebnis, Liebe, Minne.

18:44 Uhr. Lange ist er nicht im Waaghof geblieben, die E-Mails überprüft, einige davon kurz beantwortet, einen Blick ins RIPOL, die Fahndungsdatenbank, geworfen, das Pflaster an der Hand gewechselt, sieht nicht schlecht aus, dann mit dem Tram → ins Kleinbasel gefahren. Der 6er ab Heuwaage, umgestiegen auf den 8er beim Claraplatz. Wohnung Gülay. Hammerstrasse, Altbau, zweiter Stock, dreieinhalb Zimmer. 4057. Feierabend = privat. Aber heute wollen wir hinsehen. Müller Benedikt und Gülay Sermeter haben nämlich ein Problem. Es drückt sich in einem uralten Symbol aus: ♥. In einem Filmzitat: «War das Artilleriefeuer, oder klopft mein Herz so laut?» (Ilsa Lund in «Casablanca» zu Rick Blaine). In einem Wort: Sie haben begonnen, sich zu lieben, und nicht vor, davon abzulassen. Ein Problem ist diese Liebe, weil der Müller der Vorgesetzte von Gülay ist und sie, die Detektivwachtmeisterin, die Untergebene des Kommissärs. Arbeitsrechtlich, disziplinarrechtlich, zwischenmenschlich, gruppendynamisch ... da könnte es verzwickt und unschön werden, wenn das ruchbar würde. Weil Abhängigkeit. Obwohl Gülay erweckt null Komma nullnull den Eindruck von Abhängigkeit irgendwem gegenüber. Ihren Ex hat sie auch in die Wüste geschickt, als der immer häufiger ... aber das gehört nicht hierher. Jedoch, objektiv: Hierarchie,

Machtgefälle, Teamdynamik. Geht nicht im Zusammenhang mit ♥. Und interne Vorschriften. Muss er, muss sie, müssen sie beachten, sonst → raus oder eine oder einer von ihnen irgendwohin in die rückwärtige Administration versetzt, wo seit Anbeginn der Menschheit nie jemand hinwollte, weil Langweiletod droht. Gefahr auch: Rufmassaker in den unsozialen Medien.

Darüber sprechen Gülay und Müller in der Küche von Gülays Wohnung. Einen Tee trinken sie, der heisst Abendtraum. Tönt sehr spürstdumich … schmeckt aber eins a, weil drin sind Salbei, Lavendel und vor allem Hopfen. «Hopfen und Malz, Gott erhalt's.» (Brauerei Müller, 5400 Baden AG).

«So können wir nicht weitermachen», sagt Gülay durch ihre klitzekleine Zahnlücke zwischen dem rechten oberen Schneide- und dem Eckzahn hindurch, «dieses Versteckspiel ist entwürdigend. So geht das nicht. Zwangsläufig kommt bald jemand dahinter.»

Der Müller nickt.

Gülay weiter: «Ich will mit dir mal ins Theater, ins Kino.»

«Ich auch», sagt der Müller und denkt an potenzielle gemeinsame gastronomische Expeditionen, was du mit einer Arbeitskollegin oder organigrammatisch Unterstellten am Feierabend oder am Wochenende sicher nicht machst.

Vom Kinderzimmer kommt zuerst Céline herüber, ein Buch in der Hand, dann folgt Murat mit dem Französischarbeitsheft. «Ich komm da nicht draus.»

«Fünf Minuten», antwortet ihm Gülay, «geht nochmals rüber. Wir haben etwas zu besprechen. Aber wir sind gleich fertig. Nachher kochen wir. In Ordnung?»

Keine Reaktion.

«Ich rede mit dem Chef … okay?», schlägt Müller vor, «so bald als möglich. Ich frage ihn nach einem Termin.»

«Gut», antwortet Gülay, während der Müller bereits aufgestanden ist, den Backofen vorheizt und Peperoni in Würfel zu schneiden beginnt. Pizza.

Dann wendet er sich wieder ihr zu und schiebt leise nach: «Jemand von uns wird den Job wechseln müssen.»

Sie schaut ihn an und verzieht den Mund. Alles willst du nicht im Detail vor den Kindern besprechen. Denn die stehen noch immer in der Tür.

Mitten in der Nacht wacht er neben Gülay auf, weil es in seinem Kopf denkt und denkt. Das denkt der Kopf: Dass Müller mit Krähenmann sprechen wird, bedeutet vor allem eines: dass Gülay + Müller = ernstere Sache = wirklich ♥. Du-dumm, du-dumm, du-dumm. Das gut durchblutete Organ klopft. Das ist ihm ewig nicht passiert. Er lächelt und hört Detektivwachtmeisterin Sermeter beim Atmen zu. Bis auch er schliesslich einschläft.

DREI

Das böse Wort.

Mittwoch, 9. Dezember. 08:09 Uhr. Bise. Fast scheint es, der Himmel schleudere scharf geschliffene kleine Schneekristalle in die Tiefe. Sankt-Jakobs-Strasse, Kreuzung Gartenstrasse, Geschäftshaus. Roland Cattaneo und seine Kollegen von der Kriminaltechnischen Abteilung packen ihre Ausrüstung wieder ein. Sie haben die Sachbeschädigungen – Art. 144 StGB – ausgeleuchtet und fotografiert und um die Ecke unter einer Thujahecke eine gebrauchte Sprühdose sichergestellt. Werden sie auf Fingerabdrücke untersuchen und, falls es das Budget und die Verhältnismässigkeit erlauben, auf DNS-Spuren.

«TOD UND HASS DEM ANDERSEN»

«WIE LANE NOCH, ANDERSEN?!»

Da hat einer das G vergessen.

«BYE-BYE ANDERSEN!»

Steht alles frisch auf der Fassade eines Bürohauses und gerade so knapp getrocknet, dass die Stinkwanzen kleben bleiben würden, schliefen die nicht gerade faul ihren Winterschlaf. Vom Waaghof her treffen Müller und Wäckerlin ein und vom Spiegelhof her Adrian Metzger von der Kantonspolizei, der weiss viel über fussballbezogene ähm Umtriebe, ein Facheremit, wie er im Buche steht. «Schauen wir uns das an», sagt der Müller. Unnötiger Satz, weil Grund ihres Hierherkommens klar, linguistisch auch deutlich: phatischer Akt nach Searle.

«Machen wir hier Ordnung», sagt Wäckerlin.

Sie begrüssen Metzger, Cattaneo und Hurni, das ist der kleine Rothaarige.

«Dieser Andersen, dem sie all das wünschen, ist …?», will der Müller sichergehen.

Wäckerlin sieht ihren Chef scheel an, einen Augenblick nur, gleichzeitig hofft sie, er habe diesen Blick nicht bemerkt. Adi Metzger zuckt mit keinem Gesichtsmuskel.

«… genau, der Trainer des Fussballclubs», rettet Cattaneo die Situation, «dem wünschen sie das.»

«‹Tod und Hass› … lässt sich als Drohung verstehen», fährt der Müller trocken weiter. Art. 180 StGB: Freiheitsstrafe bis zu drei Jahren oder Geldstrafe. «Oder eine öffentliche Aufforderung zu Gewalttätigkeit.» Art. 259 StGB: Freiheitsstrafe bis zu drei Jahren. «Und natürlich Sachbeschädigung.» Art. 144 StGB: Freiheitsstrafe bis zu drei Jahren oder Geldstrafe.

Metzger weist den Müller darauf hin, dass sich ähnliche Sprayereien in den letzten zwei, drei Wochen gehäuft haben. Cattaneo bestätigt das.

«Warum denn?», will Müller wissen.

«Wegen der Resultate, dängg!», platzt es aus Romina Wäckerlin heraus, dass ihr Pferdeschwanz ärgerlich ausschlägt, «katastrophal! Seit der hier Trainer ist, gelingt dem SC überhaupt nichts mehr. Wenn's so weitergeht, steigen sie am Ende noch ab.»

«Nein, nein, nein», mischt sich Kriminaltechniker Hurni ein, «so weit kommt's sicher nicht. Die packen das irgendwie schon wieder. Mit oder ohne Andersen.»

«Eben», schnaubt Wäckerlin. «Lieber ohne!» Und zu Müller gewandt, fügt sie hinzu: «Frag Freddie. Der wird dir dasselbe sagen.»

Adrian Metzger wirkt derweil wie das Orakel von Amalfi.

Dem Müller dämmert es, dass Freddie Dominguez … war das am Montag? … über seinen Stadionbesuch geflucht und aus der Zeitung vorgelesen und über die Formkurve des SC Basel gelästert hat. Eine 0:1-Niederlage, nicht? Als Aargauer Zürcher, als Zugezogenen, hat das Geseier den Müller kaum interessiert. War es Harpo Marx, der Fussball als Opium fürs Volk bezeichnet hat?

Müller ist zwar ein alter FCZler, ich korrigiere: war einer.

In den letzten Jahren ist er allmählich, aber Lichtjahre vom Fussball weggedriftet. Das ganze Bling-Bling-Zeug … Grenzwertige Grossmäuler unter den Clubverantwortlichen, Investoren, mit denen du keinen Kaffee trinken möchtest, Spieler, mit denen du zero Interessen teilst. Auf dem Feld Egozentrik, als wären's Einzelsportler, die sich nicht vertragen. Geldgeber, die zu laut sprechen, in Anzügen, die er sich nie anzöge, das Gesicht vor lauter Cognac und Cüpli und Havannas gerötet und aufgedunsen. «Fans» in Anführungszeichen.

Vorurteile und Klischees? Vielleicht. Aber das ist es, was der Medienkonsument mitbekommt. Im Stadion lauwarme Würste, überteuerte Hamburger und pampige Fettfritten. Und beruflich, beim unfriedlichen Ordnungsdienst, eignest du dir mit der Zeit eine gewisse Perspektive an. Im Müllerhirn salbadert es noch zwei, drei Satzkonstruktionen weiter: Seit Ivan Ergic hat sich kein Fussballer mehr für Philosophie interessiert, seit Beni Huggel mutmasslich kaum mehr einer ein Buch gelesen. Trainer, die Junioren anbrüllen. Väter, die sich an der Seitenlinie in den Herzanfall hineinsteigern, weil der Stammhalter, für den Papa und Mama allllles tun, beim U-11-Turnier eine Hundertfünfzigprozentige versiebt. So schaffen's Xayvion-Brad und Lenny (wie der Papa) nie und nimmer in den Profifussball. Enttäuschung!

Das Spiel? Ja, doch, der Müller mag die 90 Minuten ganz gern, manchmal, doch. Für den Polizeimann aber, ich sagte es, bedeutet Fussball vor allem unfriedlichen Ordnungsdienst, Schutzkleidung, Einsätze gegen Hooligans, Ausrücken wegen Tätlichkeiten und – jetzt gerade – wegen Sachbeschädigung.

«Ich höre mich mal um», sagt Adi Metzger, der Fussballszenespezialist der Kantonspolizei, und deutet auf die Wand mit den halbfeuchten Parolen.

Da klingelt dem Müller sein Handy, er hört zu, winkt Wäckerlin zu sich, sie verabschieden sich von Cattaneo, Hurni und Metzger. Ab in den Wagen. Blaulicht.

***

Wegräumen.

Am Auberg, topmodernes Gebäude aus den zehner Jahren, Eigentumswohnungen, grauer Kunststein, eine Reihe von schmalen Schiessschartenöffnungen kontrastiert mit Panoramafenstern. Hauswart Eusebio dos Santos räumt mit einer Schaufel die tote Ratte weg, die im Eingang der Liegenschaft liegt. Rattus norvegicus mortuus. Die zweite innert weniger Tage ist es. Als Hauswart mehrerer Liegenschaften ist sich dos Santos noch viel Ärgeres gewohnt, besonders von Gebäuden, die noch zentraler liegen oder direkt an Ausgehrouten. In Eingängen und Hinterhöfen gehören zum Tagesgeschäft: Fastfoodverpackungen, Wodkaflaschen, Scherben, undefinierbare amorphe Substanzen, die klebrig aussehen, Ausscheidungen der männlichen Blase, giftgrüner Rotzschleim, gebrauchte Präservative. Immer beliebt auch: halb verdaute Mageninhalte, von der Speiseröhrenperistaltik entgegen der Schwerkraft nach oben gedrückt und oral ausgestossen. Eusebio dos Santos zweifelt nicht mehr am Menschen. Er weiss, was er von ihm zu halten hat. Der Mensch ist ein … não, mit einem «animal» will er ihn nicht vergleichen, er mag Tiere gern, an der Leine, auf dem Grill und auch lebend. Kein Schwein, kein Hund, kein Koalabär führen sich auf wie die Menschen da draussen. Die Affen wollen nicht mit dem Menschen verwandt sein, hat er vor Kurzem gehört. Kann er verstehen.

Die tote Ratte. Er räumt sie ohne Aufhebens in den Container, in den die Hausbewohner ihre Bebbi-Säcke werfen. Morgen ist Abfuhrtag. Dann wird der Nager abtransportiert und in der Kehrichtverbrennungsanlage an der französischen Grenze draussen eingeäschert.

Später wird Eusebio dos Santos bedauern, dass er den Kadaver so gedankenlos entsorgt hat. Weil er, ohne es zu ahnen, im Grunde mitten im Geschehen war.

***

117.

Blaulicht Müller und Wäckerlin, wegen herrenlosem Reisekoffer auf der Passerelle im Bahnhof SBB. Hinterher reisst du vielleicht Witze: Menschen lassen nun mal Gepäck stehen, seit es welches gibt. Aber wenn im ersten Fünftel des 21. Jahrhunderts auf einem werktags von 135'000 Personen benutzten Bahnhof wie Basel SBB ein Koffer herumsteht, der niemandem zu gehören scheint, kann das Dimensionen annehmen, Dimensionen! Das leicht ramponierte Corpus Delicti steht oben auf der Passerelle, die über die Gleise 4 bis 17 führt, links und rechts Läden, Schnellimbisse, Cafés, ein Kiosk, eine Buchladenfiliale, Menschen, die ankommen, abreisen oder sich zu Fuss von Gundeldingen Richtung Innerstadt begeben oder umgekehrt, von der Tramhaltestelle 16 und E11 hinter dem Bahnhof zur Tramhaltestelle der Linien 1, 2, 8, 10, 11 auf dem Centralbahnplatz oder zu den Bussen 30, 48 und zum Flughafenbus 50. Dimensionen! Lieber nicht darüber nachdenken.

Weil: Wenn das einsame Gepäckstück einen Sprengsatz enthält, kann diesem Sachverhalt niemand einen Hauch Amüsement abgewinnen. Ausser Perverslingen und Fanatikern.

Auslöser der Polizeiaktion war ein Anruf der Brezelverkäuferin Valeria Babic → 117 → Zentrale → Aus dem Posten beim Gleis 1 (S1 → Laufenburg) sofort im Laufschritt eine Zweierpatrouille Sicherheitspolizei auf die Passerelle hoch. Korporal Rudolph Jasmin und Polizist Mundschin Reto zum «Brezelkaiser» zwischen der Rolltreppe, die hinunter zu den Gleisen 9/10 führt, und einer Sitzecke. Frau Babic zeigt in diese Nische, rechts davon befördert die nächste Rolltreppe die Reisenden zu den Gleisen 11/12 hinunter. In der Nische links an der Glaswand ein Abfalltrenner, geradeaus eine Reihe Einzelsitze, rechts zur Glaswand ebenfalls. Rechts auch der grüne Kasten eines Defibrillikators. In der Mitte ein «Baum» mit echtem Birkenstämmchen, oben helle runde Filzblätter. Und rund um diese Baumattrappe, die womöglich eine sedative Wirkung auf die sich hier aufhaltende Menschheit ausüben soll, bietet sich eine weitere Sitzgelegenheit aus gebogenem hellen Holz an. Capisci? Unter einem der Sitze hinten an der Scheibe, durch die all die Schienenstränge zu sehen sind, sichten Jasmin Rudolph und Reto Mundschin den signalisierten Koffer.

Zuerst weisen sie freundlich, aber bestimmt die sieben Personen weg, die in der Nische sitzen. «Kein Grund zur Panik», sagen sie nicht, sonst bricht dieselbe aus, sondern «Wir bitten Sie, sich von hier zu entfernen», anderswo gebe es einen weiteren Wartebereich. Die Kollegin und der Kollege stellen fest, dass sich niemand für den verdächtigen Gegenstand zu interessieren scheint. Unbeachtet von den Fahrgästen, den Ankommenden und Abfahrenden, den Passanten, die vorbeieilen, den Bahnangestellten, die sich zu ihrem Zug begeben, dem seltsamen Mann, der eine Art Uniform trägt und einen Koffer mit der Aufschrift «Kasachstan», fokussieren Rudolph und Mundschin voll auf diesen offensichtlich gebrauchten schwarzen Rollkoffer aus synthetischem Gewebe, verstärkt durch ein Aluminiumgestell. Sie nähern sich dem Objekt, stellen nichts Aussergewöhnliches fest. Kaum ein Gegenstand ist so langweilig und unpersönlich wie ein Rollkoffer. Deshalb binden manche Leute einen roten oder blauen Wollfaden an den Griff oder eine diskrete Etikette, damit sie ihr Gepäckstück von tausend identischen Koffern unterscheiden können.

Dieser hier ist nicht personalisiert. Schwarz und dunkel und müde steht er da, 25 x 40 x 55 cm. Wie ein schwarzes Loch schluckt er Licht und Hoffnung und rührt sich nicht.

Kpl Rudolph ruft mit ihrem Diensthandy die Spezialdienste zu Hilfe. Pol Mundschin sperrt mit einem rot-weissen Plastikband, das er in einer Tasche der Uniform bei sich trägt, die Sitzecke zwischen dem «Brezelkaiser» und dem Fedibri... kann ich's jetzt? ...llikator ab. Jetzt bleiben Leute stehen und fragen, was los ist. Du sagst bloss «Bitte gehen Sie weiter», weil wenn du «herrenloser Koffer» sagst, löst du in den Köpfen einen Film aus: Bologna, London Bridge, King's Cross, Brüssel. Trotz besonnenem Vorgehen der Patrouille hat nach wenigen Sekunden ein Leserreporter ein unscharfes Handybild eingesandt und ein anderer User ein verwackeltes hochgeladen und eine Sofortlageanalyse dazugeschrieben, die lautet: «Was geht ab??? Basel SBB??? Überall Polizei!!!» Das ist die Realität ziemlich aufgepumpt, denn erst jetzt trifft die Sondereinheit Basilisk ein und zeitgleich von der Andersen-Sprayerei her Müller und Wäckerlin. Das Auto haben sie vor dem Bahnhof beim Taxistand abgestellt, was ihnen Flüche in vielen Sprachen eingetragen hat. Der Rest des Müllerteams kommt adesso auch an. Sie beginnen sogleich, die Passerelle zu evakuieren und das Personal der Läden auf der Passerelle und die Gäste im Schnellimbisscafé gegenüber der Fundstelle zu befragen: Jemand etwas gesehen? Etwas Ungewöhnliches? Jemand stehen geblieben? Ist Ihnen ein schwarzer Rollkoffer aufgefallen? Hat sich jemand aussergewöhnlich verhalten? Wie lange steht das Gepäckstück dort? Gesehen, wer es deponiert hat?

Wäckerlin und Gormann besorgen bei den SBB die Aufnahmen der Überwachungskameras und fangen auf dem Bahnhofsposten der Kantonspolizei sofort mit der Visionierung an.

Die Befragungen im Chaos der einstigen Schalterhalle durch Müller, Sermeter, Dominguez, Werner und Blaser ergeben folgende sachdienliche Hinweise:

Jemand will eine verschleierte Frau gesehen haben …

Kein Wunder in einer grösseren Stadt mit heterogener Bevölkerung.

… ein anderer mehrere fremdländisch aussehende Männer …

Nicht erstaunlich an einem Bahnhof mit Reisenden von überallher.

… die sich in einer fremden Sprache miteinander unterhielten …

Also. Was soll man dazu sagen. Ausländer. An einem Bahnhof.

… und Jugendliche, die sich seltsam verhielten.

Schon Platon pflegte zu stänkern, dass sich Jugendliche ständig eigenartig und vor allem falsch verhalten. Und noch Müllers Chemielehrer Friedli rieb der Klasse unter die Nase, dass jeder Jahrgang dümmer sei als der frühere.

Die Beschreibungen sind vage, treffen auf Tausende von Personen zu, widersprechen sich, sind Mutmassungen und spiegeln manchmal bloss Ressentiments.

Wurmt das den Müller? Natürlich. Hilfreich ist anders. Erstaunt ihn das? Nein. Weil erstens haben die meisten Leute anderes zu tun, als ihre Mitmenschen zu beobachten, und zweitens sind ungenaue Beschreibungen, verschobene Wahrnehmung, wacklige Erinnerungen, Einbildung, Unterstellungen und Lücken das Kleid, das die Natur dem menschlichen Geist auferlegt hat. «Der Geisterfahrer, den du im Spiegel siehst, bist du selbst», notierte sich Georges-Emmanuel Eichenberger-Abgottspon, der berühmte Alchemist aus dem unteren Reusstal, als er 1967 für einen Moment an der neu erstellten Autobahnraststätte Kölliken ins Sinnieren kam. Aber lassen wir den zufrieden. Es wird sein einziger überlieferter Aphorismus bleiben.

Immerhin: Zwei Taschendiebe und einen Kleindealer nehmen Freddie, Gülay, Aspirantin Werner, Aspirant Blaser und der Müller fest. Unbedeutende fringe benefits einer grösseren Polizeiaktion.

Die Sondereinheit hat derweil den Koffer längst abtransportiert, wird ihn auf dem Zeughaus-Areal kontrolliert sprengen und dabei feststellen, was er enthielt.

Dreissig Minuten nach dem Alarm wird die Passerelle wieder freigegeben.

Romina Wäckerlin und Markus Gormann haben auf den Aufzeichnungen der Überwachungskameras den mutmasslichen Täter entdeckt, einen Mann mittleren Alters mit dunklem Wintermantel, Brille, Glatze und Regenschirm. Nun ja, solche leben in dieser Stadt einige. Ein Stück weit fühle ich mich solidarisch mit diesem Typus. Die Bilder sind recht gut. Sofort löst der Müller die Fahndung aus.

Eine halbe Stunde später meldet die Sondereinheit dem Müller den Inhalt des gesprengten Koffers: Haushaltmüll, nicht ordnungsgemäss entsorgt.

Da sinkt der Puls und steigt der Blutdruck: Lohnt sich eine Personenfahndung aufgrund eines solchen Bagatelldelikts? Der blossen Ordnungswidrigkeit, einen alten Koffer mit Abfall im Bahnhof ausgesetzt zu haben? Sicher nicht. Aber Gegenargument: Die Kosten für den Polizeieinsatz, den der Koffer zur Folge hatte … Schreckung der Bevölkerung (Art. 258 StGB) … die Sondereinheit Basilisk, das Müllerteam, die Sprengstoffexperten, mehrere Patrouillen der Sicherheitspolizei … Gegengegenargument: Ist es verhältnismässig, dem illegalen Abfalldeponierer die Kosten der Polizeiarbeit aufzuerlegen? Weil dieser Aufwand sonst zulasten des Polizeibudgets geht, sprich: des Steuerzahlers, also von uns allen. Zusatzargument: Verursacherprinzip. Verursacherprinzip! Verur… Stopp! Narrative Exitstrategie: Lassen wir die «Juristerey» (Goethe), machen wir weiter mit Polizei.

Greifen wir chronologisch proleptisch vor. Um es sozialistisch zu sagen: «Vorwärts!» Nämlich: Ein Täterbild wird sofort an die Polizeidienststellen der Kantone Basel-Stadt und Basel-Landschaft verschickt. Noch heute wird der Community-Policing-Ansprechpartner für Gundeldingen und fürs Bruderholz das Fahndungsfoto zu Gesicht bekommen und den Mann erkennen. Weil bereits zuvor als illegaler Abfallentsorger aufgefallen. Wollte er das System ärgern, indem er seinen alten Koffer und seinen Kehricht in der Öffentlichkeit deponiert? Aus Misanthropie die Leute erschrecken und aus Querulanz die Bullen piesacken? Das Dossier wird noch diese Woche dem Staatsanwalt übermittelt werden. Nicht wegen der Müllquisquilien, sondern, ich vermutete es, verfolgt wird das Delikt gemäss Art. 258 StGB. Bedeutet: Schreckung der Bevölkerung → Freiheitsstrafe bis zu drei Jahren oder Geldstrafe. Plus zivilrechtlich: Überwälzung der Kosten für den Polizeieinsatz auf den Beschuldigten. Wenn er Glück hat, erst knapp im fünfstelligen Bereich. Ob die Anklagepunkte haltbar sind oder eine fromme Idee, darüber hat nun Staatsanwalt Krähenmann nachzudenken, dem Müller sein direkter Vorgesetzter. Den Entscheid wird das Gericht fällen. Rechtsstaat wichtig, weil «wenn die Gerechtigkeit fehlt, was sind dann Staaten anderes als grosse Räuberbanden?» (Augustinus, De Civ., 4,4).

***

Polizei-Meditation, vorübergehend.

15:00 Uhr, Kaffeepause im Waaghof, ausnahmsweise das

ganze Müllerteam im Haus. Sagen wir's, wie es ist: An einem Mittwoch, 9. Dezember, was der dreihundertdreiundvierzigste Tag eines Nichtschaltjahrs ist, pfeifst du aufgrund der geleisteten Arbeitstage, Überstunden und Anstrengungen aus dem letzten Loch. Du weisst, du musst noch volle zweiundzwanzig Tage durchhalten, die ganze Vorweihnachtszeit, die alljährliche Taschen- und Trickdiebinvasion in der Innerstadt, die Dämmerungseinbrecher, die angeblichen Polizisten, die die Leute belästigen, und die häuslichen Gewaltdelikte an den Feiertagen und zwischen den Jahren bewältigen. Bis endlich das Feuerwerk bei der Mittleren Brücke in die Lüfte steigt, rot und grün und gelb und blau und weiss explodiert und das neue Jahr mit Feinstaub einpudert und -böllert und -funkelt, wird noch viel Illegales passieren. Im neuen Jahr, das den alten Kalender schöpferisch zerstört, wird das Kriminalkommissariat erneut mit dem Ideenreichtum und der doppelplusunguten Dummheit von Delinquentinnen und Delinquenten aller Art und Neigung konfrontiert werden. Das ist so sicher wie ein Zahlenschloss der Firma ████. Automatenkaffee hilft gegen dieses Gefühl, dieses «taedium vitae» (Seneca), diesen Lebensüberdruss. Deshalb versammeln sich Sermeter, Wäckerlin, Gormann, Dominguez, Werner, Blaser und Müller hier bei der polizeilichen Wellness-Oase, dem Kaffeeautomaten, und stärken sich psychosozial und biokeynesianisch.

Aber bald fertig Geselligkeitsminuten: Müllerteam weiter Tagesgeschäft → viel Kleinkramzeug, Einvernahmen, Datenbanken abfragen, telefonieren. Das Strafgesetzbuch und das Betäubungsmittelgesetz beherbergen etliche hochinteressante Artikel, die nach Abgleich mit realen Ereig- und Vorkommnissen reichlich zum Zuge kommen. Es gilt die Unschuldsvermutung. Fehler vermeiden, obwohl: «Wer aufhört, Fehler zu machen, lernt nichts mehr dazu.» (Theodor Fontane).

Romina Wäckerlin und Freddie Dominguez setzt der Kommissär auf die Sache mit den fussballbezogenen Sachbeschädigungen an.

Der Müller selbst beantwortet Rückfragen des Staatsanwalts,

bespricht sich mit Jessica Panzeri und Mladen Jonovic von Cybercrime und Wirtschaft, liest einen Bericht der Konferenz der Kantonalen Justiz- und Polizeidirektoren (KKJPD) durch, frischt seine Kenntnis des Regierungsratsbeschlusses vom 30. April 2019 über «Kriminalitätsbekämpfung einschliesslich Strafverfolgung – Festlegung der Schwerpunkte 2019–2021» auf, um für eine Medienkonferenz am Freitag gerüstet zu sein. Schliesslich wird er daran gar nicht teilnehmen müssen, Krähenmann und als Chefwortführer dessen Vorgesetzter, der Erste Staatsanwalt Stickelberger, übernehmen das. Zitate in den Medien, vielleicht ein Foto? Man munkelt, Stickelberger dränge es nach Bern, die Bundesanwaltschaft ... Als Garnitur in Uniform wird diesmal Schmidlin von der Fahndung in der Medienkonferenz sitzen und die Würze von real crime beisteuern.

Eine Auskunftsanfrage des Nachrichtendiensts des Bundes über einen mutmasslichen Extremisten leitet der Müller an die basellandschaftlichen Kollegen weiter. Besser ist besser. Oftmals begreifen sie in Bern nicht, dass es keinen «Kanton Basel» gibt, sondern gleich zwei, wenngleich halbe.

Wäckerlin und Dominguez → Gemeinschaftsbüro → zuerst die Datenbank HOOGAN. Dieses Informationssystem enthält Daten über Personen, die sich an Sportveranstaltungen im In- und Ausland gewalttätig verhalten haben und gegen die eine Massnahme verhängt wurde. Knapp 1'600 Namen stehen drin, wovon rund 20 Frauen. So viel zu Gender. Zwei Drittel der Eingetragenen sind zwischen 19 und 29. So viel zu Youth. Doch immerhin 40 der 1'600 sind zwischen 60 und 69. So viel zu Age. Gegen 670 sind Massnahmen in Kraft: Rayonverbote, Meldeauflagen, Stadionverbote. So viel zur Unschuldsvermutung. 500 sind wegen Eishockeyvorfällen verzeichnet, die übrigen wegen Fussball. So viel zu den Sportarten. Es gibt keine Marathon-, Hammerwurf- und 400-Meter-Hürden-Hooligans.

HOOGAN ... Die jüngere männliche Bevölkerung muss in der Freizeit ja etwas unternehmen, damit das Leben zerrinnt:

Landfriedensbruch, Zuwiderhandlung gegen das Sprengstoffgesetz und das Vermummungsverbot sind die häufigsten Delikte der Klientel dieser Datenbank. Gewalt und Drohung gegen Beamte, Raufhandel, Sachbeschädigung, Tätlichkeit und Angriff folgen in der Beliebtheitsskala gleich darauf.

Sachbeschädigung, das können Sprayereien sein. Romina und Freddie grenzen zuerst geografisch ein. Ein Vaduz- oder Servette-Sprayer dürfte sich mit an null grenzender Wahrscheinlichkeit mit Anti-Andersen-Sprüchen auf Basler Mauern verewigt haben. Ein Anhänger des Stadtrivalen FC Basel hätte wohl nicht Andersen verhöhöhöhnt, sondern den Krihihihihisenclub. Die Täterschaft dürfte folglich mit an Wahrscheinlichkeit grenzender undsoweiter dem Anhang des Sportclubs Basel zuzurechnen sein.

In der Datenbank finden sie die Namen von zwei Männern aus der SCB-Supporter-Szene, die sprühtechnisch aktiv waren. Nun müsstest du ja einfältig sein, genau mit dem Delikt weiterzumachen, wegen dessen du vorbestraft bist. Natürlich gibt es Unverbesserliche und Einfaltspinsel, doch als selbstverständlich voraussetzen können die Kriminalpolizisten nicht, dass einmal Sprayer = immer Sprayer. Die Hombres, die den big Fun an fussballbezogenen Fisimatenten in strafgesetzlich relevante Handlungen umsetzen, stammen aus allen Bevölkerungsgruppen. Du findest darunter den promovierten Germanisten wie den Neandertaler, den Dipl. Ing. ETH, den Büroheini mit eidgenössischem Fachausweis, das Reichensöhnchen ebenso wie den Arbeiterjungen aus 8048 Zürich-Altstetten («We Salute You», AC/DC) und 4132 Muttenz, Schweizer wie Ausländer und eben fast ausschliesslich Männer männlichen Geschlechts. Sie tragen Jeans, Turnschuhe und Hoodies und mögen im Allgemeinen Hopfen, Malz, Schmerzmittel und andere kleine Helfer. Ein geistiges Leben liegt ihnen im Allgemeinen eher fern.

Die zwei besagten SCB-Sprühdosen-Fussballer wurden beide wegen Sachbeschädigung verurteilt, der eine vor zwei, der andere vor anderthalb Jahren. Die Adressen finden Wäckerlin und Dominguez mit zwei Klicks. → «Let's go rodeo!», wie vor Jahren* Aspirant Gruber von der Polizei Zürich im Streifenwagen jeweils rief, wenn er in den fünften Gang schaltete. «Geh nicht dahin, wo der Puck ist. Geh dahin, wo der Puck sein wird.» (Wayne Gretzky).

***

Patientenakte abgeschlossen.

Es dauerte doch länger als erhofft. Bis der Oberarzt endlich zur Visite kam und die Austrittspapiere unterschrieben hat. Bis der Patient angezogen war, schlug die Predigerkirche nebenan 16:07 o'clock. Die Frau am Empfang hat ihm ein Taxi gerufen.

«Ist er das nicht? Was macht denn der hier? Lass uns mal schauen, wohin er geht.» Zwei Männer beobachten den Mann, der gerade das Universitätsspital verlässt. Eine Videokamera zeichnet auf, was sich im Eingangsbereich abspielt. Der Mann steigt in ein Taxi.

Die kurze Fahrt bis zur Wohnung, der Taxifahrer unfreundlich, weil das Taxameter nur sieben Minuten gelaufen ist, 1.8 Kilometer. «Auf Wiedersehen.» Trinkgeld habe ich ihm keins gegeben.

In der Wohnung giesse ich mir ein Glas Wasser ein. Ich setze mich aufs Sofa. Der Weg von der Station zum Lift, hinaus zum Taxi, die wenigen Minuten im Auto, die zwanzig Schritte vom Hyundai zur Haustür, das Aufschliessen, die drei Meter zum Lift, von der Lift- zur Wohnungstür, durch den Korridor ins Wohnzimmer, in die Küche zum Wasserhahn, zurück ins Wohnzimmer, sich setzen ... Das war Anstrengung, als wäre ich eineinhalb Stunden gerannt.

Denken Sie, das macht mir nichts aus? Denken Sie, der kann alles einfach wegstecken? Bin ich ein Panzer, dem nichts und niemand etwas anhaben kann? Angepisst werden ohne Ende und trotzdem permanent Zuversicht verbreiten? Stehaufmänn-

---

* «Müller und das Lächeln des Hundes», Köln: Emons, 2014, S. 35.

chen, Dauerläufer, Machiavelli, schlauer Fuchs und immer in Alarmbereitschaft, auf dem Sprung, reaktionsschnell, flexibel, immer die richtigen Ideen parat, immer ein Rezept auf Lager, einen Trumpf im Ärmel, sich nicht unterkriegen lassen, weitermachen, weitermachen, durchhalten, ohne Durchhalteparolen auszugeben, locker wirken, aber nicht zu sehr, permanent einen guten Draht zu allen und trotzdem nicht an Autorität einbüssen, unbequeme Entscheidungen rücksichtslos durchsetzen und genau wissen, mit wem man sich's auf keinen Fall verscherzen darf. Und vor allem: sich niemandem anvertrauen, keine Schwäche zeigen, niemanden einweihen.

***

Beinarbeit.

Romina Wäckerlin und Freddie Dominguez treffen Rico Dordevic (36) um 16:03 Uhr vor dem Bürohaus an. Er ist einer der verurteilten Sprayer aus der Datenbank und arbeitet in der Aeschenvorstadt in einer Firma, deren Tätigkeitsfeld dermassen abstrakt ist, dass ich es nicht richtig verstanden habe und erst recht nicht erklären kann, was es nützen könnte, deren Dienste in Anspruch zu nehmen. Ist legal, keine Sorge.

Willst du beim Rauchen vor dem Gebäude in Gegenwart zweier Bürokollegen von zwei Zivilen zielstrebig zur Rede gestellt und mit deinem Namen angesprochen werden, als hättest du laufend mit denen zu tun?

Willst du, dass dir die zwei Zivilen freundlich eröffnen, sie hätten bloss einige Routinefragen, die sie dir gerne vor Ort und sofort stellen würden, damit sie dich nicht in den Waaghof vorladen «müssen»? So drückt es die grosse Blonde aus, die dich anlächelt, als könnte sie dich problemlos mit einem Arm aufs Dach des Bürohauses schleudern.

Nein, willst du nicht. Aber sie sind nun mal da. Der kleinere Bulle platzt fast, sieht Dordevic jetzt, vor Muskeln.

Streng genommen müsstest du in diesem Augenblick oben vor dem Bildschirm sitzen und deine abstrakte Tätigkeit verrichten, dürftest nur wenige Minuten raus, im Arbeitsvertrag ist die Dauer der Pausen verbindlich festgelegt. Falls Rohrer, dieser Speichellecker, wirklich die Zeit stoppt, wie Rico seit Langem vermutet, hat er demnächst ein mittleres Problem. Nicht Rohrer, sondern er, Rico Dordevic. «Bloss einige Routinefragen» … das klingt nach mehr als drei Minuten. Das weiss er vom letzten Mal, als sie ihn geschnappt haben. Wenn er das Gespräch aber zu verschieben wünschte, hätte er sich am Feierabend im Waaghof einzufinden, was tutti quanti auch einige Zeit dauern würde, was wiederum zu einer Verspätung in seinem Tagesablauf führen würde. Mann, wäre Margot stinkig, wenn er zu spät käme! Sie vermutet seit Längerem, dass er was hat mit Vanessa vom Einkauf, und sie glaubt ihm nicht, dass das gelogen ist. Das mit Vanessa ist längst tempo passato. Ein Gerücht, das jemand in Umlauf gesetzt hat, um ihm zu schaden. Und wenn er ihr, also Margot, alles erzählen würde, wahrheitsgetreu und voll, wie es ist, also dass er zur Befragung bei den Bullen war, würde das Wasser erst recht über seinem Kopf zusammenschlagen. «Fängst du wieder an mit dieser Kacke?», würde sie kreischen – oder noch viel schlimmer: eiskalt fragen, mit diesem Blick, der ihm, sprechen wir Klartext, fast die Eier einfriert.

Also lieber den Krach mit Rohrer und Wanner, wenn es überhaupt stimmt, wie Rico Dordevic annimmt, dass Rohrer die penibel gestoppten Abwesenheitszeiten dem Vorgesetzten weiterleitet.

«Was wollen Sie? Fragen Sie! Aber schnell, ich muss wieder an meinen Arbeitsplatz.» Er merkt, dass er im Hemd vor ihnen steht, die Dezezezemberkälte längst durch das Mimimischgewebegewebe auf seine Haut übergegegegriffen hat, und Mamamargot wird es gar nicht mögen, wenn er erkältet nach Hause käme, weil sie doch Krankheitserregern gegenüber … sagen wir es so: grösste Skepsis hegt.

«Wo waren Sie in der Nacht auf Mittwoch?», fragt die Blonde.

Er überlegt einen Moment. «Äh, zu Hause.»

«‹Äh, zu Hause› oder zu Hause?» Der kleine Muskulöse

entpuppt sich als richtig giftig. Und Zürichdeutsch spricht er auch noch.

«Zu Hause an der –»

«Wir kennen Ihre Adresse», schlägt die Blonde in die Narben seines Selbstbewusstseins. Isst sie Menschenfleisch roh?

«Hören Sie, was auch immer Sie wissen wollen: Also, ich habe damit nichts zu tun. Gar nichts. Tagsüber arbeite ich, und abends bin ich zu Hause.»

«Und nicht gar selten im Stadion Schützenmatte», wirft ihm der Muskelmann hin. Freddie ist mit seinem Work-out zufrieden, mittlerweile spürt er, wie sein Langarmpolo am Bizeps spannt. Im Uniformhemd käme das noch besser zur Geltung, findet er, aber bei der Kriminalpolizei trägt man halt Zivilkleidung.

Dordevic zögert. «Ja, schon … aber …» Mentaler Posteingang. Ihm geht das Licht auf, dass sie ihn nicht wegen der «Fehlbuchungen», die er in den letzten Monaten über Umwege seinem Konto zugeleitet hat, in die Zange nehmen. Ausser das wäre ein Verhörtrick: vom einen sprechen, das Hindernis umgehen, hinterrücks zuschlagen. So Sun-Tzu-mässig. Ruhig bleiben, sagt er sich, regelmässig atmen, sich nichts anmerken lassen. Doch wenn man sich jeweils beschwört, ruhig zu bleiben und regelmässig zu atmen, bedeutet das, dass sich die Panik mit Jaguarsprüngen anschleicht.

«Sprühdosen», knurrt die grosse Blonde in die Stille hinein.

«Sachbeschädigung», ergänzt der Kräftige.

Rico Dordevic wird fast rosig vor Erleichterung, reisst sich aber zusammen. Die Bullen sollen nicht bemerken, dass es sich seine Psyche gerade hängemattig bequem macht. Einatmen, aufatmen, leise. «Ich habe seit … damals … also, keine Farbe mehr angefasst. Nichts, gar nichts mehr gesprayt. Ich schwör's.»

Wäckerlin und Dominguez schauen ihn an. Wertvolle Arbeitszeit verstreicht. Zeit verstreicht immer, aber mit Arbeit verstreicht sie … ach, jetzt.

«Das gebe ich Ihnen eidesstattlich, wenn Ihnen dann wohler ist.»

Als ob es um das Wohl der Polizeifrau und des Polizeimanns ginge. Auf patzige Bemerkungen sind sie abonniert. Sie können es nicht leiden. Als genössen sie es, die Bürger zu kujonieren. Das ist ein Wort aus dem 17. Jahrhundert. Das französische «couillon» bedeutet Schafseckel.

«Passt Ihnen morgen, 8 Uhr im Waaghof?», sagt die Blonde.

Den zweiten wegen fussballbezogener Sprühdosenaktivitäten auf fremdem Eigentum verurteilten Mann, Edi Gaugler (29), erreicht Freddie Dominguez nur telefonisch. Hält sich (was Freddie und wir nicht wissen können) gerade zu unbekannten Zwecken auf dem Parkplatz des Autogrills in 4133 Pratteln BL auf (Seite Fahrtrichtung → 4310 Rheinfelden AG). Selbstverständlich habe er Zeit und werde dem Kriminalpolizisten gerne Auskunft erteilen. Ja, in der Nacht auf Mittwoch, das war … ähm … der 8. Dezember, nicht wahr? Nein, der Mittwoch war der 9., korrigiert Freddie. Ah, der 9. Dezember … der 9., nun ja, also der Tag vor dem 10., hä? Am Dienstagabend sei er bei seinem Bruder in 8805 Richterswil zu Gast gewesen, das liege am Zürichsee. «Ja, ja, das weiss ich», flicht Freddie ungeduldig in betont breitem Zürichdeutsch ein, schnell abklemmen, weil Plaudertaschensyndrom der andere. Der leidet unter Algorithmus oder wie das heisst, denkt sich Freddie. Er habe, fährt Gaugler fort, dort übernachtet, eben in Richterswil, völlig überheizt die Wohnung, mit Kopfschmerzen sei er am Morgen erwacht, vermutlich die trockene Luft auch. Die Adresse des Bruders könne er ihm gern nennen. «Haben Sie einen Stift und den Rapportblock bereit?» Zwei andere Gäste seien zum Nachtessen da gewesen, nette Leute, ein Ehepaar namens Joachim und Marianne, die wohnen dort in der Gegend, also, ähm, an den Familiennamen erinnere er sich gerade nicht, sorry, er könne aber beim Bruder nachfragen, sofort, wenn es so dringend sei. Entionisierte Bio-Artischocken mit einer randensplitterbestreuten Himbeer-Gorgonzola-Haube und Pommes irgendwas aus dem Ofen, richtig knusprig, hätten sie zu sich genommen. Gekocht von Pius selbst, seinem Bruder, assistiert von Marlyse, so heisse die Schwägerin. Der Wein, ein Châteauneuf-du-Pape, sei auch gar nicht schlecht …

Ein Wasserfall!

Wirklich Algorithmus, nonstop quasselt der. Freddie weiss diesen Gaugler nicht zu bremsen.

Warum Herr … wie war der Name? Ramirez? … das wissen wolle? Es sei doch hoffentlich niemand zu, wie es heisst, Schaden gekommen? Weshalb die Polizei ihn anrufe, er habe doch seit der Verurteilung vor eineinhalb Jahren … beziehungsweise seit den Sprayereien, die zu seiner vorübergehenden Festnahme und dem Verfahren führten … nicht eine einzigste ungesetzliche Tat begangen und nicht einmal mehr ein einzigstes Mal am Steuer telefoniert. Absolut volllegal und gesetzesübertreu sei er geworden, fast langweilig, hä, nicht, Herr Ramirez? Er habe den Kontakt zu jenen Kreisen vollkommen abgebrochen. Der Fussball sei ihm überhaupt total verleidet, vor allem, seit dieser Andersen Trainer des SC sei, das könne ja nichts Rechtes werden, mit so einem Ei auf der Trainerbank. Falls er je wieder ein Stadion betreten würde, wäre das unter Garantie der St. Jakob-Park. Das würde ihm zwar das Herz brechen, weil das der Stadtrivale … aber angesichts der Umstände …

Wirklich Logarithmus, der hört ja nicht mehr auf, denkt Freddie. Doch bevor sich Edi Gaugler (29) über die ____________________ (hier bitte sehr negative Adjektive und verstärkende Adverbien einfügen, danke) Transferpolitik des SC Basel und insbesondere des ____________________ (bevor Sie hier zu kernige negative Adjektive einfügen, bedenken Sie bitte Art. 173 und 174 StGB, Ehrverletzung, Verleumdung) Trainers ausliesse, bedankt sich Freddie Dominguez eilig für die Informationen und schliesst mit dem Satz: «Wenn Ihnen zu diesen Anti-Andersen-Parolen, mit denen in jüngster Zeit die Stadt verschmiert wurde, etwas einfällt, rufen Sie uns bitte an, hä?»

Nach HOOGAN tauchen Wäckerlin und Dominguez in öffentlich verfügbare und einsehbare Informationsquellen ein, sprich:

schauen, was das Internet hergibt. Sie landen bei Fan-Portalen und Diskussionsforen, zum Beispiel bei der «SCB Army». Einige Schwarz-Weiss-Bilder aus den glorreicheren Zeiten des SC Basel. Bern, Wankdorf, drittes Fünftel des 20. Jahrhunderts: Kapitän Armin Kränzlin stemmt nach dem (mühsamen, glückhaften, sich einem zweifelhaften Foulpenalty verdankenden) 2:1-Cupsieg gegen Grenchen den Pokal hoch. Szenen aus dem verlorenen Spiel in der ersten Runde des Cupsieger-Cups im Novembernebel gegen Slovan Bratislava vom Herbst jenes Jahres. Alte Mannschaftsfotos.

Viele Artikel, Texte, Hymnen, Verrisse, Polemiken, Kommentare in krudem Design und elliptischer Syntax.

«Zum Glück kennen wir uns mit Fussball aus», sagt Wäckerlin beim Scrollen und Klicken zu Freddie, «sonst verständen wir kein Wort.» Zum Ausdeutschen für Normalsterbliche ist nun auch Adi Metzger dazugestossen, der Sportanhängerumtriebsspezialist der Kantonspolizei.

Viele Namen, Begriffe, Unausgesprochenes, Halbformuliertes, Anspielungen, Assoziationen. Da muss man sich im Jargon bewegen können wie die PET-Flasche in den Sammelbehälter im Stadion. Manches bleibt aber schwer verständlich. Ein Beispiel aus der Mathematik: «Die Chancen sind jetzt 70 zu 50» (Valentin Stocker). Eines aus der Medizin: «Wir brauchen keinen Psychiater, sondern einen Heimsieg» (Alex Frei). Eines aus der Motivationstechnik: «Wir müssen versuchen, unsere Fehler das nächste Mal noch besser zu machen» (Gökhan Inler). Man erwägt Geografisches: «Ich kenne die Jamaikaner nicht. Aber wir wissen ja, dass Afrikaner viel laufen und physisch sehr stark sind» (Granit Xhaka). Über Charakterzüge wird nachgedacht: «Nach aussen ist er introvertiert» (Mladen Petric). Sogar Weisheit bietet sich krass hintergründig der Leserschaft dar: «Ich glaube, dass der Tabellenerste jederzeit den Spitzenreiter schlagen kann» (Berti Vogts). Man blickt in die Zukunft: «Wir wollen dominanten Fussball zeigen» (Ciriaco Sforza). Jeder Satz, jeder Begriff weckt bei den Begeisterten zahlreiche Assoziationen. Als wären «Karli» und «Chippi»,

«Schützenmatte» und «Joggeli» Codewörter für ein besonderes Level der Existenz.

Kommentar auf Kommentar. Die Kommentare. Dass du in den elektronischen Fan-Foren orthografisch tolerant sein musst, spielt ermittlungstechnisch keine Rolle. Was ins Gewicht fällt, ist der semantische und semiotische Gehalt mancher Wortmeldungen, das «Bedeutete» hinter dem «Bedeutenden», wie Ferdinand de Saussure es formulierte, sprich: der Inhalt.

Eine deutliche Minderheit der Kommentatoren argumentiert sauber dialektisch: These → Antithese → Synthese.

(T): Die gegenwärtige Personalkonstellation beim Sportclub Basel hat nicht zum Erfolg geführt. (A): Eine neue Crew könnte dieses Paradigma des Unglücks überwinden. (S): Der Vereinsleitung werden dringend personelle Massnahmen ans Herz gelegt oder – wie ältere Herren es gerne formulieren: «ins Stammbuch geschrieben».

Andere Kommentatoren, etwa «Sugus99» und «Goldfinger703», äussern sich in unterschiedlicher Wortwahl in einem logischen Dreischritt. (1) Andersen ist eine Pfeife. (2) Das Kader besteht aus faulen Millionären. (3) Wer mistet endlich aus beim SCB?

Wäckerlin, Dominguez und Metzger lesen: Einer namens «SCBildersturm» schreibt von der «hermeneutischen Ambiguität» und «personellen Obsoleszenz», von der «Negation der Resilienz» und der «am Ende des Tages» zwangsläufig «imminenten Katharsis». Wäckerlin zeigt Freddie diesen Kommentar, und mit Adi Metzger erleben sie zu dritt im Gemeinschaftsbüro im Waaghof einige vergnügte Minuten.

Andere verwenden nicht wie 62 % der Kommentierenden Wörter und Ausdrücke wie «konzeptlos», «lahmer Sack», «Bundesligatrottel», «arrogant», «S■■■■ss-Preusse» oder «Versager», sondern gehen lexikalisch in die vollen: «■■■» und «■■■ ■■■!» schreiben welche, ja sogar «■ ■■!» und «■■■». Den Vogel aber schiesst «88Avalon18» ab, der nämlich schreibt «■■■» und «■■■!!!». Wer solchen Schrott von sich gibt, versteckt sich gerne hinter einem Pseudonym.

«Da müsste man mal Ordnung reinbringen», sagt Romina Wäckerlin, als sie die Einträge liest. Ob sie die Kommentarspalte meint oder den Sportclub, dies zu ergründen fehlt uns die Zeit, denn Freddie Dominguez rezitiert nun bösartige Verse, die er auf einer anderen Internetseite gefunden hat. Er kennt sogar die Melodie – ein Mainstreamhardrockhit aus den Siebzigern oder Achtzigern –, weil die Fans das Lied am letzten Sonntag auf den Stehplätzen bei dieser peinlichen 0:1-Heimkatastrophe «gesungen» haben.

«Business as usual», sagt Metzger nur. Er ist geeicht.

«Also, Ehrverletzung sicher, aber sonst sehe ich nichts Auffälliges», fasst Wäckerlin zusammen, «kein Wortlaut, der sich klar mit den Sprayereien beim Aeschenplatz verknüpfen lässt. Niemand brüstet sich mit irgendwelchen ‹Aktionen› … halt etwas rüde; sprachlich, meine ich.»

«Wie Männer halt so sind», antwortet Freddie und spannt gedankenverloren unter dem schwarzen Langarmpolo erst seinen linken Bizeps, dann den rechten, dann den rechten Trizeps, darauf den linken, dann den linken Quadrizeps, nachher den rechten, den linken Quinquiceps, den rechten … undsofort. Freddie selbstkritisch sinnend.

Wäckerlin beeindruckt das nicht. Sie sagt: «Ich rufe mal Marky an, ob er etwas weiss. Sonst muss der Kommissär entscheiden, ob es sich lohnt, so viel Arbeitszeit auf Sprayereien zu verwenden.»

«Gute Idee», sagt Adi Metzger und verspricht seinerseits, sich unter den Anhängern des weitaus erfolgreicheren Lokalrivalen umzuhören. Vielleicht hat eine Gruppierung von FCB-Ultras etwas über ihre Antagonisten von der Schützenmatte gehört? Die würden sich so was von freuen, die SCBler in die Pfanne zu hauen. Dann verabschiedet er sich. Er muss weiter.

Marky Gassmann lebt … unter anderem … für den SC Basel. Familientradition. Wie einst sein Grossvater und sein Vater besitzt er seit seiner Kindheit eine Saisonkarte auf der Schützenmatte, kennt in seinem Stadionsektor fast alle mindestens vom Sehen, malte früher Transparente, weiss noch immer alle

Schmähgesänge. Und er ist ein Informant der Kriminalpolizei. Wie es dazu kam?

Er ist, gesteht er sich ein, «aus purer Dummheit in eine blöde Drogensache reingeraten»: Auf dem Flughafen in Sainte-Saucisse aux Choux auf den französischen Antillen, wo er sich für ein paar Wochen von Angesicht zu Angesicht mit dem smaragdgrünen karibischen Meer im Schatten farbenfroher Papageien bräunte und den schönen Töchtern des Eilands … nun ja … nachschaute, hat er nach dem Einchecken für den Rückflug von einer freundlichen älteren Dame eine kleine Tasche mit einem Paket mit «Medikamenten» für ihren Enkel übernommen. Bei der Ankunft auf dem Flughafen Zürich sollte er dieses Paket dem Grossneffen dieser Dame, einem gewissen Rodrigo, der an ihn herantreten würde, übergeben. Aber eben. War halt Pulver drin oder Harz oder etwas Vollsynthetisches, Marky hat da gar nicht reinschauen können, das Paket war ja verschlossen. «Solchen Quatsch machst du!», hat ihn hinterher Svenja zusammengestaucht und ihn verlassen, natürlich auch wegen der karibischen Girls, mit denen es nicht vooooIllllllkommen platonisch war, weiss der Teufel, wie sie das herausbekommen hat. Vielleicht hat sie die Fotos auf seinem Handy kontrolliert. Gut, immerhin ist Marky Gassmann mit der Staatsanwaltschaft ins Gespräch gekommen. Er sass sechs Wochen U-Haft ab, das bisschen Dealen, das er im erweiterten Bekanntenkreis auch macht, haben sie nicht berücksichtigt. Er hat eine milde Strafe kassiert. Seither zapft ihn aber das Kriminalkommissariat immer wieder an, wenn sie Informationen benötigen, zum Beispiel aus der Fanszene.

Freude löst es bei Marky nicht extrem aus, als ihn Romina Wäckerlin anruft. Aber Zeit hat er. Als Freiberufler, der dies und das an Dienstleistungen und Gütern anbietet, ist er flexibel. Die Laptop-Lieferung, die er vor zwei Tagen abgewickelt hat, hat ihm finanziell und terminlich etwas Luft verschafft. Deshalb geht er auf Wäckerlins Vorschlag sofort ein. Hat ja auch nicht die Wahl. Als Marky in der neuen Tapasbar beim Tellplatz eintrifft, sitzen Romina und Freddie schon auf Hockern am Fenster und schauen auf den Platz hinaus.

«Marky, das ist mein Kollege Freddie», stellt Wäckerlin den Zürcher Immigranten vor. «Schau ihn dir gut an. Du wirst ab und zu mit ihm zu tun haben.»

Dominguez streckt die Hand aus, Marky nimmt sie nicht. Er hätte auf mehr Diskretion gehofft. Natürlich hat er Angst vor der grossen Blonden. Wer nicht? Doch er kommt mit ihr zurecht, auch wenn sie ihn immer wieder behelligt. Auch dieser Metzger von der Kapo meldet sich dann und wann, um ihn auszuquetschen. Irgendwann müsste doch auch mal gut sein, █████! Aber dass sie nun noch einen Kollegen mitbringt, diesen Bizepsmann, der bissig dreinschaut ... Bedeutet das, dass er ewig zum Dasein als Auskunftsperson für alle Bullen der ganzen Nordwestschweiz verdammt ist?

Er setzt sich links neben Wäckerlin auf einen der hohen Hocker. Dieser Freddie wechselt daraufhin die Position und stellt seinen Kaffee links neben Marky Gassmann auf das schmale Tischchen, das die Fensterfront entlangläuft. In der Zange. Draussen fährt grün das Tram 16 vorbei und klingelt. Auf einem der kahlen Bäume auf dem Tellplatz schlottert braun mit grauer Brust ein Spatz.

«Die Sprayereien beim Aeschenplatz», beginnt Romina.

Marky schweigt. Dann mault er: «Ich habe noch nicht einmal einen Kaffee.»

«Mit oder ohne?», fragt Freddie. «Milch, Zucker? Espresso oder was?»

«Einen doppelten», sagt Marky, «ohne irgendwas.»

Das schildere ich hier in Echtzeit, damit Sie mitbekommen, wie die Kriminalpolizei das macht. Die Auskunftsperson soll sich einigermassen wohl- und respektiert fühlen. Fasst du sie zu hart an, schweigt sie wie früher das Bankgeheimnis und oft die Vernunft. Wenn du wirklich Druck aufsetzen musst, bekommst du vielleicht Ergebnisse, aber das dauert. Und Zeit ist Steuergeld. Das Controlling quält auch die Polizei, und wegen dieser Sprayereien – Sachbeschädigungen mit einer geschätzten Schadensumme von insgesamt 15'000 Franken – machst du keinen Aufstand.

«Die Sprayereien beim Aeschenplatz, ganz frisch», fängt die grosse Blonde wieder an, «Marky, mach Ordnung in deinem Leben.»

Er beteuert, ihr gerne behilflich sein zu wollen, doch leider … wirklich nicht … auch wenn er … und Metzger von der Kapo habe er das am Telefon doch längst erzählt. Was denn? Eben dass er nichts …

Der Muskelprotz stellt den doppelten Espresso vor ihn hin. Das Löffelchen auf der Untertasse klirrt.

«Wir haben gehört, dass du zu vorteilhaften Konditionen Laptops verkaufst», sagt die Blonde.

Warum sagt der im schwarzen Polo nichts, der Kräftige?

«Was für Laptops? Ich weiss nichts von Laptops», lügt Marky.

Nun schweigt nicht nur Freddie, sondern auch Romina. Schweigen kann wehtun. Marky Gassmann hält auch den Mund. Dann hält er die Stille nicht mehr durch, beteuert, er wisse nichts von Sprayereien, also, er habe nichts gehört, von niemandem, wenn er etwas ähm vernommen hätte, würde er ihnen schon, äh, und schliesslich lasse ihm das Geschäft zurzeit keine Zeit, aber gar keine, für den SC Basel, also nicht viel, weil er anderweitig voll eingesp… und von Laptops habe er so viel Ahnung wie von … ist ja egal, ihm fällt kein absurder Vergleich ein … «und ich wäre froh, wenn ihr mich endlich in Ruhe lasst, das ist nicht auszuhalten mit diesen ewigen Fragen hier und Fragen dort».

«Hör dich mal um», sagt Romina und steht auf – wie ihr Schatten. Dieser Freddie blickt Marky nochmals frontal in die Augen und legt zum Gruss zwei gestreckte Finger kurz an die Stirn.

Gassmann schaut ihnen nach. Der Kellner, ein grosser, robuster Spanier mit einem Blick, der die Sierra Nevada spalten könnte … verschiebt er sich, um Marky den Fluchtweg zur Eingangstür abzuschneiden?

Ach ja, bezahlen. Immerhin hat die Blonde eine Zwanzigernote neben ihre Tasse gelegt, bevor sie das Lokal verlassen haben.

Romina Wäckerlin und Freddie Dominguez telefonieren weitere wegen fussballbezogener Ungesetzlichkeiten registrierte Männer an, zum Beispiel den Marketing-Fachmann Marcel Oberholzer, den Germanisten Urs Walder und den Schreiner Alwin Meierhofer. Auch diese Steuerzahler freuen sich nicht über diese Störung am Arbeitsplatz, regen sich sogar ein wenig auf, aber das hilft nicht. Weder ihnen noch dem Kriminalkommissariat. Was sein muss, muss sein. «Auch ein kleines Übel ist ein Übel», schrieb ein unbekannter Aphorismendichter. So vergeht der Tag.

***

Marx, die Arbeit, der Kommissär.

Und Müller Benedikt? Ist währenddessen administrativ tätig, haut einiges weg, was man als Vorgesetzter halt tun muss, was aber sogar den engen Freunden und erst recht der Öffentlichkeit schwer zu erklären ist. Dürftest du ohnehin nicht ausplaudern, weil Art. 320 StGB: Amtsgeheimnis. Unter uns kann ich aber schon präzisieren, womit der Kommissär gerade beschäftigt ist: Tabellen ausfüllen, Tools füttern, Häkchen setzen, Reportings schreiben, die Bürokratie alimentieren, Mail-Anfragen des Ersten und des Leitenden Staatsanwalts beantworten, Interkantonales, mal auch etwas vom NDB, dem Nachrichtendienst, Weisungen lesen, Stichwörter für ein Kurzreferat bei der Koordinationskonferenz des Nordwestschweizer Polizeikonkordats notieren, Berichte der Teammitglieder gegenlesen, die von Freddie Dominguez orthografisch berichtigen, Fragen schriftlich festhalten, grundsätzliche Überlegungen anstellen, das eine oder andere in der Strafprozessordnung nachschlagen. Solche Sachen eben. Von «entfremdeter Arbeit» schrieb schon Karl Marx.

Manchmal wäre ich gerne lustiger, denkt der Müller, ausserdienstlich nur, versteht sich. Aber das färbt halt ab, all das, was man im Beruf sieht und erlebt, und die Strukturen, in denen man arbeitet. Die Polizei ist ein paramilitärischer Verband.

Dazwischen ruft Müller seinen Chef an, den Leitenden Staatsanwalt Thomas Krähenmann, und ersucht um einen Termin «in einer privaten Angelegenheit».

«Sie sind doch nicht etwa …?» Krähenmann tönt ehrlich beunruhigt.

«Nein, nein, keine Krankheit oder so was und auch keine Kündigung», beschwichtigt ihn der Müller. Obwohl?

«Gut, ja, das lässt sich einrichten. Kommen Sie übermorgen? Ja, am Freitag um … vorher bin ich noch am Gericht … das dauert wahrscheinlich etwa bis … ja, Freitag, 17:00 Uhr in meinem Büro. Passt das?», schlägt Krähenmann vor. Es wirkt wie ein Befehl.

VIER

Die vierte Gewalt.

In der Zeitung mit dem weinroten Schriftzug, die zu einem Medienkonzern mit dunkelblauem Logo gehört, erscheint am Donnerstag, 10. Dezember, ein «offener Brief» des Leiters der Sportredaktion.

«Lieber Torben», beginnt er, «der SC Basel ist ein Traditionsverein, der seit Jahren im Mittelfeld der obersten Schweizer Liga spielt. Sicher, er hat in seiner Geschichte nur sehr wenige Titel gewinnen können und in den letzten Jahren wirklich keine grossen Stricke zerrissen. Aber der SC ist ein solider, bewährter Club, der immer mal wieder den Grossen ein Bein stellt und dann und wann sogar international gespielt hat. UEFA-Cup und Cupsieger-Cup früher und vor vier Jahren Europa-League-Qualifikation. Das will ich Ihnen mitteilen, damit Sie wissen, lieber Torben, mit was für einem Verein Sie es hier zu tun haben. Denn ich habe den Eindruck, dass Sie darüber zu wenig aufgeklärt wurden und etwas ortskundige Nachhilfe benötigen.

‹Europacup!› hiess zu Anfang dieser Saison die Zielvorgabe. Kommt Ihnen das bekannt vor? Junge Talente an die Mannschaft heranzuführen, das haben Sie bei Amtsantritt im Juni versprochen. ‹Mit breiter Brust› wollten Sie auftreten, ‹das Spiel nach vorne pflegen›. Erinnern Sie sich? Gerade mal ein halbes Jahr sind Ihre Versprechungen her – und längst Makulatur. Vom Erfüllen dieser Ziele, Ihrer selbst proklamierten Ziele, sind Sie so weit entfernt wie vom Gewinn der Champions League. Eher wird Luxemburg Weltmeister, als dass Ihre Strategie erfolgreich ist. Es muss etwas passieren mit dem Sportclub Basel. Es muss etwas geschehen. Und zwar jetzt. Das sage nicht nur ich. Die ganze Stadt ist dieser Ansicht, sogar die Anhänger des ‹Grossen Bruders› vom Joggeli. Gerne erwarte ich Ihre Vorschläge, wie Sie als Cheftrainer den SCB aus der Krise führen wollen, an der Sie nicht unbeteiligt sind, wie mir scheint. Mit sportlichen Grüssen …»

Die einst landesweit gelesene, aufgrund jahrelanger ideologischer Misswirtschaft heute lediglich noch regional wahrgenommene Zeitung mit dem schwarz-roten Schriftzug, die mittlerweile zu einem Zürcher Medienkonzern gehört, veröffentlicht heute Morgen ausser einem pointierten Artikel in der Print-Ausgabe als Online-Mehrwert einen multimedialen Podcast mit einem Statement des Clubpräsidenten Jornod. Dieser sagt in schlechter Tonqualität: «Die … Vereinsleitung des SC Basel hat … volles … Vertrauen in den … Trainer. Wir … sind daran, gemeinsam … mit ihm … Massnahmen gegen die … Krise zu … erarbeiten. Wir sind … zuversichtlich. Das ist für den Moment … alles.»

Wegen der langen Sprechpausen braucht er für diese Aussage volle zweiunddreissig Sekunden.

Die Zürcher Boulevardzeitung kalauert kürzer und wunschdenkerisch: «Andersen bald anderswo!» Darunter in Schriftgrösse 14 und fett drei Bulletpoints:

- **Vision unklar!**
- **Ambition nicht erfüllt!**
- **Mission gescheitert!**

«Unüberwindliche Schwierigkeiten eines Trainers», schreibt ein anderes Blatt, meint damit aber Totalversagen, falschen Aufbau der Trainingseinheiten und «eine Philosophie, die nicht zu diesem Verein passt». Online treiben's alle noch viel bunter, weil's dort weniger um Inhalt geht als vielmehr darum, immer noch eins draufzusetzen. Aufmerksamkeit. Klicks.

Geliked, geteilt, so zahlreich kommentiert, dass sich der Müller, als ihm Freddie Dominguez auf dem Handy die Artikel zeigt, fragt, ob die Leute denn nichts Dringenderes zu tun haben, als sich über die Trainerfrage eines lokalen Super-League-Vereins zu erhitzen. An einem kühlfeuchten Mittwochabend, in der Nacht und jetzt, am Donnerstagmorgen, dem 10. Dezember, wo das Tiefdruckgebiet Jason weiterhin konsequent Nässe, Kälte und Rheuma verbreitet. Die Menschen könnten doch Weihnachsgeschenke kaufen. Sie könnten zur Besinnung, er will eigentlich «Besinnlichkeit» denken, kommen, zur Besinnlichkeit, oder an die Arbeit denken, an die Familie, die Frau, den Mann, die Kinder, die Freundinnen und Freunde. Wie wäre es, den 83-jährigen Götti wieder mal anzurufen oder die freundliche ältere Nachbarin zu fragen, ob sie mit den Einkäufen zurechtkommt? Oder sich einem schönen Hobby zu widmen – statt sich so aufzuregen, dass die Orthografie beim Kommentareschreiben zur Kakografie wird. Vielleicht sind sie wirklich so Duden-unfest oder die Finger zu wurstig für die kleinen Buchstabentästelchen auf dem Gerätlein. Wahrscheinlich liegt es am Autofahren. Da wackelt es zu sehr, als dass sie fehlerlos einen Text einzugeben vermöchten, weil immer diese Fussgänger im Weg stehen.

«Die gehen ja recht zur Sache in ihrer Wortwahl, die Kommentatoren», stellt Freddie Dominguez fest.

Romina Wäckerlin liest über seine Schultermuskeln hinweg mit: «Der Lieblingsort des SCB-Vorstands ist wohl der Recycling-Container bei der Schützenmatte. Dort sammeln sie alte Flaschen wie Andersen. Da kommt mir glatt das Kotzen.» Zwei Einträge weiter: «Dieser Sch████preusse verbockt's preussisch gründlich.» Dann: «Pfeifen, Würste, Flaschen, Versager, Stümper, Loser … hier sind noch zwei Seiten Platz für weitere Pseudonyme.» Weil so schön, noch einer: «Komparation, für die, wo nicht wissen, was das bedeutet: Steigerung: Idiot, Clubpraesident, Trainer.»

«Also, Schimpfwörter und Tierbezeichnungen sind gar nicht mal so viele dabei», analysiert Freddie.

«Das ist doch alles gefiltert vom Algorithmus. Der kontrolliert, dass gewisse Wörter nicht vorkommen», Grundkurs IT, Detektivin Romina Wäckerlin.

***

Waaghof.

08:00 Uhr. Rico Dordevic, der vor zwei Jahren verurteilte Parolen-Sprayer, erscheint pünktlich zur Befragung. Er hat extra den Morgen freigenommen, «Notfallzahnarzt», hat er der rechten Hand des Chefs am Telefon ins Ohr mitgeteilt, «eine alte Füllung, die undicht ist und schmerzt», gute Besserung, «Kleine Lügen tun nicht weh» (Max Raabe). Zuerst lässt ihn die Kripo eine halbe Stunde im Vernehmungszimmer S 311 warten. Dann gibt's Wasser, Kaffee; polizeiseitig Wäckerlin und Freddie. Einen Anwalt verlangt der Befragte nicht, weil in dieser Sache voll unschuldig, er schwört's, ehrlich. Neunzig Minuten pickeln, kratzen, sticheln, wieder und wieder dieselben Fragen, da capo al fine in der Endlosschlaufe, neunzig Minuten Anstrengung, keine Ergebnisse. █████! Manchmal fragst du dich schon.

Kurz nach 10:00 Uhr, nebenan biegt die Dordevic-Befragung gerade in die Schlusskurve ein, bevor Romina und Dominguez zum letzten, vergeblichen Sprint ansetzen, meldet Cattaneo von der Kriminaltechnischen Abteilung dem Müller telefonisch: Ein Vergleich der frischen Sprayereien und derjenigen, für die Rico Dordevic und Edi Gaugler gerichtlich belangt wurden, lasse keinerlei Ähnlichkeiten erkennen. Deswegen, und weil gegen die beiden keinerlei Indizien vorliegen, könne das Kriminalkommissariat diese Ermittlungsrichtung guten Gewissens fallenlassen, sofern sich nicht im Lauf der Befragungen belastende Hinweise ergeben sollten. Der Müller geht rüber ins S 311, holt Wäckerlin raus, informiert sie über Cattaneos Erkenntnisse. Er geht wieder weg, sie hinein. Besten Dank für Ihre Kooperation. Rico Dordevic darf gehen.

Wieder Mannstunden in den Kamin geschossen. Die Kostenstelle 0800 Normalarbeitszeit ergebnislos belastet. Wir stellen fest: Polizeiarbeit lässt sich nicht nach betriebswirtschaftlichen Vorgaben ausführen.

Diesen Morgen steckt der Müller weitgehend in Besprechungen fest, hauptsächlich mit Jessica Panzeri und Mladen Jonovic von Cybercrime und Wirtschaft. Sie besprechen einen komplizierten Fall von Geldwäscherei und stimmen die vorläufigen Ergebnisse und den Kenntnisstand mit den nationalen Cybercrime-Zentren und der nationalen Koordinationsstelle zur Bekämpfung der

Internetkriminalität (KOBIK) ab. Administrativ fühlt sich der Müller nicht unbedingt wie der Hirsch im Wasser. Die Bürokratie ist nicht seine Freundin. Sie ödet ihn an. Obwohl, solche Absprachen, Austausch zwischen den Instanzen, fachlich, Kanton, Konkordat, Bund, das akzeptiert er, all diese Koordinationen und Klärungen solcher Arbeitsabläufe, das muss halt sein. Zwischendurch, wir haben ihn dabei ertappt, begibt sich der Müller mit Jonovic – der raucht auch? – in den fünften Stock des Waaghofs auf die kleine Terrasse und tut, als habe er seine Zigaretten vergessen, worauf ihm Jonovic eine gibt. Und im Sitzungszimmer S 207 koordinieren sie einige Minuten später mit drei frisch gefüllten Kaffeebechern und Panzeri zu dritt weiter, was das Zeug hält.

Die weiteren Mitglieder des Müllerteams bearbeiten unterdessen die übrige Kriminalität. Ein ungeklärtes Kapitalverbrechen haben sie zurzeit nicht, was wir, die wir das Leben und das Recht darauf vehement bejahen, wärmstens begrüssen. Am heutigen Tag bedeutet die Verfolgung der baselstädtischen Kriminalität die folgenden Beschäftigungen unserer kriminalpolizeilichen Protagonistinnen und Protagonisten: Detektivwachtmeisterin Gülay Sermeter klärt ab, ob als Tätlichkeit (Art. 126 StGB) oder einfache Körperverletzung (Art. 123 StGB) zu werten ist, dass ein Mitarbeiter der Industriellen Werke von einem Passanten Beschimpfungen und Hiebe kassierte, nachdem er diesen auf ein Rauchverbot wegen Bauarbeiten an einer Gasleitung am Auberg aufmerksam gemacht hatte. Detektivkorporal Markus Gormann interveniert in einem Mehrfamilienhaus in der Breite, weil zwei Mieter über die Benutzung der Waschküche und die mutmasslich versehentliche beziehungsweise angeblich vorsätzliche Verschüttung von Waschpulver handgreiflich uneins waren und, wie er feststellt, noch immer sind. Aspirantin Gloria Werner gleicht eine Inventarliste sichergestellter mutmasslicher Hehlerware mit Sachfahndungen in der Datenbank RIPOL ab. Aspirant Xerxes Blaser hat sich nach Hause begeben, sein Kopf strahlte Wärme ab wie ein Infrarot-Heizstrahler. Nicht dass er noch andere mit einem dieser originell geformten Mikroorganismen ansteckt. Das können wir nicht brauchen.

Müller merkt tagtäglich, dass sein Team geschrumpft ist, weil Vetters Stelle nach dessen Frühpensionierung nicht mehr besetzt worden ist. Mittelfristig werde das bestimmt geschehen, hat der Leitende Staatsanwalt Thomas Krähenmann dem Müller gesagt. Mittelfristig, hat er betont und den Müller vielsagend angeschaut. Wahrscheinlich, um politisches Einverständnis zu ernten, dass die linksgrüne Kantonsregierung halt einfach zu wenig Musikgehör für polizeiliche, sicherheitliche Anliegen hat. Hat der Müller längst kapiert, wie Krähenmann das sieht. Darf er auch, aber der Müller ist der politischen Diskussionen müde, will nur arbeiten, keine Neigung zu Taktieren und Allianzenschmieden.

Am späteren Nachmittag, genau um 17:14 Uhr, endet Wäckerlins und Dominguez' nächster Zwischenbericht im Besprechungsraum S 207 in Sachen Fussball-Sprayereien an den Müller: Einen weiteren Arbeitstag aufgewendet. Ergebnis: null Komma null Promille Klarheit. Der Kommissär bedankt sich und knetet mit der rechten Hand die Oberlippe und das Kinn. Daran sieht man, dass er nachdenkt. «Gut», sagt er nach einigen Sekunden, «ich rufe Krähenmann an.» Der ist sofort mit dem Müllervorschlag einverstanden. Das bedeutet: Sachbeschädigung hin oder her, diese Sprayerei-Ermittlungen werden auf Normalbetrieb heruntergefahren. Klartext: Akte bleibt offen, vielleicht stösst man mal auf sachdienliche Informationen, jemand meldet sich, oder Adi Metzger, der Spezialist der Kapo, erfährt doch noch etwas. Der Fiskus muss rechnen. Arbeit hat das Kriminalkommissariat ohnehin genug.

***

Paradise Lost.

Ein verlorener Tag? Ein völlig verlorener Tag, hätten nicht Müller, Sermeter, Gormann, Blaser und Werner dies und das erledigen können, was hier nicht näher zur Sprache kommen soll, damit dieses Buch nicht zur in den USA obligatorischen Romanlänge von 800 Seiten plus anschwillt. Wenn Sie Zeitung oder Internet lesen und Radio hören, können Sie sich vorstellen, was diese fünf Mitarbeiterinnen und Mitarbeiter des Kriminalkommissariats Basel-Stadt zu bewältigen haben. Obwohl: Hier ist Basel, Kanton Basel-Stadt, Schweiz, Suisse, Svizzera, Svizra. Zwar grenzüberschreitende Kriminalität, doch das Leben verhält sich hier nicht wie in den skandinavischen Krimis, wo es von polarnachtdeprimierten, sonnenlichtdeprivierten Serienmördern so wimmelt wie von – «tsch-tsch» – Grillfanatikern im Sommer im Schützenmattpark. Am Rhein lebt es sich nicht lebensgefährlich wie in den schiesseisen- und opioidverseuchten Vereinigten Staaten und auch nicht wie in den Farbfernsehkriminalfilmen. Trotzdem: Es kommt auch hier in Basel-Stadt einiges zusammen, Hässliches, Unerfreuliches, Trauriges, Tragisches. Darum sind wir froh, dass es die Polizei gibt. Das Strafgesetzbuch ist ein dickes Buch, so dick wie die Niedertracht und die Not. Wählen Sie im Notfall die 117.

***

Feierabends ein bisschen Emotionen.

Längst ist es draussen finster und voll dark. Tenue Sport. Die Bise im Gesicht, Nieselfeuchtigkeit auf der Kopfhaut, rennt der Müller unter den kahlen Bäumen der Birsigstrasse bis zum Schützenmattpark, um dort zwei-, eher drei- und noch besser viermal rundherum zu laufen. Sie staunen, was? Ja, das ist neu, dass er seit einigen Wochen rennen geht. Sagen wir, wie es ist: Spätestens mit 50 öffnet sich die Fitnesslücke beängstigend. Grausam rächt es sich in diesem biografischen Abschnitt, Stunden in Sitzungen, an Rapporten und Schulungen, im Dienstwagen und in Befragungen verbracht zu haben. Zu oft mitten in der Nacht aus dem Schlaf geklingelt worden und an Tatorte geeilt. Zu viel Kaffee, zu viele Sandwiches und ab und zu eine Schokoriegelbombe mit was weiss ich für langzeitgiftigen Zusatzstoffen, damit du die Extrameile auch noch schaffst, um den Return on Investment einzufahren: den hieb- und stichfesten Beweis, der die Waage der Justitia auf der richtigen Seite beschwert. Zu wenig Privatleben hatte er all die Jahre über. Immerhin hat sich Müller in Sachen Rauchen und Trinken recht gut im Zaum gehalten. Bei sich denkt er: So schwammig wie viele seiner Jahrgänger sieht er nicht aus. Polizeiarbeit bedingt eine gewisse körperliche Konstitution, auch wenn du in der Praxis nicht zwischen den Kugeln hindurchsprintest, wie das die Filmbranche gerne behauptet.

Sagte ich gerade … «Privatleben»? Oui! Ja, so etwas hat der Müller endlich wieder. Nicht wie früher in Zürich mit seinen maskulinen Freunden, dem Polizeikollegen Bucher Manfred und Franz Schubert von der Internationalen Clearingzentrale an der Bäckerstrasse: viel reden, zu schwer essen gehen und die eine oder andere Stange hell trinken. Sondern Privatleben, also … so richtig emotional mit Vollsympathie, Topzuneigung und Liebe und so, sogar näher als virologisch fatale zwei Meter Distanz. Körperkontakt sogar. Sie wissen, wovon ich spreche: vom Hauptthema der Popmusik. Serotonin, Oxytocin, Dopamin. Wenn dieser biochemische Prozess eintritt, wechseln die Beteiligten innerlich auf eine andere Ebene.

Plötzlich denkt der Müller an Blumen und an Nichtpolizeiliches. Auch physisch, hat er gemerkt, muss etwas passieren. Laufen entspannt, befreit den Kopf, benötigt keinen Termin, nur gute Laufschuhe und Durchhaltevermögen. Die Muskeln will er straffer haben, die Waden härter. Die Lungen freier. Den Bauchansatz weg. Diesen Plan scheinen viele zu haben. Zumindest ist er im Quartier nicht der Einzige, der selbst bei Dunkelheit seine Runden dreht und schwitzt. Ja, den Hintern hat er platt gesessen auf den festgeschraubten, bruchsicheren Stühlen in zweieinhalb Jahrzehnten in Verhörräumen. Die Armmuskulatur höchstens bei Festnahmen dann und wann eingesetzt, bei der Handhabung der Computermaus, beim Anheben und Wiedersinkenlassen des Mobiltelefons … Sein Körper ist «etwas» (Eigeneinschätzung) aus dem Leim gegangen. Der Bauchansatz … sprechen wir nicht vom Bauchansatz. Übergehen wir den Bauchansatz, der sich mit 50 bei den meisten recht dynamisch konvex vorkragend entwickelt, denken wir nicht daran. Aber der Müller tut es.

Weil sich unmerklich das Wort «Eitelkeit» in seine Charakterpalette eingeschlichen hat.

Weil sich sehr merklich das Gefühl «Liebe» wie ein Einhorn in sein Curriculum gebohrt hat. Er will nach etwas aussehen, schon ein wenig, wieder mehr. Erstmals in seinem Leben denkt er daran, vielleicht 75 oder 80 zu werden. Mit Gülay.

FÜNF

Dringender Auftrag.

Freitag, 11. Dezember. 08:02 Uhr. Im Müllerbüro klingelt das Telefon. Der Leitende Staatsanwalt Thomas Krähenmann ruft an. Soeben hat ihn sein Chef Daniel Stickelberger angerufen und ihm das Anliegen seines Gesprächspartners ans Herz gelegt, den er seinerseits gerade auf der Linie hatte und den er ihm, «ich verbinde Sie», gleich weitergeleitet hat. Also, Krähenmann hatte Ruedi Bürgin am Apparat, den Vizepräsidenten des Sportclubs Basel. Der Vizepräsident kennt Stickelberger von der Gönnervereinigung, weiss Krähenmann, deshalb wählte Bürgin nicht die Polizei an, sondern den Chef des Chefs.

Krähenmann referiert den Inhalt des Telefongesprächs: Der Trainer des SCB wird vermisst. Seit dem Abschlusstraining am Montag, der letzten Übungseinheit vor der Winterpause, hat Torben Andersen keine Anrufe mehr entgegengenommen. Am Mittwoch ist er sogar unentschuldigt einer Besprechung mit der Geschäftsleitung ferngeblieben.

«Ist das eine offizielle Vermisstmeldung?», fragt der Müller.

Krähenmann nickt, aber weil das Gespräch fernmündlich geschieht, muss er seine Antwort auch phonetisch affirmativ produzieren: «Ja.»

a) Nachricht verarbeiten, b) Müller reagiert: «Herr Andersen ist volljährig. Er kann gehen, wohin er will. Dass er keine Anrufe entgegennimmt und einen Termin verpasst, ist seine Sache. Solange kein Verdacht auf eine ungesetzliche Handlung vorliegt, hat uns das nicht zu –»

«Es ist ungewöhnlich, dass er einen Termin verpasst und nicht zu erreichen ist, sagt Herr Bürgin», unterbricht ihn Krähenmann, über dem wie Damokles sein Vorgesetzter schwebt. Abtun geht nicht. Jetzt tönt Krähenmann schärfer, der Müller kennt das. Wie alle Vorgesetzten hat Krähenmann ein Sortiment von Tonalitätsnuancen drauf, das variiert von Maschinenpistole bis Kandiszucker. Der Leitende ist auf der Skala bei Salzsäure angelangt. «Herr Jornod hat mich über den Ersten Staatsanwalt und über Herrn Bürgin gebeten, dass wir uns darum kümmern.»

Jetzt schweigt der Müller, und Krähenmann korrigiert sich: «Dass Sie sich darum kümmern. Mit Ihrem ganzen Team.»

Samuel Jornod sei der Vereinspräsident, fügt er hinzu, weil er durch die Leitung hindurch Müllers Stirnrunzeln gehört hat.

Jornod → Bürgin → Stickelberger → Krähenmann → Kriminalkommissariat. Da wird dir als halbwegs akklimatisiertem Aargauer Zürcher Einwanderer klar, wie wichtig der Rasenballsport in dieser Stadt ist. Alle gehen ins Joggeli zum FCB oder auf die Schützenmatte zum SCB oder interessieren sich wenigstens dafür, was dort auf und neben dem Rasen geschieht. Viele – weiss der Müller aufgrund der Beispiele Wäckerlin und Dominguez – sind Expertinnen und Experten für die Geschicke des Basler Fussballs. Taktisch, strategisch, technisch, mental, kulturell, ja politisch, Aufstellungen, Vereinsgeschichte, Philosophie. Jeder und fast jede haben x Geschichten auf Lager: Etwa als ein unbekannter Fussballfreund spätnachts in der Rio-Bar dem Bier zusprach und plötzlich der Meisterpokal des FC Basel 1893 auf dem Tisch stand. Was, obwohl niemand am Wahrheitsgehalt der Anekdote zweifelt, mit einem Selfie mit dem «Kübel» bewiesen wird. (Vom SC Basel waren nie solche Selfies möglich, weil der letzte Titel … Es gab nur den einen glückhaften Cupsieg gegen Grenchen an einem verregneten Montag in den 50er Jahren.) Spieler der Basler Vereine sind in der Stadt allpräsent, an der Fasnacht, auf dem Kinderspielplatz, im Zolli, im Designerkleiderladen oben in der Freien Strasse. Jede Einwohnerin, jeder Einwohner der Nordwestschweiz und besonders von Basel-Stadt hat ein Repertoire von solchen Sichtungen im Kopf. (Ausser vielleicht Hanspeter aus Rheinfelden, der YB-Fan ist, weil seine Mutter aus Bern stammt.) Krass findet der Müller den Gegensatz zu Zürich, wo der Fussball keine so grosse Rolle spielt. Erwähnt jemand den FC Zürich oder die Grasshoppers, fragt die Bevölkerungsmehrheit: «In welcher Liga spielen die gerade? Und die Young Fellows? Und in welchem Stadion? Wird das jetzt gebaut? Braucht es das überhaupt?» Was natürlich ein Messer ist, das Salz in die Wunden streut.

Fokussieren → Arbeit.

Nun, grundsätzlich, der Müller denkt hm, hm und variiert gegenüber Thomas Krähenmann das Motiv von eben, ganz andante: «Volljährige Menschen dürfen verschwinden. Wir stellen erst Nachforschungen an, wenn der Verdacht besteht, sie könnten in ein Verbrechen verwickelt oder einem zum Opfer gefallen sein.»

Dem Leitenden wird diese Belehrung nicht gefallen. Aber der nimmt es nicht molto furioso, wartet aber doch drei Sekunden, bis er antwortet: «Natürlich, Sie haben recht», lenkt Krähenmann ein, lässt aber den Satz in der Schwebe, was wortlos Erwartungen an den Untergebenen und ein unbeirrtes autoritäres Abertrotzdem formuliert.

Der Kommissär stellt sich einfältig: «Hat der Verein denn schon bei der Frau des Trainers nachgefragt? Ich nehme an, er hat eine? Oder einen Partner?»

«Andersens Frau lebt nicht in der Stadt.»

«Nicht?» Der Müller hat den Eindruck, dass Krähenmann mit den Informationen geizt ... portioniertes Herrschaftswissen, also ehrlich ...

«Nein.»

Müller legt beinahe boshaft eine kurze Pause ein und atmet ruhig ein und aus.

«Also?», sagt der Leitende Staatsanwalt Thomas Krähenmann im Chefton.

Müller stur: «Was ist mit der Frau des Trainers? Sie ist für uns die erste Ansprechperson. Hat der Verein bei ihr nachgefragt?»

«Herr Bürgin sagt, das habe er getan. Aber unter ihrer Handynummer meldet sich niemand.»

«Und die Nummer stimmt?»

«Es ist die Nummer, die Vizepräsident Bürgin von ihr kennt.»

«Und hat die Frau einen Namen? Damit wir sie suchen können …»

«Sheila Woods», antwortet Krähenmann, «aber Herr Bürgin hat mir versichert, er und Präsident Jornod würden sie nicht persönlich kennen. Sie sei zu keinem einzigen Spiel gekommen, seit Andersen den Verein trainiert. Sie hat offenbar nie an Gesprächen mit dem Club oder an gesellschaftlichen Anlässen teilgenommen. Sie haben sie kein einziges Mal gesehen, und Andersen habe nie über sie gesprochen.»

Ein Phantom, denkt der Müller, mhm, und reagiert ein wenig grantig, weil die Vereinstypen nicht den Dienstweg befolgt, sondern den Kumpelweg eingeschlagen haben. «Ich werde mit beiden Herren sprechen müssen», kündigt er an, «auch wenn sie nicht direkt mit der Polizei sprechen wollten, weil sie … was weiss ich …?»

Drei Sekunden Stille.

«Haben Andersen und seine Frau vielleicht noch einen Wohnsitz, irgendwo im Ausland? Da, wo sie herkommen? Man zieht doch nicht alle paar Monate mit Sack und Pack um. Kaum ist der Container ausgeräumt, muss man seine Siebensachen wieder einpacken …»

«Das ist Basel, Kommissär Müller, nicht Sion», sagt der Leitende Staatsanwalt und bucht einen Punkt.

«Mhm», sagt der Müller, «und der Trainer hat doch einen Assistenten –»

«Ja, Holger Baumann. Der weiss auch nichts, sagt Herr Bürgin.»

«Hmh», antwortet der Müller.

«Unseren heutigen Termin muss ich … leider … verschieben», fügt Krähenmann hinzu, «diese private Angelegenheit, die Sie am Nachmittag mit mir besprechen wollten. Diese Vermisstmeldung hat höchste Priorität. Sie duldet keinen Aufschub. Ich erwarte von Ihnen, und das ist der ausdrückliche Wunsch des Ersten Staatsanwalts …»

Nun haben sie gerade die Sprayereien mehr oder weniger ad acta gelegt, nun ist der Trainer weg. Die Sternenkonstellation scheint diesen Sport nicht gerade besonders zu begünstigen, die kosmischen Magnetfelder beschwören Unheil auf den Fussball herab. Will das All dem Ball Böses? Immerhin ist das Kriminalkommissariat schon auf das Thema eingestimmt.

Während alle anderen weiterhin der normalen Kriminalität nachgehen … äh, ich korrigiere: deren Verfolgung, kümmert sich der Müller selbst um die Chefsache. Mit Wäckerlin und Dominguez, den Fussballaffinen in seinem Team. Er spricht sich im Korridor beim Kaffeeautomaten kurz mit ihnen ab. «Ihr durchkämmt zuerst alle Datenbanken. Findet alles, was Torben Andersen und Sheila Woods betrifft», befiehlt er, «ich rufe den Verein an.»

«In Ordnung», quittiert Wäckerlin.

Müller: «Ruft auch Adi Metzger an, damit er seine Kontakte aktiviert. Dann hört ihr euch unter den Fans des SC um. Vielleicht haben die Fanatischsten dem Trainer etwas angetan und seine Leiche verschwinden lassen.»

Dominguez: «Oder ihn entführt.»

«Wir ermitteln in alle Richtungen», antwortet der Müller. Dann lachen alle drei. Ah, das sind befreiende Momente im Kripo-Alltag: wenn du mal lachen kannst. «Rire, c'est bon pour la santé» (Johann Schneider-Ammann). Das letzte Mal geschah das auf dem Kriminalkommissariat Basel-Stadt weit vor Müllers Zeit, nämlich 1981, als Detektiv Imhof Zeuge wurde, wie einem Ballonverkäufer an der Herbstmesse der ganze riesige Bund Luftballons davonwehte und vom Münsterplatz hoch in den Himmel stieg, vorbei am Riesenrad – drangehängt der Dackel eines im Dreiland weltberühmten Unterhaltungskünstlers, dessen Leine sich, Fortuna weiss wie, in den Ballonschnüren verfangen hatte. Imhof also, vor einigen Jahren kurz vor der Pensionierung verstorben (Herzinfarkt) und damals in der Blüte seiner Jahre als junger Kriminalpolizist, leerte das ganze Magazin seiner Dienstwaffe auf die sich der Stratosphäre nähernden Ballons, durchlöcherte mehrere von ihnen und rettete in Zusammenarbeit mit der Schwerkraft, physikalisch G, den lieben Hund davor, vom Westwind übers Münster in Richtung St. Alban davongetragen zu werden. Da lachten alle Beteiligten, besonders der Schütze und sein Patrouillenkamerad, der junge Rolf Vetter. Ja, genau der Rolf Vetter, den das Müllerteam vor Kurzem in den Ruhestand verabschiedet hat. Diese Geschichte erzählt man sich bis heute im Waaghof, und sogar die Mannschaften auf der Clarawache und in den Polizeiposten mit kostenbewusst reduzierten Öffnungszeiten kennen sie.

08:39 Uhr. Romina und Freddie → Gemeinschaftsbüro.

08:39 Uhr. Müller Benedikt → Einzelbüro → Telefon → Geschäftsstelle SC Basel, am Apparat ein Juha Tähkänen, Leiter Administration. Weltpremiere in einem Müllerroman: Ein finnischer Mensch taucht auf. Tähkänen bestätigt die Version vom Verschwinden des Trainers gemäss Jornod/Bürgin/Stickelberger/Krähenmann: «Kyllä», sagt er. Das bedeutet «ja». Torben Andersen hat vorgestern, am «keskiviikko», das heisst «Mittwoch», einen Termin platzen lassen, ein Gespräch mit dem Präsidenten Samuel Jornod, dem Vizepräsidenten Ruedi Bürgin und dem Sportchef Richie Widmer. Thema wäre die Zwischenbilanz nach der «suboptimalen Vorrunde» (Tähkänen) gewesen. «Andersen hat zuvor nie einen Termin versäumt. Wir können ihn telefonisch nicht erreichen. Er beantwortet keine Anrufe, hat auf seinen Social-Media-Profilen seit Montag nichts mehr gepostet. Das habe ich überprüft. Völlige Funkstille. Wir sind besorgt.»

Müller hört zu und wiederholt bei sich: Funkstille seit Montag. Jetzt ist Freitag.

«Wir stehen in der Hälfte der Saison. Wir stehen ziemlich unter Druck, und der Trainer ist einfach weg», fasst Tähkänen zusammen.

«Und noch etwas», sagt der Müller, «wir brauchen die Telefonnummern Ihres gesamten Personals, inklusive aller Spieler.»

Tähkänen zögert. «Diese Nummern sind geheim.»

«Wir sind die Polizei. Sie müssen uns schon unterstützen.»

Tähkänen verspricht, dem Müller alles Nötige zu schicken. Und tatsächlich trifft wenige Minuten später eine E-Mail der SCB-Geschäftsstelle beim Kommissär ein.

***

Fussball, eine Erklärung.

Vielleicht wissen Sie wenig über den Schweizer Männerfussball oder interessieren sich dafür, wie sich der Müller für getunte Auspuffrohre interessiert, die Melodien singen können. Das wäre schade, weil … nun ja, das wäre wirklich schade. Das heisst, ich muss Ihnen jetzt mal die Ligastruktur zwischen Servette Genf und FC Vaduz (Liechtenstein), zwischen FC Schaffhausen und FC Chiasso erklären. Die Fachleute für diesen Rasensport werden bezeugen, dass ich die Wahrheit und nur sie, und zwar die ganze und ausschliessliche erzähle. Nehmen Sie mich beim Wort.

Die 1. Liga ist nicht die höchste Liga. Punkt.

Zuoberst ist nämlich die «Gurkenliga» (Hakan Yakin). Früher hiess sie Nationalliga A, seit 2002/03 offiziell «Sponsorname Super League». Super ist das nicht immer, aber für uns von Interesse, weil FC St. Gallen, BSC Young Boys, FC Basel 1893, FC Zürich, FC Luzern und einige mehr hier oben gegen den Abstieg oder mehr oder weniger erfolglos um Europacup-Qualifikationen kämpfen. In dieser «Sponsorname Super League», die aus zehn und bald aus zwölf Mannschaften besteht, nein, es bleibt bei zehn, was in einigen Jahren oder vor einigen Jahren sicher wieder rückgängig gemacht oder weiter aufgestockt würde oder wird oder worden ist, spielt der Sportclub Basel, kurz SC. Diesen Verein habe ich eigens für Sie und diese Müllergeschichte erfunden. Ein Traditionsclub mit deutlich weniger Erfolg als der rot-blaue andere, real existierende Stadtverein, aber doch mit einigermassen solider Positionierung meist im Mittelfeld der Liga, gelegentlich im Abstiegsstrudel. Doch in der seit 1895 dauernden Vereinsgeschichte nicht allzu oft in die zweite oder gar dritte Spielklasse hinuntergesegelt. Den fiktiven SC Basel, dessen Trainer vermisst wird, habe ich im Stadion Schützenmatte angesiedelt. Betonkonstruktion, eingeweiht 1971, umgebaut ab 1984, Postleitzahl 4054, Kapazität 2'000 Sitz- und 6'000 Stehplätze, lässt sich bei Bedarf auf 12'000 aufstocken. Um den Rasen herum eine Leichtathletikanlage. Der Müller wohnt ganz nah.

In der zweiten Spielklasse, einst Nationalliga B und heute «Sponsorname Challenge League» genannt, sind lizenzgefährdend einnahmeschwach Clubs wie der FC Winterthur, der SC Kriens, der FC Aarau aktiv. Zehn Teams kicken in dieser Klasse. «Challenge» tönt zwar doof, ist es fussballerisch aber eigentlich nicht. Bloss interessiert's kaum jemanden. Bei 3'500 Zuschauern tanzt der Finanzchef im Elysium Jitterbug.

Selbst in der dritten Spielklasse spielen sie den Ball vor- und rückwärts und manchmal quer. Dritte Spielklasse ist die «Promotion League», früher einfach 1. Liga Promotion und noch früher einfach 1. Liga. 16 Mannschaften, darunter die Black Stars (Basel) und YF Juventus (Zürich), um nur zwei zu nennen.

Die vierte Spielklasse besteht aus drei Gruppen à 14 Mannschaften und heisst «1. Liga Classic». Ihr gehören etwa der FC Muttenz und der FC Baden an, wenn wir an den Schauplatz von Müllers Kindheit denken.

Fünfte Spielklasse ist die 2. Liga Inter. Sechs Gruppen à 14 Mannschaften. Unter anderem mit dem BSC Old Boys, im Stadion, das in diesem Buch der Sportclub Basel mitbenutzt. In einer anderen Gruppe spielt der FC Wettingen in seinem wunderbar maroden Stadion Altenburg. «Souvenirs, souvenirs» (Johnny Hallyday).

Sechste Spielklasse die 2. Liga Regional. Das bedeutet: ganz viele Gruppen, ganz viele Mannschaften.

Weiter runter geht's bis in die 5. Liga. Deren Spieler sind technisch nicht mehr gar so megafiligran und konditionell nicht absolut top aufgestellt.

***

Aenigma, ae, f.: das Rätsel.

Der Trainer verschwunden, seine Frau eine Unbekannte, zumindest hat sie niemand in Basel je zu Gesicht bekommen, auch der Mann von der Geschäftsstelle nicht, wie er dem Müller bestätigt hat. Hat Andersen Eheprobleme? Seine Frau umgebracht und ist deshalb untergetaucht? Hat sie ihn getötet und ab mit ihm in den Hades? Oder eine unbekannte Täterschaft beide? Ein Doppelsuizid? Oder eine Entführung? Organisierte Kriminalität, die Wettmafia, Geldwäscher, die zu diesem Zweck Transfersummen finanzieren? «666 – The Number Of The Beast» (Iron Maiden) … ist das Böse verantwortlich? Schlimmer als manchmal die Wirklichkeit können die wildesten Hypothesen nicht sein. Die Lebensweisheit des US-amerikanischen Ingenieurs Edward A. Murphy jr. aus dem Jahr 1949 ist dir als Polizist ständiger Begleiter: «Was schiefgehen kann, wird auch schiefgehen.»

Doch Murphy's Law steht nicht im Strafgesetzbuch.

Einfach abhauen kann ein Trainer ja nicht. Andersen ist seit Jahren im Geschäft. Mit Haut und Haar muss er den Fussball leben, sonst kommt einer gar nicht so weit. Das Trainerdasein erfordert totalen Einsatz. Es erlaubt keine Zurückhaltung. Jahrelang arbeiten, aufbauen, Kontakte knüpfen, Beziehungen aufrechterhalten, Diplomlehrgänge absolvieren, sich vor das Feld der übrigen Mitbewerber setzen, vierundzwanzig Stunden pro Tag verfügbar sein, als öffentliche Person ständig im Fokus der Dreifachkameras aller Handys der Region, in der man wirkt, auf dem Platz mit der Mannschaft arbeiten, der Moment, in dem die Mannschaft einläuft und dahinter der Trainer, die übrigen Staff-Mitglieder, die Ersatzspieler, das Raunen, Klatschen, Skandieren, Singen auf den Rängen, das Glücksgefühl, wenn eines der Talente, die du entdeckt und gefördert hast, das erste Aufgebot für die U-19-Nationalmannschaft bekommt, der Adrenalinschub, wenn die Mannschaft in der 94. Minute die Partie dreht … das lässt keiner sausen.

Fassen wir zusammen: Eine Leiche haben wir bisher nicht. Und auch keine anderen Spuren als die beim Aeschenplatz und anderswo gesprühten Verwünschungen und Drohungen gegen Andersen und …

«Sagtest du nicht neulich etwas über Kommentare in Onlineforen?», fragt der Kommissär um 09:10 Uhr Freddie Dominguez, als er die Schwelle zum Gemeinschaftsbüro überschreitet.

Die verletzte Hand zippelt übrigens nur noch ein wenig, verheilt sauber. Ist nur zum Schutz noch ein Pflaster drauf.

Freddies Blick schwenkt vom Bildschirm auf den Müller. «Ja, da bin ich gerade drin … bei der ‹SCB Army› … vielleicht finden wir da etwas … Aber die verwenden immer Aliasnamen. Bis die Administratoren die Klarnamen herausgeben …»

«Falls ein Tötungsdelikt vorliegt, werden sie ihre Daten herausrücken müssen», legt der Müller nach, «sonst bekommen wir zack einen Hausdurchsuchungsbefehl und stellen bei den Verantwortlichen alle Speichermedien sicher.»

«Falls die in der Schweiz sitzen», ergänzt Freddie ein wahres Wort.

Vor dem übernächsten Bildschirm sitzt Romina Wäckerlin. Beim Ausdruck «Hausdurchsuchungsbefehl» hat sich ihr Gesicht aufgehellt.

Soziologische Feldforschung.

Freddie und Romina rufen, wie vom Müller angeregt, erneut Adi Metzger an, Wachtmeister mbA – «mit besonderem Auftrag» – bei der Kantonspolizei, wobei sein besonderes Aufgabengebiet darin besteht, die Fanszene im Auge zu behalten, Kontakte zu knüpfen, Vertrauen aufzubauen, um bei Bedarf die nötigen Informationen zu kennen oder in Erfahrung zu bringen, um den Bildern auf den polizeilichen Überwachungsvideos Namen zuzuordnen. Bedarf besteht öfters, Vertrauen aufzubauen ist anspruchsvoll, weil in manchen Kreisen … «ACAB» und «Bullenschweine» … wir kennen das traurige Lied. «Linkslibertäre und rechtslibertäre und linksextreme und rechtsextreme und sonstige Egomanen», hat Bucher Manfred, dem Müller sein Freund und Polizeikumpel in Zürich, diese Klientel mal zusammengefasst.

Doch zurück nach Basel zur Kapo: Adi Metzger ist professionell prospektiv proaktiv und auch prophylaktisch präventiv unterwegs, physisch und volldigital. Er kennt die Gruppierungen, die gerade aktiv sind, die Feind- und Freundschaften zwischen Anhängern von Clubs, sogar von verfeindeten Fans, deren Vereine auf dem Rasen nie gegeneinander antreten. Er kennt Personen und Personen, die möglicherweise Personen kennen, und er steht in regelmässigem Kontakt mit der Polizeilichen Koordinationsplattform Sport (PKPS), die bei der Kantonspolizei Freiburg angesiedelt ist und sich mit Gewalt bei Sportanlässen beschäftigt. Das betrifft auch Eishockey, okay? Über Metzger sollten Sie wissen, dass in seinem Büro eine Vitrine steht mit szenetypischen Gegenständen, die an Spielen oder in deren Umfeld sichergestellt wurden: Schlagringe, speziell präparierte Handschuhe, Schlagstöcke, Zahnschutz und pyrotechnische Gegenstände, die unters Sprengstoffgesetz fallen. Metzger weiss auch: Bei Hausdurchsuchungen diesen Personenkreis betreffend hat man nicht selten Material sichergestellt, das auf eine rechtsextreme oder – je nach Gruppierung – autonome Gesinnung schliessen lässt. Gemeinsamer Nenner: Gewalt, Chaos, Ordnungsfeindlichkeit, Aktionsfreundlichkeit, Tatendrang. «Brutale Wirrköpfe», fasst Adi Metzger zusammen.

Er aktiviere noch heute seine Kanäle aus der Kurve beim Lokalrivalen, dem FC Basel, sichert Metzger zu. Die Kontakte will er Romina und Freddie nicht namentlich nennen, weil er zu diesen Männern einen guten Draht habe, was viel Zeit und Nerven gekostet habe, deshalb wolle er vorsichtig damit haushalten. Am Telefon macht Metzger die Müllerequipe auf eine Ultra-Gruppierung des Sportclubs Basel aufmerksam. Das sind die hundertfünfzigprozentigen Anhänger, die die reine Lehre verkörpern, den Fussballkommerz ablehnen, diesen Sport wie eine Religion verehren und für die die gegnerischen Anhänger Feinde sind. Manchmal, sagen wir's so, «überborden» einige von ihnen.

«Nachspielzeit» heisst die Gruppe, der Metzger «allerhand»

zutraut, und er nennt zwei Personennamen, was Freddie sofort zu einem Anruf bewegt.

«Nein, nicht schon wieder, lasst mich doch in Ruhe.»

Das hört Freddie Dominguez nah an seinem Ohr.

«Ich habe euch vorgestern schon alles erzählt, was ich weiss. Vor-ges-tern.»

Marky hört nur Freddies Atem. Er rasselt ein wenig, Bronchitis im Anzug, Gratisdiagnose Telemedizin Kriminalkommissariat. Wir sagen Kriko.

«Nichts war das, vorgestern», sagt Freddie, «Informationsgehalt 0:0.»

«Weil ich nichts weiss über diese Sprayereien, nichts!», ruft Marky Gassmann aus, der Kleingewerbler und Informant, den Wäckerlin Freddie am Mittwoch in der neuen Tapasbar am Tellplatz vorgestellt hat.

Dominguez eröffnet ihm, im Mittelpunkt des polizeilichen Interesses stehe nun der Trainer des SC Basel. Als er dessen Namen nennt, hört er Marky schnauben, was der phonetische Semiotiker unschwer als Abneigung oder Feindschaft interpretieren kann. Sogar der nichtakademische Kriminalpolizist mit dem Zürcher Dialekt, aber Wohnsitz in 4123 Allschwil, kapiert die Atemtätigkeit seines Telefongesprächspartners.

Nein, er wisse nichts über den Trainer, ausser dass er … Die Misserfolg-durch-Ungenügen-Diagnose wiederhole ich nicht, wir haben das Lied mittlerweile verstanden und satt. Nein, er habe keine Lust, aber ähchch gar keine, sich umzuhören, ob gegen Andersen «eine hm … Aktion» stattgefunden habe, wehrt sich Marky. All das gehe ihn nichts an, das gehe ihm am ■■■■ vorbei, all das betreffe ihn nicht und noch weniger. Er sei ein, also ein selbstständigerwerbender Freiberufler, der … Gut, das wissen wir alles seit vorgestern … Kurz: Marky Gassmann ist ein Kleinkrimineller mit einer Affinität zum Detailhandel mit Gegenständen aller Art, für die weder Quittungen noch Lieferscheine vorliegen, und er nutzt die Herausforderungen des Marktes nach gelegentlichen Selbstversuchen auch zum Handel mit psychoaktiven synthetischen Substanzen, deren Verwendung im Betäubungsmittelgesetz geregelt, sprich: verboten ist.

Freddie Dominguez fordert ihn auf, verlangt von ihm, droht ihm. Der andere macht auf «Hey, ich würde ja … euch alles sagen, lasst mich doch einfach in … äh … wenn ich etwas erfahre, ähm melde ich mich».

Freddie sagt zu Romina, dass man Marky einmal «aber richtig» in die Zange nehmen müsste, aber so «wirklich richtig», damit etwas rauskommt, weil der tanzt uns nur auf der Nase herum mit seiner Ich-weiss-rein-gaaar-nichts-und-bin-ein-hart-arbeitender-Bürger-Masche. «Aber mal nachts so ein bisschen … du weisst, wie ich meine.»

Romina rollt ihren Bürostuhl einige Zentimeter nach rechts, damit der Kollege ihr Gesicht sieht, und sie guckt zwischen den Bildschirmen hindurch Freddie frontal in die grauen Augen. Als sie wie eine Schlangenhypnotiseurin seinen Blick eingefangen hat, rät sie ihm so was von kontrolliert: «Sag so einen Satz bloss nie vor dem Kommissär.»

Schweigen hängt in der Luft. Dann erhebt sich Wäckerlin und sagt: «Komm, ich zeige dir die Universität.»

Am Rand der Altstadt, am Nadelberg 4, liegt das Deutsche Seminar der Universität Basel, erbaut zu mittelhochdeutschen Zeiten. Gebäude aus dem 14. Jahrhundert, weiss gestrichen, die Fenster und Türen in roten Sandstein eingelassen, denselben Stein, aus dem auch das Münster besteht und viele andere mittelalterliche Gebäude in Basel. Spätgotik.

Hätte ich an dieser Stelle gerne genauer beschrieben, doch aufgrund der Gefahr im Verzug war es mir unmöglich, einen Rekognoszierungstermin vor Ort zu organisieren.

In den Korridoren des Deutschen Seminars sind in diesen Minuten, um 10:11 Uhr, viele junge Menschen unterwegs, alle mit Rucksäcken oder Taschen ausgerüstet, einige mit blank gezogenen Laptops, viele mit Bechern oder Nuckelflaschen. Etwas befremdet streifen die Blicke der Studierenden Romina

Wäckerlin und Freddie Dominguez. Die grosse Blonde mit dem Pferdeschwanz und der mittelgrosse Muskelprotz sehen nicht nach stud. phil. aus. (An der ETH Zürich würde man sie ihres Schneides und des Laserblicks wegen automatisch der Militärakademie zurechnen.) Weil sie Zivilkleidung tragen, werden sie allerdings nicht sofort als Vertreterinnen des Gesetzes identifiziert, obwohl der eine oder die andere Immatrikulierte vermutlich Demonstrations- oder Hörsaalbesetzungserfahrung besitzt, vielleicht sogar mal Tränengas eingeatmet oder zumindest Ausweiskontrollen absolviert hat. Solches macht ja jeweils die Sicherheitspolizei, in Uniform. Den Zivilpolizisten jedoch erkennen auf Anhieb nur dessen Kollegen und die erfahreneren Kriminellen: der ruhelose Blick, der Räume scannt und Personen überprüft; die robuste körperliche Konstitution, die sich im Bedarfsfall als nützlich erweist; die reissfeste Kleidung und die sportlichen Schuhe; und wer genau hinsähe, entdeckte seitlich am Körper (Schulterholster) oder im Rücken die geladene Waffe.

Vielleicht fallen Romina und Freddie auch nicht besonders auf, weil die Student*innen auf ihrer Jagd nach Bologna-Punkten schlicht keine Musse haben, sich mit dem Gedanken zu beschäftigen, dass der weibliche Detektivkorporal und ihr Kollege nach dem Büro von Urs Walder Ausschau halten, PD Dr. phil. habil., Inhaber des Akkusativausweises, des Genitivdiploms und sogar der Apostrophnadel in Gold. Sein Spezialgebiet ist ein Thema, über das sich Romina und Freddie nachher im Auto amüsieren werden. Memento jedoch: «Was man nicht versteht, muss nicht Quatsch sein», schrieb weiland Wieland Watzke (1898–1967).

«Herein», ruft PD Walder auf Wäckerlins kräftiges Klopfen hin, blickt zur Tür, die beim Öffnen knarrt wie Quasimodos Buckel, und wirkt erstaunt, zwei Personen zu sehen, von denen jede in der Breite und eine in der Länge den Türrahmen mühelos füllt.

Walder erkennt sofort, wer vor ihm steht.

«Guten Tag, Herr Walder», begrüsst ihn die grosse Blonde,

und der kleine Muskelmann nickt ihm grimmig zu. Sie stellen sich mit Namen vor.

Warum sind sie hier, die Bullen? Weil Urs Walder, der Germanist, der laut Adi Metzger der Gruppe «Nachspielzeit» zuzuordnen ist, in der Hooligan-Datenbank verzeichnet ist. Mehrere Vorfälle, in der StGB-Sprache: Landfriedensbruch (Art. 260 StGB), Sachbeschädigung (Art. 144 StGB) und Tätlichkeit (Art. 126 StGB), begangen meist in einem Zustand, der mit dem Betäubungsmittelgesetz (BetmG) kollidiert und dessen physische Folgen nicht selten durch die vorherige Einnahme von schmerzstillenden Pharmazeutika gelindert werden. Klartext: Du schluckst Schmerzmittel, damit du dich schmerzfrei prügeln kannst. «Was sich der Mensch auch immer einfallen lässt», stossseufzt das einzige erhaltene Epigramm des antiken Cn. Curtius Flabo.

Germanist und Hooligan? Wie in diesem Film «Dr. Checker und Mr. Haider», das janusköpfige Doppelgesicht. Würde man nicht vermuten, wie PD Dr. phil. habil. Urs Walder in seinem humanistisch-antiken Einzelbüro – knarrender Riemenparkettboden, der Geist des Erasmus von Rotherham im Gemäuer – am Computer sitzt, umgeben von Büchern, Texten und nochmals Büchern. An der Wand ein kleiner Wimpel in den Farben des Sportclubs Basel. Mehr Persönliches gibt der Raum nicht her. Walder, kurzhaarig, Dreitagebart, Brille, trägt ein dunkelblaues Hemd mit kleinen Blumen drauf, weiss, hellblau, rostrot, und eine Jeans. An einem Haken an der Wand eine dunkle Jacke. Sieht nicht aus wie ein mehrfach von strafrechtlichen Massnahmen Betroffener. Aber eh Trugschluss, denn die «sehen nicht so und so aus», sondern wie Sie und ich.

Hm, nein, wie ich vielleicht nicht.

«I Fought The Law (And The Law Won)» (Sonny Curtis).

Hahaha!

Urs Walder wird also dieser Ultra-Gruppierung «Nachspielzeit» zugerechnet, deren Name allerdings ständig wechselt, um nicht unnötige Angriffsfläche zu bieten. Mladen Jonovic von IT und Cybercrime hat die WhatsApp-Gruppe infiltriert, über die diese Leute kommunizieren. Privatdozent Walder hat sich dort und in elektronischen Fanforen unter dem Nutzernamen «SCBildersturm» mehrfach pointiert – «personelle Obsoleszenz», «imminente Katharsis» … – zum Trainer des SC Basel geäussert. Kommt uns bekannt vor. Strafrechtlich zwar kaum relevant, wie Wäckerlin und Dominguez bei ihren Ermittlungen festgestellt haben, aber aufschlussreich genug. Und … wenn mit einer Gewalttat gegen den Trainer zu verknüpfen, möglicherweise als Beweis für die Vorsätzlichkeit dieses Delikts zu interpretieren.

«I Fought The Law (And The Law Won)» (Sonny Curtis).

Hahaha!

«Guten Tag», entfährt es dem Germanisten etwas verzögert nun doch. Sein Blick schwenkt kurz zu seinem Bildschirm zurück: ja, die Unterlagen fürs Seminar, an denen er gerade arbeitet. Der Besuch von Wäckerlin und Dominguez passt ihm nicht. Nicht nur, dass er bis über beide Ohren in der Arbeit steckt, er achtet immer darauf, Beruf und Privatleben strikte zu trennen. Ihm liegt sehr daran, seine Verurteilungen und niederschwelligeren brachialen Freizeitaktivitäten gegenüber dem Arbeitgeber geheim zu halten. Unter den Mitarbeiterinnen und Mitarbeitern der Universität will er nicht zum Gerede werden, weil ihn die Polizei im Büro aufsucht. Stellen Sie sich die Schlagzeile im Gratisblatt vor: «Der Prügelgermanist» oder «Dr. Faust». Mit so einem Image bekäme er nie eine Professur.

«Sie haben mich schon vorgestern angerufen. Ich habe Ihnen gesagt, dass ich nichts über diese Sprayereien weiss», schiesst er los, noch bevor Romina und Freddie die Tür hinter sich geschlossen haben.

Schrecksekunde. Nein, kein Schatten eines Kollegen oder einer Kollegin zu sehen, die seine zwei Hauptsätze und den Nebensatz hätten hören können. Keine Studierenden in Sicht- und hoffentlich auch nicht Hörweite. Der Holzboden knarrt, weil Wäckerlin ihr Gewicht verlagert. Standbein, Spielbein.

«Es liegen neue Elemente vor», sagt Wäckerlin.

Wie die immer sprechen. Walder kommt es vor, als wüchsen

den Wänden Ohren. Nicht auszudenken, wenn seine Fakultätskollegen wüssten, dass die verfluchte Kriminalpolizei in seinem Büro steht. Der Small Talk würde zum Minenfeld mutieren, und die harmlose oder hinterlistig scheinheilige Frage «Na, Urs, wie geht's?» würde von Blicken begleitet, die alles beinhalten können. Die Oberassistentin wartet nur darauf, eine Flasche Blanc de Blancs zu köpfen, weil sie eine Position aufrücken würde, wenn PD Walder abserviert wäre.

Mitten am Vormittag, 10:27 Uhr, um präzise zu sein. Dabei steckt Walder mitten in den Vorbereitungen für das Seminar am Nachmittag. Hat ihm gerade noch gefehlt, der Besuch der cops. «Die Unerschütterlichkeit des Weisen ist nichts als die Kunst, Erschütterungen nicht zu zeigen.» (La Rochefoucauld). Walder reisst sich zusammen, forsch voran: Er erhebt sich vom Bürostuhl, begrüsst die beiden etwas freundlicher, schaut kurz auf den Polizeiausweis, den sie ihm hinstrecken, sagt: «Leider kann ich Ihnen keinen Stuhl anbieten.» Weil in seinem Büro bloss ein zusätzlicher Stuhl Platz findet, für die Sprechstunde, wenn eine Studentin oder ein Student mit ihm eine Arbeit besprechen will. Deshalb stehen sie nun zu dritt in Kurzdistanz. Innerlich seufzt der Germanist schwer, fragt aber, was man als Bürger in so einer Situation fragt: «Was kann ich für Sie tun?»

«Der Trainer des SC Basel ist verschwunden», überfällt ihn Wäckerlin.

«Ach?» Das scheint ihm neu zu sein. Walder schaut Romina und Freddie in die Augen. «Ich habe nie persönlich mit Torben Andersen zu tun gehabt, und ich wünsche das auch nicht, weil ...» (Seine Analyse der ersten Meisterschaftshälfte und seine Einschätzung der Rolle des Trainers bei diesen Entwicklungen kennen wir von seinen Posts im Forum der «SCB Army» und lassen wir weg.)

«Hatten Sie oder Kollegen oder Bekannte von Ihnen Kontakt mit dem Trainer?», fragt Wäckerlin nach.

PD Dr. phil. habil. Walder schüttelt den Kopf. Was heisst *Kontakt*, ist er versucht zu sagen, doch er hat wirklich weder

Zeit noch Lust für Spielchen, daher antwortet er: «Ich wüsste nicht, was wir mit dem zu schaffen hätten.»

Wäckerlin und Freddie setzen die Waffe namens kritischer Blick ein.

«Sicher?», hakt Freddie nach und lässt den Frikativ /ch/ bedrohlich krachen.

«Diesem Mann auch nur ein Miminum an emotionalem Aufwand angedeihen zu lassen hat sich ohnehin nie gelohnt, weil sich gleich nach den ersten drei, vier Saisonspielen abgezeichnet hat, dass das mit dem nichts wird», doziert der Germanist kategorisch. Dann fügt er bei: «Wir sind alle froh, wenn der wieder weg ist.»

Da merkt er, dass das keine schlaue Aussage war. Weil Romina und Freddie sie einfach in den spätgotischen Räumlichkeiten verhallen lassen. Und weil Andersen angeblich verschwunden ist. Eine Falle? Lügen die ihm etwas vor, um ihn wegen irgendwas zu packen? Worauf sind die aus?

«So?», sagt Detektivin Wäckerlin.

Darauf fällt dem Germanisten Urs Walder nun nichts ein.

«Nachspielzeit», den Namen der Gruppe, in der der Germanist mutmasslich aktiv ist, erwähnen die Kriminalpolizistin und ihr Kollege nicht. Sonst wechseln die ihre Bezeichnung schon wieder, und bis Kollege Metzger sie erneut aufgespürt hat, enstände ihm eine Überwachungslücke, die zum Delinquieren einlüde.

«Nun, Herr Walder, was wissen Sie über den Verbleib von Herrn Andersen?»

Romina Wäckerlin und Freddie Dominguez stellen in x Varianten immer wieder ähnliche Fragen, absichtlich, um dem Klienten die Zeit zu stehlen und ihn von seiner Arbeit abzuhalten. Stress aufbauen, damit er sich – vielleicht – verschwatzt. Sie merken, wie er nervöser wird, zum dritten Mal schon auf die Armbanduhr schaut, offensichtlich ist er unter Druck. Schwitzt er? Kann auch an der überheizten, trockenen Luft in Walders Bürozelle liegen.

Die Befragung dauert volle 47 Minuten. Ergebnis = null.

Walder ist erleichert, als die beiden abziehen.

Dass er am Mittwochnachmittag kurz nach 16 Uhr zusammen mit einem Kollegen beim Unispital beobachtet hat, wie der Trainer in ein Taxi stieg, kann die Kriminalpolizei nicht wissen. Jene Videoaufnahme wurde routinegemäss nach 48 Stunden automatisch gelöscht.

Dasselbe Nullergebnis erzielen an diesem Morgen Sermeter und Gormann, als sie Alwin Meierhofer und Edi Gaugler anrufen, zwei weitere in HOOGAN verzeichnete Hooligans. Assistenztrainer Baumann erreichen sie nicht.

Darauf fahren sie über den Rhein nach Kleinhüningen. Sie sprechen bei Marcel Oberholzer vor, genau: beim häuslichen Gewalttäter an der Güterstrasse. Ihn besuchen sie ebenfalls am Arbeitsplatz. Bei der Import-/Exportfirma im Hafenareal, gleich neben dem BMX- und Skater-Park, der gastrokulturellen Zwischennutzung, dem Bretterbudenprovisorium und dem auf Land gesetzten roten Feuerschiff.

«Gehen wir kurz hinaus», schlägt Oberholzer sofort vor, weil er nicht will, dass alle zuhören. Am Arbeitsplatz ist die Hebelwirkung polizeilicher Befragungen besonders gross. Weil die Auskunftsperson nicht will, dass der Chef, die Kolleginnen und die firmeninternen Rivalen alles mitbekommen. Also antwortet einer schnell, damit die Kripo asap abzieht. Schnelle Antwort = unbedachte Antwort = Schauplatz für Widersprüche = Vorzimmer zu Untersuchungshaft, Gerichtsurteil und Strafvollzug.

Auch Oberholzer äussert sich wenig freundlich zur sportlichen Situation des SC Basel und zur Fachkompetenz der Vereinsleitung, gibt sogar an, dass sein Kaufentscheid zugunsten einer Saisonkarte für die nächste Spielzeit auf der Kippe stehe. «Das erste Mal in meinem Erwachsenenleben überlege ich mir das.» Eine gewisse Feindlichkeit gegenüber den Ermittlungspersonen (Gormann und Sermeter) wird im Laufe dieser Unterhaltung auf den Stufen vor dem Eingang der Import-/Exportfirma durchaus manifest: Tonfall, Einsilbigkeit, Körpersprache. Die Intuition und die Ratio sagen Sermeter und Gormann jedoch, dass Oberholzer zurzeit genügend andere Sorgen hat, als sich die Nächte mit fussballbezogenen Umtrieben zu verkürzen.

«Wie stehen Sie zu Torben Andersen?», fragt Gülay Sermeter.

Oberholzer reagiert etwas verwirrt. «Ähm, ich …», antwortet er. Er dachte, das Fussballthema war nur Small Talk zur Einleitung. (Als hätte die Kripo Zeit für so was.) Er dachte, es geht um sein Ausrasten gegenüber Francesca, Montagnacht, █████ █████! Aber die wollen etwas anderes.

«Andersen? Was habe ich … mit dem zu tun?»

«Sie sind wegen fussballbezogener Sprayereien verurteilt und diese Woche wegen eines Gewaltdelikts festgenommen und mit einem Rayonverbot belegt worden», legt Gülay nach, damit er selbst die Fäden verknüpft. Gormann fixiert Oberholzer mit den Augen.

«Ich … ähm … ich weiss nicht, was die Sprayereien und … Montagnacht … und was ich … mit Andersen zu tun hätte.»

Gormann schaut, Sermeter schweigt.

«Ehrlich! Ich kenne den nicht persönlich. Ich habe nichts … Was ist denn passiert?»

Sermeter schaut, Gormann schweigt. Dann lassen sie Marcel Oberholzer in der Kälte auf den Treppenstufen vor der Import-/Exportfirma stehen.

«Was ist denn mit Andersen?», hören sie hinter sich Oberholzers Stimme. Natürlich antworten sie nicht.

Anmerkung zur Szenerie der Befragung: Den noch mächtigeren Hebel gegenüber einer einzuvernehmenden Person würde natürlich ein Alarmpikettwagen mit drei uniformierten Sicherheitspolizisten darstellen, der den Betreffenden mit viel Babaorum vom Arbeitsplatz wegzerrt, ihn in Handschellen legt, festnimmt und in den Waaghof überführt. Jedoch … immer im Auge behalten … die Verhältnismässigkeit (Art. 5 BV) und die Kosten.

Plus/minus gleichzeitig.

Nach mehreren erfolglosen Versuchen ist der Müller um 11:07 Uhr telefonisch in einen vakanten slot im Sitzungsmarathon des SCB-Vizepräsidenten Ruedi Bürgin geplatzt. Der Unternehmer weilt aus geschäftlichen Gründen gerade in D-76135 Karlsruhe. «In acht Minuten beginnt mein nächstes Meeting», warnt er, nachdem ihm der Müller seine Identität offengelegt und als Sesam-öffne-Dich den Namen von Bürgins Spezi, dem Ersten Staatsanwalt, ausgesprochen hat, «Stickelberger». In Wirklichkeit holt der Müller eine volle Viertelstunde Gesprächszeit heraus. Ihn kümmert's nicht, ob ein Riesengeschäft verzögert wird, hüstelt das BIP halt eine Mikrosekunde später.

«Niemand vom Verein hatte seit dem Abschlusstraining am Montagmorgen Kontakt zum Trainer», fasst der Müller seinen Kenntnisstand zusammen. Ein Steilpass.

«Ja, Ihre Informationen sind richtig», bestätigt Bürgin, «und wir sind deswegen sehr besorgt. Torben Andersen ist die Zuverlässigkeit in Person. Bei all seinen Karriereschritten hat er konsequent kontinuierlich konstant seriöse Arbeit geleistet. Wir vom Sportclub hatten ihn seit vielen Jahren auf der Liste. Wir haben seine Laufbahn im Detail verfolgt. Unverbindliche Gespräche mit ihm haben wir seit drei, vier Jahren immer wieder geführt.»

Klingt wie ein Pressecommuniqué, denkt der Müller, lässt den Vizepräsidenten aber sprechen, weil Informationen über den Charakter des Gesuchten.

«Für Andersens Verpflichtung im letzten Sommer war sein Leistungsausweis im Nachwuchsbereich ausschlaggebend: Er hat es immer wieder geschafft, Nachwuchsspieler ans Top-Niveau heranzuführen und dort zu etablieren.»

«Mhm», signalisiert Müller, dass er noch zuhört.

«Die Vereinsleitung hat sich viel von Torben Andersen versprochen. Umso erstaunlicher, dass es bei uns nicht ...» Diesen Satz beendet Bürgin nicht.

«Sein Verschwinden», erinnert der Müller den SCB-Vizepräsidenten an den Grund für den Anruf. «Tell Me Why?» (Bronski Beat). «Haben Sie vielleicht eine Vermutung, was vorgefallen sein könnte?»

Ähm … ja → zwei Sekunden Stille.

Müller weiter: «Wir haben in der Stadt in letzter Zeit vermehrt Sprayereien mit Drohungen gegen Andersen festgestellt. Ausserdem grobe Äusserungen im Internet, unter Anhängern Ihres Vereins. Könnte das –»

«Nein, das kann ich mir nicht vorstellen, nein», unterbricht ihn der Vizepräsident, «hören Sie: Das ist Basel. Integration ist für uns kein Fremdwort. Wir stehen – genau wie der FC Basel – über unsere Fanarbeiter dauernd in Kontakt mit allen möglichen Fangruppen. Natürlich gibt es Einzelpersonen, die manchmal übertreiben. Das bedauern und verurteilen wir immer wieder öffentlich. Das dürfte Ihnen bekannt sein. Aber … einem Exponenten des Clubs ein Leid anzutun?»

«Hm?», ermuntert ihn der Müller, den Satz zu beenden.

«Völlig absurd. Wenn Sie meine Meinung hören wollen.»

«Hatte Ihr Trainer vielleicht Probleme in seiner Ehe?», fragt der Kommissär.

«Hm», gibt Ruedi Bürgin zurück, «da bin ich überfragt. Herr Andersen hat mit mir nicht über sein Privatleben gesprochen. Es geht mich und den Verein auch nichts an, solange es der Arbeit nicht in die Quere kommt.»

Immerhin kann SCB-Vizepräsident Bürgin dem Kommissär ungefähr den Ort in Norddeutschland nennen, in dem Andersen einen zweiten Wohnsitz hat, «wo er ursprünglich herkommt, bei Flensburg, ein kleiner Ort mit einem dänischen Namen, das finden Sie schon heraus». Etwas gar gönnerhaft, findet der Müller. «Die Telefonnummer jener Wohnung kenne ich nicht, die Adresse ebenso wenig, aber jene Gegend ist ja nicht besonders dicht besiedelt. Es ist kein grosser Ort, Hylstrup oder Tastrup oder Wesseltoft. So ähnlich lautet der Name», sagt der SCB-Vizepräsident, und er bekräftigt, Andersens Frau, Sheila Woods, nicht persönlich zu kennen. Pro forma musst du das klipp und klar in den Unterlagen haben. Bürgin sagt aus: «Andersen ist am Montagmorgen, dem 7. Dezember, im Stadion Schützenmatte beim Auslaufen der Mannschaft nach dem letzten Spiel der Hinrunde am Sonntag zum letzten Mal von Vertretern des

Sportclubs gesehen und gesprochen worden. Von den Spielern und seinen Assistenten Holger Baumann und Vlado Dupovac. Tähkänen von der Geschäftsstelle war ebenfalls vor Ort. Wir von der Vereinsleitung waren nicht anwesend.»

Nach einer Sekunde, das Kopfschütteln können wir ahnen, fügt er bei: «0:1 gegen Lugano, stellen Sie sich das vor!»

Auf Nachfrage gibt Ruedi Bürgin zu Protokoll, Vereinspräsident Samuel Jornod sei zurzeit schwer erreichbar, weil Handlungsbedarf für die Rückrunde einerseits, und heute noch weniger zu kontaktieren, weil an einer UEFA-Tagung in wo auch immer irgendwo in der EU. Eine Subkommission zur Evaluation von Reformprojekten, unter anderem eine mögliche Neuformulierung der Abseitsregel aufgrund einer Präzisierung der Definition der Kompetenz des VAR, glaubt der Müller zu verstehen, auch wenn ihm diese Abkürzung erst hinterher einleuchtet. Video Assistant Referee. Nicht eben weltbewegend, die Fussballwelt, denkt Müller bei sich, speichert die Information aber in seinem Frontalcortex oder Hippocampus. Keine Ahnung, wohin auch immer solche Informationen entschwinden.

Einatmen. Ausatmen. Ignorieren. Weitermachen.

Zur selben Zeit hat im Gemeinschaftsbüro nebenan Aspirantin Gloria Werner in den Datenbanken überprüft, ob in einem anderen Kanton oder bei Europol eine unbekannte männliche Leiche verzeichnet ist, auf die Andersens Signalement passen könnte. Ergebnis negativ.

Aspirant Xerxes Blaser beabsichtigt, alle Spitäler der Nordwestschweiz, der angrenzenden Kantone, Landkreise und des Département du Haut-Rhin abzutelefonieren, um in Erfahrung zu bringen, ob … und verliert zwischendurch fast die Geduld, weil wird weitergeleitet → Warteschleife → beruhigendes Geklimper und Gesäusel → «Sind Sie noch da? … Einen Moment bitte» klick «Ich verbinde Sie … warum funktioniert diese Weiterleitung ni…» → wieder Tranquilizer-Muzak → «Jetzt … jetzt kann ich Sie verbinden» … «Oh Yeah» (Yello): Yes! Uhrzeit

11:23 Uhr. Blasers dritter Anruf bedeutet Erfolg: Torben Andersen wurde am Mittwochnachmittag gegen 16 Uhr aus dem Universitätsspital Basel nach Hause entlassen, nachdem er sich in der Nacht vom Montag auf den Dienstag dort in Behandlung begeben hatte und dann hospitalisiert blieb. Weshalb das? Der Assistenzarzt am Telefon will es Blaser nicht sagen. Kann ja, siehe Enkeltrickbetrug, jeder von einer als «Polizei» auf dem Display erscheinenden Nummer aus anrufen und einen hirnverbrannten Seich erzählen. «Warten Sie bitte einen Moment», sagt Blaser zum Mediziner, «ich hole meine Vorgesetzte», legt den Hörer hin, holt Gülay, die gerade aus Kleinhüningen zurückgekommen ist und nun prattelnmässig in den Hörer spricht: «Sermeter, Kriminalkommissariat. Wo liegt das Problem?» Dieses ist nun schnell ausgeräumt: Kreislaufzusammenbruch, Erschöpfung seien der Grund gewesen. Das sind die Auskünfte, die wir haben wollten. «Danke sehr», quittiert Sermeter, fügt ein knappes «Guten Tag» hinzu und drückt den Assistenzarzt weg.

Das ist neu: Nicht seit Montag, sondern erst seit dem späteren Mittwochnachmittag ist Andersen verschwunden.

Information sofort persönlich ins Einzelbüro hinüber zu Müller. Der hat soeben das Gespräch mit Ruedi Bürgin beendet und das Telefon noch in der Hand.

Jetzt ist Freitag, Blick aufs Handgelenk: 11:24 Uhr. Müller stellt fest: Der Vermisste ist noch nicht so lange unauffindbar, dass sich der Aufwand einer Personenfahndung lohnen würde. Andererseits, nun ja, Dienstweg, Hierarchie, Chef, oben und unten, Sie kennen das. Befehl ist Befehl. Andererseits, genau.

Jetzt.

Kriegt. Wäckerlin. Ihre. Hausdurchsuchung.

Weil Wäckerlin und Dominguez gerade mobiltelefonisch melden, sie hätten die Befragung von PD Walder abgeschlossen, beordert sie der Müller an den Auberg. Mit den zwei Aspis rückt er vom Waaghof her aus (Blaser halbwegs fit, hätte trotzdem im Bett bleiben sollen, könnte noch infektiös sein) → Wohnung des Trainers. 11:45 Uhr treffen sie am Auberg ein. Rechts neben der wow! renovierten Altbausuperliegenschaft das moderne Mehrfamilienhaus, acht Partien, fünf, sechs schmale, hohe Fenster, schlitzartig trutzig wie Schiessscharten – Einbruchsicherheit top –, und daneben grosse Panoramafenster, Sicherheitsglas, grünlich grauer Beton. Vor dem Haus Buchshecke, Betonplatten zum Eingang hin, schwere Glastür, dahinter erkennt die ausgerückte Müllerequipe eine Lifttür aus poliertem Stahl. Bezeichnung «Mehr*familien*haus» täuscht, weil in solchen Eigentumswohnungshäusern kaum je Familien leben, sondern Doppelakademikerdoppelverdienerpaare – iur. et oec. – und begüterte Einzelpersonen.

Auberg = wichtige Ausfallstrasse ab Heuwaage → Austrasse → Kreuzung Schützenmattstrasse → Allschwil beziehungsweise → douce France. Ergo viel Verkehr stadtauswärts (stadteinwärts verbotene Fahrtrichtung). Plus Tram 6 Richtung hinaus und herein. Für Velos und ihre Benutzer und -innen gefährlich, nicht zuletzt wegen parkender Autos. Auberg bedeutet auch Fluchtweg für Leute, die den Testosteronheroen aus der Steinenvorstadt, der Steinentorstrasse und vom Birsig-Parkplatz entrinnen wollen, um nicht angegrapscht, angegrölt oder abgeschlagen zu werden, wenn sie mit den Augen verprovoziert werden. Auf der rechten Strassenseite, nach dem Parkhaus Steinen, wo der Berg etwas flacher wird, ist der Auberg ein kurzes Stück lang in grössere Parzellen gegliedert, weil die ursprüngliche Bebauung schon Jahrzehnte vor der Motorisierung erstellt wurde.

Hauswart Eusebio dos Santos steht mit dem Schlüsselbund bereit und schliesst dem Müllerteam die Haus- und → Lift → im dritten Stock die Wohnungstür auf.

Hinweise auf Beschädigungen des Schlosses? Negativ. Müller, Wäckerlin, Dominguez, Werner und Blaser → hinein in die Neubaumoderne. Grosszügiges Appartement, grosse «Fenster zum Hof» (Hitchcock) und zur Strasse hin. Hellgraue Sofagarnitur und imposanter Flachbildschirm. An der Wand, gerahmt, ein Mannschaftsfoto des SC Basel. Freddie bemerkt, dass Andersen mit drauf ist. Also das aktuelle Bild. Sie sehen sich um. Auf dem Sofa der «Kicker» vom Donnerstag, 3. Dezember, und das

Buch «Johan Cruyff – Der Prophet des Tores», über die Lehne ein blauer Kaschmirpullover gelegt. Nebenan das Schlafzimmer: das Doppelbett nicht gemacht, doch das Duvet geordnet und längs hälftig gefaltet, wie sich ein Mann ein aufgeräumtes Bett vorstellt. Wäckerlin öffnet den Schrank: Sportsachen, Unterwäsche, Socken, Poloshirts (Langarm und Kurzarm), ein dunkler Mantel, zwei Jacken, Hosen in Grau- und Beigetönen, Hemden, Pullover. Ausschliesslich Männersachen. Nichts weist darauf hin, dass Andersens Frau auch nur gelegentlich hier gewohnt hätte. Für Wäckerlin und uns ein Déjà-vu wie beim Zeitgeistphilosophen Wohlhauser-McLuhan auf dem unteren Bruderholz oben.

Im Badezimmer eine einsame Zahnbürste im Glas, eine Tube Zahnpasta, Gesichtscrème, Rasierapparat – und dort? Medikamentenverpackungen. Müller sieht sie sich an: Schmerzmittel, Antiphlogistika … keine Aufregung, das sind Entzündungshemmer. Nichts, was in einem Haushalt ungewöhnlich wäre.

Apropos Haushalt. Torben Andersens Wohnung gleicht einer Hotelsuite. «Ein möbliertes Appartement ist das», wird ihnen Hauswart dos Santos gleich bestätigen, «gehört Herrn Bürgin vom Vereinsvorstand.» Und er wird erzählen, dass zuvor der slowakische Mittelstürmer hier gewohnt hat, der mittlerweile in der Bundesliga spielt, und zuvor der Rechtsverteidiger mit dem grossen Verletzungspech, der aber den Anschluss wieder geschafft hat und nach Italien transferiert wurde, nach Bologna vielleicht?

Möbliert, denkt der Müller. Nicht wirklich gemütlich. Mit Ausnahme des Mannschaftsfotos fehlen persönliche Gegenstände, denkt er, während er durch die Räume wandert und alles in sich aufnimmt. Auch die Küche wirkt leer und unpersönlich. Alles blitzblank, unbenutzt. Der Trainer scheint nicht gekocht zu haben, doch, mal einen Kaffee, da steht eine George-Clooney-Maschine. Wie sich der Kommissär langsam durch die Wohnung bewegt, jetzt wieder im Wohnzimmer, um hoffentlich einen Hinweis zu entdecken, stösst sein Schuh in den Hohlraum zwischen dem Fussboden und dem Sofa … berührt einen leichten, kleinen Gegenstand und schiebt diesen vollends unters Sitzmöbel. Dass er etwas berührt hat, hat der Müller gespürt. Er kniet sich nieder, um nachzusehen. Unter dem Sofa ist's schwarz. Die Hand ertastet nichts.

«Hat jemand eine Lampe dabei?», fragt er seine Leute.

Romina drückt auf ihr Handy und hält es ihm hin. Licht leuchtet grell. Klar, denkt der Müller, hätte ich ja auch in der Tasche. Aber eine Lampe ist für mich eine Lampe und ein Handy ein Handy.

«Danke», sagt er zur Kollegin und ist überrascht, dass er trotz flagrant offenbartem Technikbanausentum nicht rot wird.

Er leuchtet unters Sofa und sieht dort … rappelt sich wieder auf die Beine und sagt: «Hilft mir bitte jemand, das Sofa zu verschieben?»

Wäckerlin packt das eine Ende, er das andere.

Freddie Dominguez zieht routinemässig die Schutzhandschuhe über, behändigt den Gegenstand, der nun offen daliegt, und lässt ihn in einen Beutel gleiten.

14 Uhr vorbei, zurück von der Durchsuchung der Andersen-Wohnung, liefern Blaser und Werner das sichergestellte Handy bei Jonovic ab. Er wird das Gerät auswerten, sobald er mit den Festplatten der Finanzberatungsfirma von der Schützenmattstrasse durch ist.

Achtung, Sorgfaltspflicht des Arbeitgebers gegenüber den Mitarbeitenden gemäss Obligationenrecht. Hatten wir eine Mittagspause? Vergiss es! Blaser (mit drei Aspirin in der Blutbahn) und Werner suchen nun vom Waaghof aus Informationen zur Person des vermissten Trainers.

Torben Andersen, 49, 1.87 m, 84 kg, aufgewachsen bei Flensburg in Schleswig-Holstein, in Husby (also nicht Hylstrup, Tastrup oder Wesseltoft, wie SCB-Vize Bürgin dachte), seit Juni Trainer beim SC Basel. Trainierte zuvor in Deutschland Mannschaften, die sich im Mittelfeld der 3. und der 2. Bundesliga hielten. Vor drei Jahren stieg er mit einem Team in die 2. Bundesliga auf, mit einem anderen verlor er den Kampf um den dritten Tabellenrang der 2. Liga nur um einen einzigen Punkt. Ein Aufstieg in die 1. Liga fehlt in seinem Palmarès, von einem Titel nicht zu reden. Er erarbeitete sich den Ruf, junge Talente gut an die erste Mannschaft heranführen zu können und sie dort erfolgreich zu integrieren. Mehrere seiner Schützlinge schafften es in Nachwuchsnationalmannschaften verschiedener Länder und in die 1. Bundesliga. Diese Qualität, erfolgreich mit jungen Spielern zu arbeiten, hat – wie Vizepräsident Bürgin im Telefongespräch gegenüber dem Müller hervorgehoben hat – den Ausschlag gegeben, dass ihn der SC auf die aktuelle Saison hin verpflichtet hat, nachdem der Zweijahresvertrag mit dem Vorgänger ausgelaufen und nicht verlängert worden war. Der Vorgänger galt zwar als Taktik-Fuchs, doch die Fans mochten ihn nicht. Kein Sympathieträger. In dieser Hinsicht scheint Andersen allerdings ebenfalls kein Supertreffer zu sein. Adjektive wie «spröde» und «unnahbar» lesen Gloria Werner und Xerxes Blaser in Medienberichten, «überheblich» und «distanziert». Andersens Lohn beim SCB liegt laut der Zeitung mit dem schwarz-roten Logo «im mittleren sechsstelligen Bereich».

«Nicht schlecht», sagt Werner, als sie die Zahl liest.

«Schon», antwortet Blaser und schnäuzt sich in ein Papiertaschentuch. «Meist bleiben die Trainer doch gar nicht lange im Amt … also … neun Monate im Super-League-Durchschnitt.» Das hat er soeben in einem Artikel gelesen.

Werner wendet den Blick vom Bildschirm ab und dem Kollegen zu. «Der Druck muss riesig sein bei dem Lohn … und wenn die Resultate nicht stimmen … stehen sicher die arbeitslosen Trainer Schlange.»

«Gute Idee, ich gebe mal ein ‹Anzahl Trainerlizenzen Schweiz›.»

Das tut er, klickt herum und liest vor: «Da! … 106 Personen absolvierten in der Schweiz … seit 1999 die Ausbildung für die UEFA-Pro-Lizenz.»

«Und in den beiden obersten Ligen gibt es gerade mal zwanzig Stellen», ergänzt Gloria Werner.

«Vielleicht brauchen auch die Assistenztrainer eine solche Lizenz? Dann wären's vierzig.»

Werner fällt ein: «Das ist wie bei diesem Spiel, wo die Leute um einen Tisch herumrennen und sich bei einem Signal hinsetzen müssen, aber es sind nicht genug Stühle da.»

Hm, ja, nun. Die beiden Aspiranten schweifen etwas ab. Sind doch keine Sportredaktoren. Lassen wir sie ruhig weiterrecherchieren, während ich hinzufüge: Einige dieser ausgebildeten Trainer finden einen Job im Ausland, einige bei Nachwuchsnationalmannschaften und bei Frauenteams, einige schmeissen nach einer Weile hin und wechseln in die Privatwirtschaft. Andere melden sich arbeitslos.

«Holger Baumann, den Assistenztrainer, haben wir noch nicht befragt», sagt Aspirantin Werner wieder enger fokussiert.

«Ja, Gülay hat ihn heute Morgen angerufen, ihn aber nicht erreicht.»

Auf Informationen über Sheila Woods, Andersens Frau, stossen die Polizeinachwuchskräfte bei ihrer Recherche nicht.

Zur selben Zeit. Weitermachen.

Schützenmatte … Auf dem Kunstrasenplatz neben dem Stadion kickt der Müller ab und zu mit seinen Neffen Noah und Maurice. Auf der Schützenmatte hat auch Müllers Zeit als Kriminalkommissär in Basel-Stadt begonnen. Aus lauter Neugier hat er mal, als er seine Schwester Doris besuchte, schwierige Scheidung von diesem nichtsnutzigen Claudio, das Ausbildungszentrum der Kantonspolizei betreten. Gleich neben dem Stadion, Seite General-Guisan-Strasse, war damals auch die Rekrutierung untergebracht. Der Kollege dort war nett, man kam ins Plaudern – und einige Wochen danach rief der ihn an, Oberleutnant Balz Tschudin*: «Beim Kriminalkommissariat ist eine Stelle frei, interessiert dich das?» Die Antwort war positiv, das Prozedere bewältigte der Müller erfolgreich. Daher wechselte er nach über zwanzig Jahren bei der Polizei Zürich

* «Müller und die Ambulanzexplosion», Köln: Emons, 2016, S. 181; «Müller voll Basel», Köln: Emons, 2018, S. 15.

nach Basel. Gut, es gab einen tieferen Grund: die Psychosache, das Schusswaffentrauma. Den Flüchtigen, den der Müller im Dienst in 8004 erschossen hat. Und, eben, er wollte auch näher bei seiner Schwester sein, sie unterstützen.

Weitermachen, sagte ich. Ausführen! 14:30 Uhr. Müller versammelt im Waaghof sein ganzes Team. Sermeter und Gormann bleiben bei Werner und Blaser im Waaghof, Telefon, Telefon. Für Müller, Wäckerlin und Freddie geht's hinaus: In einem Zivilwagen fahren sie zum Trainingszentrum des Sportclubs, draussen beim Stadion Schützenmatte. Die Anlagen des SC Basel sind längst nicht so schick wie der Campus des FC Basel 1893 beim St. Jakob-Park. Tribüne = Betonkonstruktion, ums Fussballfeld herum die Leichtathletikbahn. Nebenan der besagte Kunstrasenplatz und weitere Rasenplätze. Im Bauch der Tribüne ein Restaurant mit Pokalen und Grossflachbildschirm, die Garderoben und sicher auch Räume für Physio und tralala, sieht man von aussen nicht. Beim blauen Gittertor vor dem Stadioneingang riecht es nach frisch getöteten Tannenbäumen. Ausser den Christbaumverkäufern, dick eingepackt gegen Wind und Dezember, ist niemand zu sehen. Das Metalltor rechts der abgeschlossenen Drehkreuze bei der Kasse steht in einem 34-Grad-Winkel offen. Das Müllerteam hinein.

Unterhalb der Betontribüne mit den ausgebleichten Schalensitzen treffen sie auf einen Mann im Blaumann mit Werkzeugkasten: der Platzwart. In dieser Sekunde sieht er sich drei Mitarbeiterinnen und Mitarbeitern des Kriminalkommissariats Basel-Stadt gegenüber: Müller, Wäckerlin, Dominguez. Erstaunt ist er ziemlich, weil wenn du einen Wasserhahn reparieren willst, im WC einen undichten Flansch ersetzen, Scharniere ölen, die Ventile überprüfen oder das Material durchzählen, adesso, wo das in aller Ruhe möglich ist, rechnest du nicht mit Besuch. Besuch dieser Art hast du als Fussballclub höchstens bei diesem Hooliganzeug.

«Wie kann ich Ihnen helfen?», fragt Giusi Mazzetto also, nachdem sich der Müller ausgewiesen und seine Equipe summarisch vorgestellt hat. Namen runterrattern bringt nichts, kann keiner aufnehmen, also lässt du's und sagst «meine Kolleginnen und Kollegen».

«Torben Andersen», antwortet Müller, «wir möchten über Torben Andersen sprechen.»

Er sei nicht hier, sagt Mazzetto. Das wisse er, sagt der Müller.

Ob er eine Idee habe, wo er sein könnte, fragt der Müller. «Ja, in den Ferien vermutlich, oder nicht?», antwortet der Mann. Als Platzwart zähle man nicht zum Kreis der engsten Mitarbeiter, obwohl ...

«Obwohl was?», hakt der Müller nach.

«Obwohl ein Sportverein ohne Platzwart ... Sie können sich ja ...», erklärt Mazzetto.

«Ja, das können wir uns vorstellen», beendet der Müller den Satz und nickt freundlich. Doch es ist besser, Mazzetto abzuklemmen, bevor sich eine Plauderei über das Berufsbild Platzwart breitmacht. Ausserdem kriecht die feuchtkühle Luft die Hosenbeine hoch, plus die eisige Bise weht aus dem Schwarzwald herüber. Die Leute vom Kriko sind ja auch nicht zur Kontaktpflege mit Einwohnern die paar hundert Meter nach 4054 gefahren. Die Christbäume vor dem Eingang riechen bis hierher.

«Wann ich den Trainer zuletzt gesehen habe?», wiederholt der Materialwart Wäckerlins Frage, «ist etwas passiert?»

Offenbar ist er nicht auf dem Laufenden.

Sie antworten ihm nicht.

Mazzetto legt viele Falten in seine Stirn und sagt: «Am Montagmorgen beim Training. Da haben sich alle in die Winterpause verabschiedet. Da war der Trainer natürlich dabei. ... Wir sind alle froh, dass wir jetzt einige Tage freihaben.»

«Aber Sie arbeiten doch gerade», wendet Wäckerlin ein.

«Nur noch heute, dann geht's zwei Wochen in die Berge. Ich darf ja Ski fahren.» Mazzetto lacht.

«Wer darf das nicht?», will Gormann fragen, der von Fussball keine Ahnung hat.

«Die Spieler dürfen nicht», klärt ihn Wäckerlin auf, noch bevor Gormanns Fragezeichen ausgeklungen ist, «zu grosses Verletzungsrisiko.»

Freddie Dominguez nickt zur Bekräftigung.

Um es kurz zu machen: Giusi Mazzetto hat erst jetzt durch die Müllerequipe vom Verschwinden des Trainers erfahren. Ausser den Resultaten hat er über ihn nur Positives zu berichten: fleissig, korrekt, behandelt auch die Platzwarte und die Garderobenreinigungskräfte freundlich, kommt mit allen klar, ist verlässlich, pünktlich, Fazit: «Schade, dass es nicht läuft.»

Megapositiv. Kein bös glühendes Fünkchen, das im Verborgenen schwelt? Liegt es an Mazzetto, der der Welt mit einem Lächeln und einem Schraubenschlüssel begegnet, oder liegt es an Andersens Qualitäten? Mazzetto scheint die Müllergedanken gehört zu haben und schiebt hinterher: «Da hatten wir schon ganz andere Trainer.»

Der Kommissär wendet seinen Blick vom Platzwart ab und lässt die Augen über die Sportanlage schweifen, die Betontribüne, die sonnengebleichten roten und grünen Schalensitze, das Ausbildungsgebäude der Kantonspolizei, hinter dem sich die Hammerwurfanlage verbirgt. Dezembernieselregennebelschwaden et cetera, kannst du dir vorstellen, dass während der Saison bei Normalbetrieb hier nicht dieses Vakuum herrscht.

Mazzetto hat auch diesen Gedanken erraten. Die Spieler und der Staff, sagt er, seien in den Ferien bis zum Trainingslager Anfang Januar. «Winterpause», fügt er hinzu. Scheint dem Müller in diesen vier Silben ein Vorwurf zu lauern? Keinen Schimmer vom Fussballbetrieb, nicht wahr? Der Platzwart deutet aber harmlos auf seinen Werkzeugkasten, rasselt leise damit und fragt: «Brauchen Sie mich noch? Weil …»

Leider ja.

«Spannungen?», fragt Mazzetto zurück und kratzt sich am Kinn, als liege unter den kurzen Bartstoppeln eine Wahrheit verborgen. Er sei, sagt er nach einigen Denksekunden, nicht nah genug an der Mannschaft, auch nicht an den Trainern und an der Geschäftsstelle. «Bevor Sie hergekommen sind, wusste ich ja nicht einmal, dass der Trainer verschwunden ist.»

Er sorge dafür, dass der Platz bespielbar sei, die Kunstrasenplätze in Ordnung, die Garderoben auf Vordermann, die

Düsen der automatischen Rasenberegnungsanlage spritzbereit, alle Anlagen und Installationen tipptopp. Man schnappe schon mal einen Spruch auf oder einen Fetzen Information. Aber man kenne halt den Rest der Geschichte nicht und verstehe vielleicht gar nicht, warum einer voll in die Tasche mit den Bällen kickt oder der Sportchef mit finsterer Miene über den Campus stampft. Nun, der Trainer sei ja der Chef von allen, der Chef der Assistenztrainer und des Konditionstrainers, und bei den Physiotherapeuten habe er auch mitzureden. «Der Mensch ist eben der Mensch», sagt der Mann, zuckt die Achseln und erhebt somit nicht den Anspruch, ein grosses, wahres Wort ausgesprochen zu haben, obwohl er hat.

Nein, seines Wissens habe es keine «Vorfälle» gegeben, «wie Sie das nennen», stellt Mazzetto klar, der Betrieb laufe wie immer. Die Tabelle sage ja genug aus: 18 Spiele, 15 Punkte, Torverhältnis 15:31, Rang 8. Abgesehen davon sei alles wie immer. «Mal sehen, ob der Trainer nicht bald wechselt», ergänzt er, um zu schliessen, dass er das bedauern würde, weil Andersen … aber dass man sich in diesem Geschäft besser nicht zu … sentimental verhalte, weil zack bumm sind die Leute … schon wieder weg. Als Platzwart habe er viel mehr Jobsicherheit.

Der Campus Schützenmatte, wie gesagt, ausser Giusi Mazzetto menschenleer, die Mannschaft in alle Winde zerstreut. Vom Staff seien Tähkänen, der Chef der Administration, «er ist dort drüben in der Geschäftsstelle», und vermutlich auch der Assistenztrainer Baumann noch in der Gegend, sagt Mazzetto. Holger Baumann leidet unter Flugangst, fliegt darum wohl nicht a la playa.

Tähkänen. Müller hat am Morgen mit ihm telefoniert.

Danke für Ihre Auskünfte, Herr Mazzetto, auf Wiedersehen.

Dominguez → Waaghof.

Müller und Wäckerlin → Geschäftsstelle. Von der Tribüne aus dreissig, vierzig Schritte nach rechts, eingeschossiger Betonklotz direkt über dem Eingang mit den Drehkreuzen und Kassenhäuschen und draussen den Weihnachtsbäumen. Rechts führt eine Treppe hoch. Die Klingel funktioniert nicht, also klopft

Romina Wäckerlin an die Glastür. Sie klopft weiter. Nach einer Weile öffnet sich die Tür. Ein Mann Mitte dreissig, etwas derangiert, als hätten sie ihn aus einer konzentrierten Beschäftigung gerissen. Aus dem Nachdenken vielleicht? Wäckerlin zeigt ihm den Dienstausweis.

«Herr Tähkänen?», Müller streckt zwischen den Nieselregenatomen hindurch teleskopartig die Hand aus, «Müller. Wir haben telefoniert ... Danke für die Liste der Telefonnummern. Vizepräsident Bürgin oder Präsident Jornod sind nicht zufällig im Haus?»

«So ist es. Auch der Sportchef Richie Widmer ist verreist, mit dem Chefscout in Uruguay.»

Juha Tähkänen winkt sie ins Trockene: schmuckloses Büro, einige Tische, eng, investitionsbedürftiges Mobiliar, Wimpel in den Vereinsfarben, Mannschaftsfotos. «Wir machen uns Sorgen», sagt der Leiter Administration, nickt zweimal, um diesen Satz zu bekräftigen. Er schaut aus dem Fenster ins neblige Stadion, wo Giusi Mazzetto mit dem Werkzeugkasten die Tribüne hochsteigt. «Wir haben keine Ahnung, was vorgefallen sein könnte.» Nach einigen Sekunden Schweigens nimmt er den Faden von vorhin auf: Uruguay, eben, ein junger Stürmer stehe auf der Wunschliste, der in der Primera División in fünfzehn Spielen dreizehnmal getroffen und sieben Assists gegeben habe.

Das darf er erzählen, weil es schon in der Zeitung gestanden hat. Interessanter wäre natürlich, was er nicht erzählen darf. Doch das wäre eine Verletzung des Geschäftsgeheimnisses nach Art. 162 StGB. Tähkänen verhält sich vorbildlich und kommt gar nicht in Versuchung, zu viel Internes zu erzählen, weil es geht hier nicht um Transfers und sportliche Krisen, sondern um den verschollenen Trainer. Und Müllers Blick verrät dem Finnen, dass sich der Kommissär nicht für das Fussballgeschäft interessiert.

Und → Plastikbeutel → Sie nehmen Andersens Laptop mit, der auf einem Bürotisch in der Ecke steht. «Seltsam, dass er den nicht mitgenommen hat», sagt Tähkänen. «Vermutlich wollte er vor den Ferien nochmals herkommen.» Das Passwort kennt er nicht. IT-Polizeimann Jonovic wird auch diesmal nicht daran scheitern.

Visualisieren – fokussieren – telefonieren.

16:04 Uhr. Waaghof. Weil die regionalen Ermittlungen bisher fruchtlos waren, verständigt der Müller nun Interpol und löst eine internationale Fahndung nach Torben Andersen und Sheila Woods aus.

Im Gemeinschaftsbüro, wo sich die ganze Müllerequipe wieder trifft, werden die Nummern von Tähkänens Liste ausgewertet.

Vergleich der Uhren: 16:04 Uhr. Zvieripause? Liegt nicht drin. Ausser Sie wollen Sandwiches aus der Kantine, verzehrt vor dem Bildschirm, so nennen.

«Call Me» (Blondie).

Heute Morgen hat ihn Sermeter in der Wohnung in D-79540 Lörrach-Stetten nicht erreicht. Jetzt hat sie mehr Glück. Assistenztrainer Holger Baumann (42) ist zu Hause.

«Juha Tähkänen von der Geschäftsstelle hat mich informiert, dass Torben verschwunden ist», sagt er – und nach einer Weile: «Vielleicht ist er einfach zur Erholung weggefahren. Wir hatten's ja nicht leicht die letzten Wochen.»

«Da fährt er einfach weg, ohne jemanden zu informieren? Weder die Vereinsleitung noch Sie? Sie arbeiten doch schon länger mit ihm zusammen, nicht?», fragt Sermeter.

Seit fünf Jahren arbeitet er mit Andersen, hat mit ihm drei Stationen in der 2. und 3. Bundesliga absolviert. Hat mit nach Basel gewechselt, «weil wir immer gut zusammengearbeitet haben» und «weil ich seine Philosophie voll und ganz teile». Er fügt hinzu: «Wenn man sich schon gut etabliert hat, einen Boss gefunden hat, mit dem es auch atmosphärisch hinhaut, dann zieht man das durch. Andersen ist, genau wie ich, leistungsorientiert. Wir haben absolut dieselbe identische Auffassung von Fussball.»

«Wie lässt die sich zusammenfassen?», fragt Gülay Sermeter.

«Erstens: Go, go, go! Zweitens: Attack, attack, attack! Und drittens: Work hard and have fun!»

«Funktioniert hat das diese Saison aber nicht», wendet Sermeter ein. Das kann der Assistenztrainer nicht abstreiten, also brummt er wie ein Teddybär.

«Woran liegt das?», fragt Sermeter nach.

Holger Baumann antwortet nicht sofort.

«Mir ist das nicht klar. Torben auch nicht. Wir haben viel darüber gesprochen.»

«Aber Sie haben eine Vermutung, Herr Baumann?»

Der Assistenztrainer lässt sich wiederum etwas Zeit, bevor er sagt: «Ich könnte ... über unterschiedliche Spielphilosophien spekulieren, über Atmosphärisches in der Mannschaft, über ... Missverständnisse zwischen der Mannschaft und dem Trainer, Unstimmigkeiten zwischen Torben und dem Präsidenten ...»

«Ja?», motiviert ihn Gülay weiterzusprechen.

«Das haben wir alles durchdiskutiert, Torben und ich, und sind zu keinem Schluss gekommen. Das Kader ist gut zusammengesetzt, Verletzungen haben wir nicht ausserordentlich viele, der Vorstand lässt uns arbeiten, unter den Spielern gibt's nicht mehr Reibereien als üblich. Es hat einfach noch nicht geklappt bisher. Wir tun, was wir tun müssen: dranbleiben, hart weiterarbeiten.»

Baumann bestätigt, den Cheftrainer am Montagmorgen beim Auslaufen des Teams gesehen zu haben. Nach diesem letzten Training vor der Winterpause habe sich Torben Andersen von allen verabschiedet, ihnen gute Erholung gewünscht und mit auf den Weg gegeben, mit frischen Kräften Anfang Januar wieder anzutreten. Dann fliegen nämlich Kader und Staff ins Trainingslager in der Südtürkei.

«Hat Herr Andersen Feinde?», fragt Sermeter.

Der Assistenztrainer lacht auf. «Feinde? Wir sind doch nicht im Krieg. ... Also, Neider vielleicht, auch Leute, die seinen Job gern hätten ... Ultras, die ihn für unseren aktuellen ... Misserfolg ... verantwortlich machen. Aber Erfolg und Misserfolg ... dafür gibt's immer verschiedene Faktoren. Torben allein die

Verantwortung aufzuhalsen, das wäre unfair. … Nein, Feinde … also persönliche, kann ich mir nicht vorstellen.»

Wo Andersen abgeblieben sein könnte, davon habe er keine Ahnung, gibt er an. «Haben Sie es in Norddeutschland versucht? Er hat ein Haus in der Nähe von Flensburg. Da stammt er her.»

«Hat Herr Andersen Probleme?»

Baumann überlegt und antwortet: «Die sportlichen Probleme, die Sie kennen, die Tabellenlage … Sonst wüsste ich nichts. Jedenfalls hat er mir gegenüber nichts erwähnt.»

«Hat er Sorgen? Ist er krank? Wirkte er in letzter Zeit … verändert?»

Sermeter hört durch die Leitung Holger Baumanns Atem. Er denkt nach. «Vielleicht war er etwas stiller als sonst? Gegenüber der Öffentlichkeit musst du in diesem Beruf ziemlich laut sein, sonst schreiben sie dich in den Boden. Aber privat bist du ohnehin eine andere Persönlichkeit.»

Sermeter unterbricht ihn nicht.

«Ich kann Ihnen wirklich nicht helfen. So gern ich es täte. Ich mag Torben. Er ist zwar mein Chef, aber er ist auch ein Freund. Aber … ich habe keine Ahnung, was mit ihm geschehen ist.»

Sermeter ist still.

«Ich mache mir Sorgen», sagt Baumann und zögert. Dann fügt er hinzu: «Aber bestimmt gibt es eine einfache Erklärung für Torbens Verschwinden. Er ist ein Kämpfer. Der gibt nicht so schnell auf.»

Sermeter fragt Holger Baumann auch nach Andersens Frau. Der Assistenztrainer hat sie getroffen. Bei einem früheren gemeinsamen Job – Paderborn – seien sie einige Male zusammen essen gewesen, Torben, Sheila und er. (Seine Ex-Frau Brigitte erwähnt er nicht, und sie spielt hier auch keine Rolle.) «Sympathisch», beschreibt er die Gattin des Trainers, Engländerin, «offen und humorvoll». Sie mache wenig Aufhebens um sich und spreche kaum über sich selbst. Sie arbeite «irgendwas mit IT, Computer …».

«Wo wohnt sie?», fragt Sermeter.

Das wisse er nicht. Sie sei viel unterwegs und habe, das falle ihm jetzt ein, von verschiedenen Städten erzählt.

«Von welchen? Denken Sie bitte nach.»

Das tut Baumann und sagt langsam, ihm kämen ... auf Anhieb ... äh, Los Angeles, Birmingham, in jener Gegend sei sie aufgewachsen, wenn er sich richtig ... oder war es Newcastle? ... und Madrid in den Sinn. Und ... Riga? Ja, von der Rigaer Altstadt habe sie geschwärmt. Aber sonst ... sie sei einfach viel auf Reisen, sofern ihn sein Gedächtnis nicht im Stich lasse.

«Eine Ehekrise? Torben und Sheila?» Holger Baumann wiederholt nur Sermeters Frage. Dann sagt er: «Ich weiss nicht.»

«Sie waren ...», hakt die Detektivwachtmeisterin nach und verbessert sich, «Sie sind doch Freunde?»

«Schon ... ja ... aber Sie wissen bestimmt, wie das ist ... Männer und Gefühle ... nicht jeder kehrt sein Innerstes nach aussen.»

Noch mehr Telefoninterviewmarathon, gekürzt.

Tähkänens Liste besagt: Fünfundzwanzig Spieler umfasst das Kader des SC Basel. Die telefonieren Sermeter, Gormann, Werner und Blaser jetzt alle durch, während Müller, Romina und Freddie noch draussen sind. Wir rapportieren nur eine Auswahl der Gespräche. Gloria Werner ruft zuerst den Verteidiger Christian Walter (20) an, unter Andersen in jedem Spiel eingesetzt und neuerdings ins Kader der Schweizer U-21-Nationalmannschaft gerutscht. Ihn erreicht Gloria am Strand von Santa Marguerita de Embutido Pelado in der Karibik. Dort entspannt er sich mit seiner Freundin Loredana. Die Nachricht von Andersens Verschwinden scheint ihn unerwartet zu treffen. Er weiss, sagt er aus, a) nichts davon, befürchtet – auf Nachfrage von Werner – b) das Schlimmste, weil c) ein Trainer sich doch nicht einfach so in Luft auflösen kann, deshalb d) schiesst ihm sofort eine Idee durch den Kopf: «Vielleicht hat ihn die Wettmafia entführt, weil er nicht gespurt hat?»

«Irgendwelche Indizien dafür?»

«Nein, nein. Ich habe bloss laut gedacht.» Falls man dieses

Geschwätz *Denken* nennen kann, denkt Werner, bedankt sich und ruft den nächsten Kandidaten an.

Mittelfeldregisseur Pavel Moravec (25), früher unter anderem in der 1. belgischen Liga und in der 2. Bundesliga, seit zwei Jahren beim SC Basel, liegt ebenfalls im weissen Sand der Karibik. «Seid mal still!», ruft er in sein neues Korea Milky Way S27, korrigiert dann: «Ich meine nicht Sie, sondern meine Leute.» Moravec weilt mit Frau und Kind plus Bruder und Frau und Kindern an einem Strand auf Aruba. Er hat den Trainer beim letzten Training am Montag, 7. Dezember, letztmals gesehen, seine Motivationsansprache gehört und sich per Handschlag von ihm verabschiedet. «Verschwunden? Ja, weg? Hoffentlich ist ihm nichts passiert. Natürlich, wenn es nicht läuft, ist es hart. Aber das ist kein Grund ...», lässt er den notwendigerweise folgenden Konsekutivsatz in der Gischt verhallen.

«Was meinen Sie damit?»

«Nichts Bestimmtes. Eigentlich nichts Bestimmtes.» Und nach einer Weile, während der im Hintergrund Kinder zu hören sind, die am Strand herumtollen, und das typische Plärren hungriger Thunfische und das Horn eines mit Schweröl betriebenen Kreuzfahrtdampfers, fügt er hinzu: «Ich habe nicht den Eindruck, dass er depressiv war oder so was. Aber wer sieht schon in die Menschen hinein, nicht?»

Offensivspieler Tristan Kukeli (19), wie Verteidiger Walter aktueller Schweizer U-21-Nationalspieler, reagiert empfindlich auf Markus Gormanns Anruf. Er fühlt sich ertappt. Dabei kann der Kriminalpolizist unmöglich merken, dass Kukeli mit seinem Berater zu Geheimverhandlungen nach Manchester geflogen ist. Dass es im Hintergrund gottslausig schifft, bekommt Gormann zwar mit, aber lokalisieren könnte er seinen Gesprächspartner nicht. Linksverkehr tönt wie Rechtsverkehr: brrrm brrm crash. Kukeli will zuerst kein Wort sagen, doch dann bricht es aus ihm heraus: wie unzufrieden er ist mit den Resultaten, mit seiner Einsatzzeit, mit Andersens Auffassung von Fussball, seiner Taktik, «mich auf der *rechten* Seite einzusetzen, stell dir das mal vor, weil das ganze System auf Sanchez-Martinez ausgerichtet ist, der nun wirklich eher määäässsssig in Form ist. Der kostet viel und bringt, also, gar nichts, ich könnte es besser, komme aber gar nicht dazu, das zu beweisen, weil in zehn, fünfzehn Einsatzminuten, da musst du zuerst die Bindung zum Spiel entwickeln, und wenn sie dich nicht anspielen, du keinen Ball aus der Nähe siehst … vielleicht machen die das extra». Nun weiss Gormann aus dem Pressespiegel, den die Aspis Blaser und Werner zusammengestellt haben, dass Kukeli nicht gerade als König der Technik gilt, sondern eher so als Stossstürmer, Sturmtank, Strafraumpflug vorwärtspowert. Da steht ihm halt der Schatten von Sanchez-Martinez vor der Sonne. Das reibt Gormann Tristan Kukeli nicht unter die Nase, damit der nicht stumm wird. Sein Redefluss bringt jedoch ausser der Abneigung gegen Andersen keine Informationen hervor. Wir aber verstehen, weshalb Kukeli heimlich zu Verhandlungen im englischen Norden weilt.

Weil Gormann am besten Französisch kann, ruft er die beiden Afrikaner der Mannschaft an. Elfenbeinküste, Vorwahl +225. Mittelfeldspieler Adama Sanogo (24), den Andersen aus der 3. Bundesliga nach Basel geholt hat, ist trotz der Tabellenlage von der Zusammenarbeit mit dem Ausbildner angetan: «Er versteht uns Spieler. Er ist gerecht. Er versteht etwas von Fussball.» Ihm persönlich, sagt Sanogo, behage Andersens Spielkonzept: den Ball halten oder ihn mit aggressiven Nadelstichen im Mittelfeld … und dann nach vorne … Die fussballspezifischen Erklärungen notiert Markus Gormann nicht. Er versteht auf Französisch noch weniger davon. Andersens taktisches Geschick wird kaum fallrelevant sein. «Ein guter Motivator, ein klares Konzept, angenehm im Umgang», sagt Adama Sanogo, während auch bei ihm spielende Kinder zu hören sind. Er hält sich in der Stadt auf, wo er aufgewachsen ist: San-Pédro im Südwesten des Landes, 261'000 Einwohner, Hafen, Fischerei, Kakao, Kaffee, Gummi, Tourismus, falls Sie das interessiert. «Hoffentlich ist dem Trainer nichts passiert», sagt er und fügt hinzu: «Es gibt bestimmt eine einfache Erklärung. Weggefahren und das Handy abgestürzt. Oder so etwas?» Mittelfeldspieler

Sanogo hat nichts Ungewöhnliches wahrgenommen: weder Unbekannte, die auf dem Campus den Trainer aufgesucht oder beobachtet hätten, noch Stress als Reaktion auf Anrufe; auch nicht, dass sich Torben Andersen von Spielern und Mitarbeitern entfernt hätte, um leise ins Handy zu sprechen; negativ auf die Frage, ob jemand den Trainer auf dem Weg zum Auto abgefangen haben könnte … Gormann schlägt Sanogo eine Reihe solcher Szenarien vor. Jedoch → «Nein, nein, Andersen ist auf und neben dem Platz voll bei der Sache und lässt sich niemals ablenken», sagt Mittelfeldspieler Adama Sanogo.

Ähnlich wenig Verwertbares ergibt sich aus Gormanns Anruf beim Stürmer und «Aggressivleader» (Zeitung) Boubacar Coulibaly (25). Auch er äussert sich sportlich unzufrieden, lobt jedoch den Teamgeist, zu dem Andersens Arbeitsweise und Wesensart beitrügen. «Wir trainieren hart, er verlangt viel von uns, aber nachher ist immer Platz für einen Scherz oder eine Auflockerung. Ich denke, die meisten arbeiten gern mit ihm.»

Natürlich Nachfrage Gormann: «Wer denn weniger?»

Da schweigt Coulibaly zuerst und sagt: «Ach, ich will niemanden anschwärzen. Es ist doch normal, dass nicht alle gleich gut mit jemandem klarkommen. Es gibt Sympathien und … einfach, dass es weniger stimmt zwischen manchen Leuten.»

Ob er nicht etwas genauer werden könne, hakt Markus Gormann nach.

«Es ist mehr ein Gefühl. Kein Spieler hat über den Trainer geflucht oder ihm Böses gewünscht», wiegelt Coulibaly ab. «Die, die wenig eingesetzt werden, sind sicher unzufrieden … oder Koni.» Fragezeichen Gormann. «Francioli. Er war Captain, bevor Andersen nach Basel gekommen ist. Jetzt sitzt er fast immer auf der Bank.» Mhm, denkt Gormann. «Nur so ein Gedanke. Ich sage nichts Schlechtes über niemanden.» Dann fragt Boubacar Coulibaly: «Muss man sich Sorgen machen um den Trainer?»

Nur nebenbei: In vier Jahren werden Sanogo und Coulibaly mit der Nationalmannschaft der Côte d'Ivoire bis ins Halbfinale des Afrika-Cups vorstossen.

Den Verteidiger Thomas Trzeblatowski (22) erreicht Sermeter in dessen Heimatstadt Krakau, Vorwahl +4812. Besuch bei Mama, Papa und Schwester. Etwas Shopping in Warschau in Aussicht – «und», lacht TT11 (wie man ihn zweieinhalb Jahre später europaweit nennen wird, durch seinen Transfer in die Premier League wird der SC Basel unverhofft finanziell solide dastehen), «mich zusammenreissen, damit ich nicht zu viel esse». Wo der Trainer abgeblieben sein könnte, keine Ahnung, sagt er. «In den Ferien, wie alle», nimmt er an. Der Trainer habe der Mannschaft nichts über seine Reisepläne erzählt. Sicher nicht einfach, abzuschalten, wenn die Hinrunde so harzig gelaufen ist, sagt Trzeblatowski. «Da müssen wir jetzt einfach durch.»

Mittelfeldspieler Beat Badertscher (26) äussert sich beim Telefonat mit Xerxes Blaser unzufrieden, weil ihn Andersen zu oft auf der Bank lässt. Von den 18 Spielen der Hinrunde stand er nur fünfmal in der Startaufstellung, siebenmal hat ihn der Trainer eingewechselt, dreimal erst nach der 85. Minute. «Das ist mir zu wenig», mault Badertscher. «Ich will zeigen, was ich draufhabe. Ich brauche mich vor der Konkurrenz nicht zu verstecken», sagt er trotzig, «das ist aber nicht meine erste Durststrecke. Da hilft nur eines: hart weiterarbeiten, bis der Wind gedreht hat.»

«Was meinen Sie damit?», fragt Blaser nach.

Der Mittelfeldspieler lakonisch: «Bis der Trainer wechselt.» Badertscher wird nach einer schweren Knieverletzung zu Beginn der nächsten Saison sechsunddreissig Monate rekonvaleszent sein, schliesslich eine Teilinvalidenrente bekommen, aber als Sportartikelverkäufer in der Freien Strasse wieder Tritt fassen.

Der Stürmer Ronny van der Heuvel (29), seit Längerem verletzt, hört sich in Sermeters Ohren demoralisiert an. Fünfzehn Monate Aufbautraining und kein Ende, erneute Verletzung (Adduktoren), ein zu früher Teileinsatz im Oktober, der ihm und dem Trainer bewiesen hat, dass er weit davon entfernt ist, wieder auflaufen zu können. «Seither wieder und wieder und wieder und wieder Physiotherapie, Kraftraum, Lauftraining, Massagen, medizinische Checks … Es hängt mir zum Hals heraus. Mein Vertrag endet im Sommer. Der Club wird ihn kaum verlängern … Als Langzeitverletzter Ende zwanzig … da wird es schwierig, einen Verein zu finden. Ich will nicht in die 2. chinesische oder saudi-arabische Liga … Geld ist nicht alles», sagt er und spricht von Ehrgeiz und Ambitionen und vom Scheitern und Zerbrechen.

Gülay Sermeter fühlt sich wie eine Psychotherapeutin, so offenherzig klagt ihr Ronny van der Heuvel sein Leid.

«Mit dem Trainer habe ich keine Probleme, auch wenn ich zurzeit wenig Kontakt zu ihm habe. Nicht alle kommen mit Torben Andersens Art so gut zurecht wie ich.»

«Wer denn nicht?», fragt die Detektivwachtmeisterin nach.

«Zum Beispiel … Badi, Kuki und Koni», antwortet van der Heuvel, im Klartext Beat Badertscher, Tristan Kukeli und Konrad Francioli. Von Gormann weiss Sermeter, dass Kukeli unzufrieden ist wegen fehlender Perspektiven beim SC Basel. Blaser hat ihr berichtet, Badertscher beklage sich über die geringe Einsatzzeit, die ihm der Trainer zugesteht.

«Was ist mit Francioli?», fragt sie bei van der Heuvel nach.

«Letzte Saison war er noch Captain und spielte immer, wenn er nicht gesperrt war. Andersen hat ihn abgesetzt und auf die Bank verbannt.»

«Wie geht er damit um? Professionell … oder …?»

«Er ist wütend. Aber am besten fragen Sie ihn selbst. … Ich muss das Gespräch jetzt leider beenden, Physiotermin, der zweitausenddreiundsechzigkommasiebte wohl, ich weiss schon gar nicht mehr, wie all die verletzten Körperpartien heissen.» Dann lacht er immerhin.

Auch Konrad Francioli (32), den degradierten Captain, übernimmt Gülay Sermeter. Aufgrund der Recherchen weiss sie, dass Francioli letzte Saison sogar als «geistiger Schütze» einer ganzen Serie von Toren gelobt wurde, unter dem neuen Trainer aber die «vielleicht ultimative» Dürre seiner Karriere erlebt, wie im Sportteil stand. Francioli hält sich mit Freunden in Hurghada auf, rumliegen, schnorcheln, eincrèmen, essen, bisschen Party und trallala. «Ski fahren dürfen wir ja nicht, Verletzungsrisiko», nörgelt er, «drum versauere ich hier am Strand.» Schlechte Laune hat er massiv, stellt Sermeter sofort fest. Auskunft geben will er eigentlich nicht. Aber die Frage nach dem möglichen Aufenthaltsort des Trainers löst auch seine Zunge.

«Was weiss ich?», ruft er aus, «warum sollte ausgerechnet ich …?»

Sermeter hört ihm zu.

«Gedemütigt hat er mich, einfach weggeworfen. Ich habe in fünfzehn Jahren im Fussballgeschäft einiges erlebt, krasse Sachen auch, Ups und Downs, aber so schlecht … hat mich noch niemand … Der Trainer verschwunden?» Francioli scheint erst mit Verzögerung zu verstehen. Zuerst versucht er zu lachen, doch erinnert er sich, mit wem er spricht. «Nein, da kann ich Ihnen nicht helfen. Ich wäre der Letzte, dem er erzählt, wo er seine Ferien verbringt. Stellen Sie sich vor: Ich habe nicht einmal ein definitives Aufgebot für das Trainingslager Anfang Januar!»

Hm, da würde man bestimmt das eine oder andere denken, wenn einem das geschähe.

«Da kommt man, also da kommt man schon ins Grübeln, nicht? Sie kämen da doch auch ins Grübeln, nicht? Vergangene Verdienste zählen einen Sch█████ck!», knurrt Francioli. «Ich habe jahrelang, jahrelang habe ich meine Knochen für diesen Verein hingehalten. Dann kommt dieser Preusse und bremst mich aus. Weil ich nicht zu seiner ‹Spielphilosophie› passe. Ha! Weil er die Jungen über alles stellt. Bestimmt ist er an den Transfers beteiligt, wenn sie so einen verkaufen können. Ein paar Ligaspiele und knapp wissen, dass der Ball keine Ecken hat, und gleich meinen sie, sie sind die Superstars des neuen Jahrzehnts!»

Tirade, Lamento, Requiem in g-Moll, andante con molte lagrime und dann allegro furioso. Das Thema mache ihm so was von schlechte Laune, sagt er. Sorry, aber keine Ahnung über den Verbleib des Trainers. Pfefferland einfach, denkt er, sagt er nicht, aber wir haben's auch so kapiert.

«Sie denken doch nicht, ich hätte … etwas mit Andersens Verschwinden zu tun, hä?», empört er sich.

«Wir kontaktieren alle Spieler und Mitarbeiter des SC Basel. Vielleicht weiss jemand etwas», beruhigt ihn Gülay, um gleich nachzulegen: «Wann sind Sie zurück in Basel?»

«Am 14.», antwortet Francioli, bevor ihn diese Frage erneut ins Nachdenken stürzt. Dann Sermeters Dank und gegenseitige Verabschiedung.

Konrad Francciolis Stimme hat alles gesagt. In der Leitung bleibt das Rauschen des Meeres noch etwas stehen, das ewige Wechselspiel von Ebbe und Flut, die Stein zu Sand und Plastik zu Mikropartikeln mahlen, bevor die Verbindung abbricht.

Freddie Dominguez, zurück von der Schützenmatte, wird seiner spanischsprachigen Allschwiler Gattin wegen sogleich auf den argentinischen Stürmer Arturo Sanchez-Martinez (25) angesetzt. Nach Stationen in der Ukraine und in der 2. französischen Liga steht der teure Neueinkauf seit Juni im Basler Kader. Gehört zwar zur Stammformation, hat aber nur drei Tore geschossen und zwei Assists verbucht. Er nimmt das Gespräch nicht entgegen.

Der achtzehnjährige Basil Leconte ist auf diese Saison aus Mulhouse frisch zur Mannschaft gestossen und darüber überglücklich. Markus Gormann spricht mit ihm. Andersen hat ihn in die Mannschaft integriert – 15 längere Einsätze, sechs von Beginn weg. Er findet: «Die Medien behandeln uns nicht fair. Alle kritisieren uns die ganze Zeit, als könnten sie es besser. Wir trainieren hart – ehrlich! –, haben Freude an der Arbeit, und die Resultate werden sich nach der Winterpause bestimmt verbessern, ich schwör's … Andersen hat eben ein neues Team zusammengebaut, die Feinabstimmung braucht etwas Zeit, bis die Automatismen greifen, doch davon verstehen diese Journalisten nichts.»

Auch Leconte weiss nichts über Andersens Pläne für die Ferienzeit. Dass der Cheftrainer verschwunden ist, was er jetzt von Gormann erfährt, beunruhigt ihn. Denn er verdankt ihm einen grossen Karriereschritt. Drei Jahre später wird er, an Marseille verkauft, dem SCB erneuten Geldsegen bringen und bald zur Stammformation der französischen Nationalmannschaft gehören. Fünfzehn Jahre später wird er, mittlerweile wird er fünf Kinder von sieben Frauen haben, den Gucci-Modus aufgeben müssen, den er sich angewöhnt haben wird, windiger Immobiliengeschäfte und hoher Fixkosten wegen. Dreiundzwanzig Jahre nach dem Anruf von Markus Gormann wird er allein und mittellos in einer subventionierten Eineinhalbzimmerwohnung in Moisy-sur-Pourriture leben, zu viel trinken und zu verstehen versuchen, was weshalb in welcher Reihenfolge wann schiefgegangen ist.

Freddie erreicht Arturo Sanchez-Martinez (25) doch noch. Er hält sich in seiner Heimatstadt Santa Fe in Argentinien auf. Zeitdifferenz 4 Stunden. Basel 18:23 Uhr, Santa Fe 14:23 Uhr. «Misserfolg ist eine bittere Pille», vertraut der Stürmer Freddie Dominguez an. «Ich habe gedacht, nein, mir ist versprochen worden, ich schliesse mich einem aufstrebenden Verein an, doch denkste», Pustekuchen (frei übersetzt) und Caramba und Carajo. «Meinen Berater, diesen unseriösen Idioten, habe ich gestern rausgeschmissen, der hat tatsächlich den mickrigen SC Basel mit dem FC Basel 1893 verwechselt!» Immerhin verdiene er in der Schweiz mehr als vorher beim FC Grenoble in der 2. französischen Liga. «Basel ist bestimmt nicht meine letzte Station in Europa. Aber hallo … Italien, Deutschland, England, Spanien. Das sind meine Ziele.» Über Andersen will er nicht sprechen. «Da gibt es nichts zu sagen. Seit ich als Junior mit Fussball begonnen habe, habe ich unzählige Trainer erlebt. Mich persönlich haben wenige davon wirklich geprägt. Mein Juniorentrainer in Santa Fe, der mich konsequent gefördert hat, Javier … ja, dem verdanke ich viel. Der hat mein Potenzial gleich erkannt, schon als ich neun Jahre alt war. Gott sei Dank habe ich Javier kennengelernt. Dahinter verschwinden alle anderen.»

Man merkt: Es rumort unter den Spielern des Sportclubs Basel. Alle sind froh, dass Winterpause ist. Regeneration, Ferien, Entspannung, Abstand. Ressentiment.

***

Informelle Besprechung. Waaghof. 19:00 Uhr.

«Hat ein Profi-Fussballtrainer auch Freunde?», fragt der Müller ins Gemeinschaftsbüro hinein, wo seine Equipe dauertelefoniert.

«Ich meine: Freunde ausserhalb des Fussballs … Menschen, die mehr sind als Berufskollegen, Clubfunktionäre oder Spieler?»

Wer viel arbeitet, verkehrt fast ausschliesslich mit der Bevölkerung des Arbeitsplatzes. Plus vielleicht, falls sie existieren, mit den engsten Verwandten: Brüder, Schwestern, Eltern. Natürlich mit der Frau und den Kindern oder dem Mann. Vielleicht wechselt man auch einige Worte mit dem Tresenarbeiter des Kraftsportstudios oder dem Betreiber der Kneipe um die Ecke.

«Holger Baumann», sagt der Müller, «der arbeitet seit wie vielen …?»

«V» sagen Gülay Sermeters Finger. Kein Victoryzeichen formt sie zu Müllers Unterstützung, sie meint die römische Zahl.

«… fünf Jahren mit Andersen zusammen. Der müsste doch etwas wissen. Da musst du noch einmal nachbohren», sagt er zu Gülay.

Sermeter also erneut → Anruf an Holger Baumann. Siebzehnmal über die Landesgrenze geklingelt, diesmal keine Antwort aus Baden-Württemberg.

19:28 Uhr. Vor einer Viertelstunde hat der Müller alle in den Feierabend geschickt. Die Tischlampe wirft ihren formschönen Kegel auf die Tischplatte von █████[*]. Der Bildschirm strahlt dem Kommissär Blaulicht ins Gesicht. Die Protokolle und Berichte. Er sitzt im Einzelbüro. Der Trainer ist am Montag letztmals gesehen worden, am Mittwoch hat er einen wichtigen Termin verpasst. Heute ist Freitag. Erst. Na und? Befehl von Stickelberger und vermutlich von noch weiter oben: Herausfinden, was mit Andersen geschehen ist. Ausführen. Eine

[*] Diese Werbefläche ist zu verkaufen.

unbekannte männliche Leiche wurde bisher im Dreiland nicht gemeldet. Lösegeld hat niemand gefordert. Die Seiten und Seiten, die Stunden und Stunden der Befragungen von Auskunftspersonen. Die möblierte Wohnung am Auberg. Die Ehefrau, die einem Phantom gleicht. Normalerweise findest du Familie, Freunde, Nachbarn, Neider, Kollegen, die dir etwas über einen Menschen erzählen können. Seine Gewohnheiten, seine Ticks, seine Vorlieben, seine Schwächen, mögliche Aufenthaltsorte.

Holger Baumann, der Assistenztrainer, ist der Einzige, den das Müllerteam aufgespürt hat, der Andersen besser kennen dürfte. Morgen wird ihn Sermeter hoffentlich erneut befragen können.

Sermeter. Gülay Sermeter. Gülay. Sie hat sich nicht vom Kommissär verabschiedet. Also ist sie noch da. Müller Benedikt schaltet den Computer und die Tischlampe aus, steckt das Handy in die Innentasche der dunkelblauen Winterjacke und zieht diese über. Nebenan, im Gemeinschaftsbüro, brennt noch Licht.

Vergessen wir diesen Arbeitstag, Gülay Sermeter. Vergessen wir ihn.

SECHS

Die Medien.

Am Samstag, 12. Dezember, titelt die Regionalzeitung mit dem schwarz-roten Schriftzug: «SCB-Trainer Andersen verschwunden». Weil diese Zeitung mitterweile einer schweizweiten Mediengruppe einverleibt wurde, steht dieser Titel auch auf den Frontseiten der Kopfblätter in Zürich und Bern. Im weltweiten Internet wird diese Nachricht noch weiter verbreitet. → Die Kommentarspalten explodieren, weil der Basler Fussball in der Nordwestschweiz geliebt und durchlitten, anderswo hingegen eher ... weniger intensiv verehrt und ... schadenfreudig geschmäht wird. Das Verb mit den sechs Buchstaben, mit «has-» beginnt's, mit «-sen» endet's, will ich nicht hinschreiben, weil es unverhältnismässig ist und in diesem Zusammenhang lächerlich. Anyway, die Sportredaktionen der drei übrigen Mediengruppen des Landes und die Gebührenfinanzierten ärgern sich, dass die anderen diese Information als Erste ausschlachten können.

Lokalradio und -fernsehen, die Schweizerische Depeschenagentur und auch das Regionaljournal des Radios befragen die Clubleitung. Die Sportredaktion in Zürich schaltet sich ein. Das Thema wächst. Statt des nicht erreichbaren Präsidenten Jornod steht Vizepräsident Ruedi Bürgin Rede und Antwort, zum Leidwesen der Bildmedien nur telefonisch: «Wir können die Information, unser Trainer sei verschwunden, nicht bestätigen.» Auf die Nachfrage, ob dieser Satz als Dementi, Demento oder Memento zu verstehen sei, antwortet Bürgin: «Nein.» Nach einer Pause präzisiert er: «Mehr kann ich Ihnen zum gegenwärtigen Zeitpunkt nicht sagen.»

Schweizweit sorgt diese Aussage für Verwirrung.

«Verhandelt der SCB bereits mit Andersens Nachfolger?», mutmasst die Boulevardzeitung online. Beim 0:1 gegen Lugano wurden im Stadion mehrere arbeitslose Trainer gesichtet, die sich in Stellung brachten. Das lässt sich bespekulieren.

«Warum blockt Bürgin?», fragt die auflagenstärkste Gratiszeitung und fährt fort: «Kein Wort von Präsi Jornod!»

Et cetera, et cetera.

Die Leserreporter halten die Augen offen.

Um 19:30 Uhr wird sogar die «Tagesschau» eine 1:40 Minuten dauernde Hintergrundmeldung bringen. Für die Kriminalpolizei ist das voll gurkig. Weil nun werden äh Hinweise hereinprasseln, die fast nie etwas bringen, aber ernst genommen werden müssen. Geltungsdrang, Aufregung, Wichtigtuerei, ehrliche Besorgtheit, gute Wünsche, den Mann unversehrt aufzuspüren, wilde Theorien, fragwürdige Sichtungen, Quatsch und ermittlungstechnische Ratschläge, als käme das Kriminalkommissariat nicht selbst auf den Gedanken, zuerst in Andersens Wohnung nachzusehen. Ruhig weiterarbeiten ist anders. Ein paar Tage mehr Zeit, bevor die Öffentlichkeit alles besser weiss, das wäre gut gewesen.

***

Weitermachen.

Samstagmorgen, 08:03 Uhr, Waaghof. Detektivwachtmeisterin Gülay Sermeter erreicht telefonisch Holger Baumann. Sie entschuldigt sich, frühe Stunde bla, bla, bla, doch er kommt gerade vom Laufen zurück. Energielevel top.

«Haben Sie Neuigkeiten? Ihm ist doch nichts passiert?», fragt er sofort, «die Medien sind voll vom Thema, ich habe x Push-Nachrichten erhalten, aber die wissen weniger als wir.»

Mit *wir* meine er den Verein.

«Nein, wir wissen nichts Neues. Wir stehen erst am Anfang unserer Ermittlungen», antwortet Gülay und fährt nahtlos weiter: «Sie sagten gestern, Sie arbeiten seit fünf Jahren mit Torben Andersen zusammen?»

«Ja», sagt er nur.

«Also können Sie uns erzählen, was er für ein Mensch ist, was ihn interessiert, wer seine Freunde sind, ob er sich in eine unangenehme Lage gebracht haben könnte, wo wir seine Frau finden können … Wir brauchen das alles genauer, vertiefter.»

«Das sind viele Fragen, und ich weiss nicht, ob ich sie alle beantworten kann.»

These → Antithese → Synthese:

«Einen Wagen kann ich Ihnen nicht über die Grenze schicken. Deshalb schlage ich Ihnen vor, dass Sie herkommen», sagt Sermeter, «am besten gleich. Passt das?», fragt sie mit einer Dringlichkeit, die ausdrückt, dass Widerrede sinnlos wäre. Sie nennt ihm die Adresse des Waaghofs und fürs Auto das Parkhaus Elisabethen. Zu dieser Uhrzeit, bevor in Richtung Einkaufshimmel mit Mehrwertsteuerrückerstattung der Samstagseinkaufsverkehr einsetzt und Autos konsumfreudiger Schweizer desorientiert die Kreuzungen Südbadens blockieren, dürfte er es aus Lörrach problemlos in einer halben Stunde schaffen.

«Das passt», sagt Holger Baumann, «ich wollte ohnehin nochmals zur Schützenmatte, auf den Campus.»

***

Die Macht der Medien.

Die Bevölkerung hat ihre Ovo getrunken, die Zeitung aus dem Briefkasten geholt oder die erste halbe Stunde mit dem Newsfeed des Handys vertubelt. Bei der Einsatzzentrale klingelt es Sturm. Die Bevölkerung ist parat, immer aufmerksam, und mit der Meldung, dass Andersen verschwunden ist, fangen im Hirn die Elektronen an zu kreisen.

Ein der Polizei bisher nicht bekannter Herr M. F. meldet, den Trainer gestern Freitagabend gegen 22:00 Uhr auf dem Euroairport Basel-Mulhouse-Freiburg gesehen zu haben. Er trug eine blaue Baseballkappe mit Aufschrift «USS Eisenhower» und zog einen vermutlich dunkelgrauen Rollkoffer hinter sich her. Der Kollege notiert die Aussage, inklusive der Personalien des Avisierenden. Der nächste Anrufer hat den Trainer «ich glaube, am Mittwoch» im Coop Pfauen gesehen, «wo Sie doch diesen ermordeten Philosophen gefunden haben»*, und zwar in der

* Siehe «Müller und der Schwarze Freitag», Köln: Emons, 2019.

Abteilung Damenunterwäsche, was ihn gewundert habe, aber vielleicht habe er ein Weihnachtsgeschenk für … er habe doch eine Frau, nicht? … also könnte das doch hinkommen. Das war ungefähr um 16:45 Uhr, er wisse das fast genau, weil die Zahnärztin … Die Kollegin in der Einsatzzentrale dankt, schreibt Namen und Adresse des Anrufers auf und nimmt, weil sich der Apparat die Seele aus dem Leib schellt, subito das nächste Telefonat entgegen: eine Frau G. K., die Andersen am Freitag kurz nach 20:00 Uhr in der «Hasenburg» beim Essen von Steinpilz-Pappardelle mit geschmorten Pata Negra Schweinsbäckchen ohne Bindestriche, jedoch mit Wirsing und Karotten für Fr. 38.- beobachtet haben will. Allein sei er nicht gewesen, teilt die aufmerksame Zeugin mit, sondern in Gesellschaft mehrerer Personen, vermutlich südländischen Typs. Sie habe nicht genau auf diese Leute geachtet, leider. Sie merken an diesen Vorsichtsformulierungen, dass in uns argwöhnisch die Skepsis nagt wie ein Wurm am Faktengehalt von Communiqués nationalkonservativer Gruppierungen. Wir haben Zweifel, womit weder die Pommes-Chips-Fabrik in 8957 Spreitenbach noch der Fasskeller in 8049 Höngg gemeint ist, sondern ein kognitives Prinzip.

Ein besonders lustiger Cheib regt an, der Gesuchte sei sicher zu Geheimverhandlungen mit einem Verein der 4. Liga von – «Hua! Hua! Hua!» – Malta abgerauscht, lacht sich einen ab und legt auf, ohne seine Identität offenzulegen. Ein anderer äussert den Verdacht, Andersen sei der kroatisch-serbisch-mazedonisch-ukrainisch-russischen Wettmafia in die Quere geraten. «Ist doch klar», behauptet ein anderer, «er schämt sich wegen der Resultate, dass er –», und da bricht vor lauter Wortmeldungen aus der Bevölkerung das Handynetz zusammen, sodass das Hauptverb leider verloren gegangen ist im Nirwana der Datenwelt.

***

Mit den Kräften haushalten.

Freddie Dominguez erreicht nun auch Vlado Dupovac (36),

den zweiten Assistenztrainer. Er weiss von Andersens Verschwinden. Holger Baumann hat ihn angerufen. Dupo lobt die Zusammenarbeit mit Andersen und Baumann. Seit zweieinhalb Jahren gehört er zu Andersens Crew, auch ihn hat der SCB-Cheftrainer aus Germany mitgebracht. Die gegenwärtige Erfolglosigkeit mache seinem Chef zu schaffen, das bestätige er, aber Hochs und Tiefs gehörten zum Geschäft. «Nun kommt es darauf an, dass die Vereinsleitung das Vertrauen in den Trainer nicht verliert», seufzt er. «Sonst müssen auch ich und Holger einen neuen Job suchen. Bei Misserfolg ist man schnell weg vom Fenster, und wer eine Weile weg vom Fenster ist, ist schnell vergessen … Klar, Andersen kennt die Gesetze des Geschäfts. Er hat als Junior angefangen und es als Spieler bis in die Regionalliga geschafft. Ohne seine Bänderverletzung wäre er vielleicht höher hinaufgekommen. Dass eine Karriere als Spieler wegen einer Verletzung frühzeitig abgewürgt wird, oioioi, das ist häufiger, als man denkt, aber sicher. Deshalb ist es absolut wichtig, ein zweites Standbein zu haben, nicht nur Fussballfussballfussball. Diesen Standpunkt hat Torben immer vertreten. Er hat von den Nachwuchsspielern immer verlangt, dass sie eine Berufsausbildung machen oder sogar studieren. Damit sie nicht ohne etwas dastehen, wenn es nicht klappt oder die aktive Karriere vorbei ist», sagt Vlado Dupovac. Er selbst habe ein Bürofachdiplom, kaufmännisch. «Andersen hat immer darauf geachtet, dass er mit Leuten zusammenarbeitet, die über den Tellerrand schauen. Als Trainer hat er eine eindrückliche Laufbahn vorzuweisen … Viele wollen ihr Leben als Trainer verdienen, weil sie den Fussball lieben, aber nur wenige schaffen es wirklich. Torben Andersen hat es geschafft», sagt Dupovac und schliesst mit den Worten: «Eine Durststrecke wie jetzt gerade, das kommt halt vor, so scheisse das ist. Abhaken und vorwärtsschauen. Etwas anderes bleibt uns gar nicht übrig.»

Was mit Andersen geschehen sein könnte, da habe er keinen Schimmer, sagt er.

Zeitdifferenz Schweiz – Uruguay: 4 Stunden. Das ist die einzige neue Erkenntnis, die sich aus Freddie Dominguez' Anruf an den Sportchef Richie Widmer ergibt.

Gormann und Gloria Werner fahren erneut zu Andersens Wohnung am Auberg. Hauswart dos Santos schliesst ihnen auf. Im Briefkasten des Trainers ausser Gratiszeitungen und Werbesendungen keine Post. Besondere Wahrnehmungen hat der Hauswart seit dem letzten Besuch der Kripo nicht gemacht. Unbekannte Personen, die sich längere Zeit vor dem Haus aufgehalten hätten, hat er nicht festgestellt. «Handyknipser, die das Haus aufgenommen haben, und Passanten, die stehen blieben und die Fassade hochgeschaut haben, das gab's schon, doch», sagt dos Santos, «aber ich, ich muss arbeiten, ich habe keine Zeit zu beobachten, was ums Haus passiert.»

Da fällt ihm die tote Ratte ein, die er aus dem Hauseingang geräumt hat. War das am … Mittwoch? Wenn er das nun der Polizei erzählt? Stauchen sie ihn zusammen, weil er das erst jetzt erwähnt? Er hat doch gar nicht mehr daran gedacht, an so was Gewöhnliches. Ständig räumt er Dreck vom Vorplatz oder aus dem Hauseingang weg. Aus der Buchshecke fischt er regelmässig Getränkedosen und Schokoriegelpapier, sogar einen Pouletknochen und dann und wann einen gebrauchten Pariser. Kann man gar nicht alles zählen, vergisst man doch die Details, nicht? Ob die Ratte mit dem Verschwinden des Trainers zusammenhängen könnte?

Leader brauchen wenig Schlaf, gehen spät zu Bett und stehen früh auf. Weil sie aktiv sind und sich stählen müssen, physisch und mental. Stählen kommt von Stahl, bedeutet hart und härten. Nur die Härtesten überleben, heisst es in einer Welt, wie sie der Müller nicht will. Als der Kommissär um 08:10 Uhr den SCB-Präsidenten Samuel Jornod an den Apparat bekommt, hat der sein Wellness-, Stählungs- oder Fitnessprogramm bestimmt längst hinter sich. Im Flugzeug sitzt er, auf dem Rückweg von der UEFA-Subkommissions-Tagung in Madeira. Genauer gesagt bekommt der Müller zunächst nicht den Vereinspräsidenten höchstselbst zu Ohr, sondern einen … fast hätte ich geschrieben Akolythen, einen, der im Orden des Heiligen Balls erst die niederen Weihen empfangen hat. Jauslin heisst der Adlat, seine Funktion ist dem Kommissär unklar. Beim Wort «Kriminalkommissariat» reicht Jauslin das Gerät mit höflichen Worten weiter an lic. iur. Jornod. Nun muss man wissen, dass es gar nicht einfach ist, mit Handysignalen vom Waaghof an der Binningerstrasse in 4051 Basel über einen Satelliten, der geostationär über dem Planeten schwebt, zu einem Flugzeug durchzukommen, das in zehntausend Metern Höhe, also im oberen Drittel der Troposphäre, verkehrt und – selbstredend – im Gegensatz zum Satelliten seine Position relativ zur Erdoberfläche und zum Satelliten ständig verändert. In diesem Falle von Madeira, wo diese Konferenz stattfand, in Richtung Nordosten. Die Krümmung der Erdoberfläche, die Trigonometrie, Magnetfelder und vermutlich auch ein Vulkanausbruch in Neuseeland, der Aschepartikel in die Luft geschleudert hat, tragen ebenfalls dazu bei, dass die Konversation zwischen Müller Benedikt und Samuel Jornod aus rein technischen Gründen scheitert. Der Müller versteht kein Wort.

***

Fokussieren.

Um 08:45 Uhr meldet sich der Assistenztrainer Holger Baumann am Empfang des Waaghofs. Ein grosser blonder Athlet mit Dreitagebart, Jeans, sportliche Winterjacke. Romina Wäckerlin holt ihn ab, betrachtet ihn wohlwollend und begleitet ihn in den dritten Stock. Vernehmungszimmer S 311.

Undankbar von der Müllercrew, die Auskunftsperson, die sich freiwillig samstagfrüh aus 79540 Lörrach-Stetten in den Waaghof begeben hat, an diesem Ort zu empfangen? Ein Affront?

Vielleicht.

Ein Befragungsraum ist zwar bruch- und fluchtsicherer, abgesehen davon aber nicht viel anders als ein Sitzungszimmer, einfach ohne Whiteboard, WLAN, USB-Steckdosen und Kapselkaffeemaschine. Freddie Dominguez bringt Kaffee, Mineralwasser und frische Becher zu Baumann, der noch allein in Raum S 311 sitzt. Dabei sagt er: «Detektivwachtmeisterin Sermeter wird jeden Moment hier sein. Einen Augenblick bitte.» Er stellt die Getränke vor dem Assistenztrainer auf den Tisch und verlässt mit einem Nicken den Raum. Wäckerlin verabschiedet sich auch von Baumann.

Sie lassen ihn allein.

Bisschen Show muss sein. Echt. Beeindrucken der Auskunftsperson durch Versatzstücke aus dem TV-Krimi. Allein schon der Raum: kühl, funktional, abgewetzt durch siebentausendsiebenhundertsiebenundsiebzig Lügen, siebenundsiebzigtausend Sorgen und siebenundsiebzigtausendsiebenhundertsiebenundsiebzig Fragen, die in diesen zwölf Quadratmetern gestellt wurden. Die Mauern atmen diesen Geist ein und aus. Der kalte Hauch des Strafgesetzbuchs, des Betäubungsmittelgesetzes, des Geldwäschereigesetzes und all der übrigen Laufmeter an Vorschriften ist hier spürbar. «Lasciate ogni speranza» (Dante). Wer hier auf dem festgeschraubten Stuhl am unzerbrechlichen Tisch sitzt, spürt die Kraft des Rechtsstaats, die Gewissensbisse, die Gefahr, die von verhaltensgestörten Gästen dieses Raumes ausgeht, die Diabolizität der Skrupellosen. Verzweiflung und Angst schuldiger und unschuldiger Mutmasslicher hinterlassen einen Geruch, der nicht wegzulüften ist.

Es gilt die Unschuldsvermutung.

Holger Baumann. Auch für ihn gilt sie.

Das Kriminalkommissariat beschuldigt ihn jedoch keiner Straftat. Müller, Sermeter, Wäckerlin, Gormann, Dominguez und Werner und Blaser denken nicht daran, dass sich an diesem Status etwas ändern könnte. Trotzdem: «Der Hammer des Potentialis lauert allenthalben», wie der spätantike Grammatiker Q. Variabilis Gallus treffend formulierte. Will heissen: «Alles ist möglich» (Toyota). Und doch fragen wir, hoffend mit Kublai Khan: «Welches ist der Stein, der die Brücke trägt?» Um sie zum Einsturz zu bringen.

«Danke, dass Sie hergekommen sind», sagt Sermeter, als sie mit Dominguez durch die quietschende Tür hereinkommt, «guten Morgen, Herr Baumann.»

Der erhebt sich, um ihre ausgestreckte Hand zu schütteln. «Guten Morgen, Frau Sermeter, freut mich», sagt er. Freddie steht daneben, ihm nickt die Auskunftsperson noch einmal zu. Freundlich, wie es scheint.

Warum ich diese Höflichkeits- und Grussformeln hier aufschreibe? Mehrere Gründe: a) Um zu zeigen, wie das geht: sich höflich zu begegnen. b) Dokumentation dieser untergehenden Umgangsformen des frühen 21. Jahrhunderts für die Nachwelt. c) Zeitgeistkritik: Auf *diese* Weise begegnet man sich höflich, nicht mit Grunzen, breitbeinigem An-den-Eiern-Kratzen, Auf-das-Trottoir-Rotzen oder dem tumben Display-Anstarren, wie es heutzutage allüberall anzutreffen ist. Und d) um zu zeigen, dass es wahrlich und wahrhaftig Bürger gibt, die subliminal nonverbal semiotisch der Kriminalpolizei signalisieren: «Es freut mich, Sie kennenzulernen und vielleicht durch meine Aussagen hilfreich zu Ihrer Arbeit beitragen zu können, zumal es um meinen Boss und Freund Torben Andersen geht.»

Dominguez übernimmt die Rolle des stummen Zeugen, der die Auskunftsperson mustert, ohne die Augen ein einziges Mal von ihm abzuwenden. (Ist ein Sport bei uns: Wie lange schaffst du das, ohne zu blinzeln? Letztes Jahr siegte Markus Gormann.) Sermeter stellt die Fragen.

Zuerst, wie gestern am Telefon, nach Andersens Ehe. Sie reitet zehn Minuten auf diesem Punkt herum, bis Holger Baumann schliesslich den Kopf schüttelt, seufzt, sich streckt, erneut den Kopf schüttelt und antwortet: «Ich will nicht unhöflich erscheinen, aber ich weiss nicht mehr als gestern. Ich habe schlecht geschlafen, weil mir vieles durch den Kopf gegangen ist. Torben hat mir vielleicht einmal erzählt, dass er mit Sheila telefoniert hat. Oder er sagte nach dem Training, er müsse jetzt weg, er wolle sie noch anrufen. Also waren sie in Kontakt. Mehr weiss ich wirklich nicht.»

«Dass Sheila Woods nie bei ihm in Basel war, hat Sie nicht erstaunt?»

«Ach, wissen Sie ... Wir sind ja ... gewissermassen Wanderarbeiter. Das Privatleben ist ... manchmal kompliziert, allein schon geografisch. Wenn beide Partner ihre Karriere verfolgen, kommt es zwangsläufig zu räumlichen Trennungen, manchmal über längere Zeit.»

So war's nämlich mit ihm und Brigitte, seiner Ex-Frau. Das erzählt er nicht.

«Hatten die beiden deshalb keine Kinder? Weil beide an ihrer Karriere arbeiteten?», erkundigt sich Gülay Sermeter.

Holger Baumann blickt ihr in die Augen. «Nein, nicht deswegen. Es war nicht möglich, medizinisch, biologisch ... ich weiss nicht mehr genau, was der Grund war. Etwas Medizinisches jedenfalls.»

Freddie Dominguez füllt zwei Becher mit Kaffee, fragt den Assistenztrainer: «Rähmli?»

«Wie bitte?»

Freddie hält das Milchersatzprodukt im kleinen braunen Plastikkegelstumpf in die Höhe.

«Sahne? Gerne.» Baumann nimmt den Becher. Freddie stellt den zweiten Gülay hin. Sie wechselt das Thema und fragt nach Andersens Interessen.

«Fussball», lautet die Zusammenfassung der Antwort.

Dann nach Andersens Bekannten und Freunden. Beziehungen. «Seine Eltern, als sie noch lebten, einige Freunde, wohnen alle im Norden.»

Die Wohnorte einer Asta und eines Stefan, von denen ihm Andersen ab und zu erzählt hat, kennt er nicht genau, aber den eines Jugendfreunds namens Uwe ... Kordes? Ja, Uwe Kordes, der wohnt in Hamburg, Eppendorf.

Die Frage nach Andersens Vorlieben.

«Fussball, er hat sich immer nur dafür interessiert. Seit ich ihn kenne.»

Ticks, Spleens, hat er?

«Nicht dass ich wüsste. Vielleicht ... er ist etwas pedantisch?

Ja, er ... bereitet alles genau vor, sehr systematisch, denkt viel nach, ist als Typ eher zurückhaltend.»

«Feinde?»

Holger Baumann schüttelt den Kopf. «Unzufriedene Hardcore-Fans, berufliche Konkurrenten und Neider, das gibt's. Schadenfreudige auch. Aber Feinde? Nein.»

Dominguez starrt den Assistenztrainer weiterhin an, noch nicht geblinzelt. Sermeter löchert ihn. Nichts Auffälliges an seinem Verhalten.

«Könnte er in eine ... dumme Sache reingeraten sein?», fragt Sermeter.

Baumann schaut irritiert. «Was meinen Sie damit?»

«Nun, Schulden, dubiose Kreditgeber, Wettgeschäfte, Steuerhinterziehung, Interessenkonflikte, Verstrickungen mit Spielervermittlern ...?»

«Nein. Kann ich mir nicht vorstellen», winkt Baumann energisch ab, «hören Sie: Torben ist so korrekt, er fährt sogar rechts ran, wenn sein Handy klingelt.»

Was mit Andersen passiert sein könnte, kann sich sein Assistent ebenso wenig vorstellen wie Sermeter, Dominguez und der Rest des Müllerteams. Holger Baumann sieht sich nicht in der Lage, auch nur eine Vermutung zu äussern.

Um 10:25 Uhr sitzt der Assistenztrainer wieder im Auto, um die Innere Margarethenstrasse hoch, rechts die Viaduktstrasse hinaus, die sich in den Steinenring verwandelt, nach der Tramhaltestelle Zoo Bachletten die Arnold-Böcklin-Strasse weiter bis zum Bundesplatz-Kreisel hinauszufahren, am Kompost Brennerstrasse vorbei bis zur Schützenmatte, zum Campus des Sportclubs.

Bis 11:03 Uhr haben Sermeter, Wäckerlin und Dominguez bereits Andersens Jugendfreund Uwe Kordes und die diesem auch mit Familiennamen bekannten Asta Schneider und Stefan Bauer ausfindig gemacht und abtelefoniert. Andersen hat sich in den vergangenen zwei Wochen nicht bei ihnen gemeldet. Bei den letzten Kontakten hätten sie sich natürlich über die unbefriedigenden Ergebnisse von Andersens Verein unterhalten, aber nur kurz, danach über anderes. Politik, die Klimadiskussion, «den verrückten Präsidenten, Sie wissen schon», den nächsten Besuch zu Hause im Norden, dass Torben die Stadt Basel recht gut gefalle, der Rhein, die Museen, das kleine Stadion des SC. «Natürlich war er angespannt», berichtet Kordes, Inhaber einer Schreinereiwerkstatt, «aber das sind in dem Beruf doch alle, vor allem, wenn die Ergebnisse nicht so toll sind. Aussergewöhnlich gestresst hat er aber nicht gewirkt.»

«Er hat sich nicht anders verhalten als bei anderen Telefongesprächen», sagt auch Asta Schneider, Angestellte einer grösseren Bank (Hypothekarabteilung), die Sermeter auf Nachfrage erklärt, eine Ex-Freundin zu sein, «bis vor, warten Sie mal, fünf-, nein sechzehn Jahren». Keine Gegner, keine Berichte über Drohungen, keine Ahnung, was mit Andersen geschehen sein könnte.

Keine Hinweise auf Eheprobleme, sagen alle. Depressionen? Suizidgedanken?

«Nein, nein», lehnt Kordes ab.

«Auf keinen Fall. Hätte er an so was gedacht, hätte er sicher mich oder Uwe oder Stefan angerufen», verneint Schneider.

Und Stefan Bauer erweist sich als Cousin mütterlicherseits des Verschwundenen. Seine Aussagen kongruieren mit den soeben rapportierten. Kordes, Schneider und Bauer können dem Wissensstand des Basler Kriminalkommissariats über Sheila Woods nichts Neues hinzufügen. «Im IT-Bereich», bestätigen sie. Dass sie sie gesehen haben, liege Monate (Schneider), ja Jahre (Bauer, Kordes) zurück. Eine Handynummer von ihr haben sie nicht, mit ihr gesprochen ewig nicht, sie seien ja in erster Linie mit Torben Andersen befreundet und weniger eng mit ihr. «Da steckt kein böser Wille dahinter oder Antipathie», erklärt Kordes, «das ist einfach so. Sheila haben wir so selten gesehen, dass gar keine Freundschaft entstehen konnte.»

Müller wird veranlassen, dass die schleswig-holsteinische Landespolizei sich Andersens Haus in Husby genauer anschaut.

***

Fünkstorung.

«Er hat soeben das Gebäude verlassen. Ich habe ihn deutlich gesehen», teilt eine aufgeregte Männerstimme Gülay Sermeter mit.

«Wer spricht da?», fragt sie, «und wen haben Sie wo gesehen?»

«Wie ich gerade gesagt habe ...»

Nicht mir, denkt Sermeter, sondern wahrscheinlich der Kollegin von der Einsatzzentrale, die den Anruf zu mir durchgestellt hat, doch was soll's.

«... den Trainer. Andersen!»

Mhm.

«Vor dem Messeturm. Da ist er rausgekommen, als ich zur Tramhaltestelle gegangen bin. Jetzt, vor einer Minute. Er kann noch nicht weit sein.»

Mhmja.

«Und wie lautet Ihr Name?»

Kurze Stille. Er ziert sich. «Mmmüssen Sie das wissen?»

Der Mensch kann sich tausend Ausreden ausdenken, weshalb er anonym bleiben will: Er kommt gerade aus dem Puff und will nicht, dass seine Frau erfährt, warum er sich zum Zeitpunkt x am Ort y aufgehalten hat. Er schwänzt gerade «wegen eines unverschiebbaren Arzttermins» die obligatorische Teamsitzung, bei der er jede Woche vor Langeweile die Krätze bekommt. Oder er freut sich daran, die Polizei auf Trab zu halten, weil sein Leben so öde ist. Alles schon vorgekommen.

«Ja, müssen wir», antwortet Sermeter. Ehrlich gesagt sagt es uns nichts und kümmert es uns totalstens wenig, ob der Anrufer nun Siggi Nemecek heisst, Hanspeter Biland oder Gugus Dada. Das sind für uns zunächst blosse Namen, denen wir kein Täterpro... Pardon: Persönlichkeitsprofil zuordnen können. Doch Name + Nummer = Rückfragemöglichkeit, alles akkurat dokumentiert. Muss! Polizeiarbeit hat systematisch, unmissverständlich und rekonstruierbar zu sein wie ein physikalischer oder chemischer Versuch. Polizeiarbeit ist nur korrekt, wenn sie exakt durchgeführt und dokumentiert wird.

«Siggi Nemecek», sagt der Anrufer (habe ich oben also richtig geraten) und nennt auf Nachfrage seine Nummer, die Sermeter ohnehin auf dem Gerät angezeigt sieht. Der Trainer sei in Richtung Mattenstrasse unterwegs, der Rosentalstrasse bei der Messe entlang, gerade jetzt, vor wenigen Sekunden. Gerade eben! Die Polizei solle unbedingt … und nicht ewig lang am Telefon … Detektivwachtmeisterin Gülay Sermeter dankt für die Information, bricht ab und avisiert die Zentrale: eine oder zwei Streifen im Raum Badischer Bahnhof sollen abklären, ob.

Ernst nehmen musst du jede einzelne dieser Meldungen, Sichtungen, Wahrnehmungen, ich sagte es schon. Auch wenn das meiste unbrauchbar ist. Stellen Sie sich vor: Eine Information *könnte* zutreffen. Stellen Sie sich vor: Ausgerechnet die einzige wahre Andersen-Sichtung tust du als Hirngespinst ab, der Anrufer verwandelt sich in einen Influencer mit 100k Followern oder ist ein Leserreporter, hält seine Beobachtung digital fest, schickt sie ins Internet hinaus oder an «20 Sekunden» … und fragt in fetten Buchstaben: «Was tut die Polizei?» mit Subtext «Warum tut die Polizei nichts?»

Dann hast du ein Problem. Natürlich wird und muss jedes Detail schriftlich festgehalten werden: Wer wann weshalb anruft. An wen der Anruf durchgestellt wurde. Wie lange das Gespräch gedauert hat. Ob jemand und wer welche Massnahme ausgelöst hat oder warum nicht.

Der beim Messeturm ist nicht Andersen, berichten einige Minuten später Petracca und Novak, die mit Basilea 24 sofort hingefahren sind und einen Mann anhalten und überprüfen konnten. Es ist ein norwegischer Tourist, der die Begegnung mit der Kantonspolizei Basel-Stadt interessant fand und nach Aufklärung des Missverständnisses sogar ein Selfie mit den beiden Männern in Blau machen wollte. Auf dessen Facebook-Seite strecken sie nun zur Mehrung des Rufs der schönsten Stadt mit einer Rheinbiegung nordwärts ihre Daumen in die Höhe, während der Norweger zwischen ihnen freundlich lächelt.

***

Weiter im Internet.

Im Waaghof sucht Gloria Werner im Netz Bilder von Andersen und seiner Frau. Vielleicht brächte es etwas, deren Foto in Umlauf zu bringen? Sie findet Aufnahmen von Andersen mit einer sympathisch aussehenden Brünetten im Business-Look. Anfang, Mitte dreissig, schätzt Werner. Die Frau ist aber nicht Andersens Ehefrau, sondern, wenn Werner der Bildunterschrift in diesem sozialen Netzwerk trauen kann, eine gewisse Paulina Jüngling. Mit ihr hat der Trainer eine Wohltätigkeitsgala zugunsten cerebral gelähmter Kinder besucht. Mit ihr wurde er, findet Gloria Werner heraus, auch an einer Vernissage im Kunstmuseum fotografiert. Riskieren wir also die Folgerung: Torben Andersen und Paulina Jüngling kennen sich. Womöglich näher.

Meldung an Kriminalkommissär Müller Benedikt. Müller → Auftrag an Gloria Werner und Gülay Sermeter: Wer ist Paulina Jüngling? In welcher Beziehung stehen sie und der Vermisste?

Datenbanken, Internet. Werner und Sermeter finden heraus: Paulina Jüngling (38), lic. oec. HSG, Consultant, wohnhaft im Hirzbodenpark im 4052 Gellert, Superduplex mit Blick ins Grüne. Führt offenbar ein recht mondänes Leben: Sie taucht des Öftern an öffentlichen Anlässen wie Vernissagen, Galas und anderen Networking-Events auf. Gloria Werner findet dazu etliche Fotos, auch solche mit Andersen. Meist steht die Jüngling mit anderen VIPs an einem kleinen, runden Stehtisch mit gestärktem weissem Tischtusch und Blumengesteck. Sie wissen. Immer gut gekleidet, immer strahlend lächelnd. Immer sind auch Männer auf den Bildern. Wenn ihr einer zuzuordnen wäre, könnte es wohl Torben Andersen sein.

Unter ihrer Festnetznummer meldet sich niemand.

Müller: «Bitte morgen weiterverfolgen.»

SIEBEN

Sonntag, der dreizehnte Zwölfte.

«Weiterhin keine Spur von Andersen», titelt eine Sonntagszeitung. «Wo ist der Basler Cheftrainer?», fragt die zweite. «Mysterium Andersen!», ruft die mit den grössten Buchstaben. Weil es Sonntag ist und die Zeitungen prall gefüllt werden müssen, sind die Artikel lang und die Fotos gross und farbig: Andersen auf der Trainerbank (sorgenvoll), an der Seitenlinie (energisch), auf dem Trainingsgelände (konzentriert), mit dem Mittelfeldregisseur (ins Gespräch vertieft), als aktiver Spieler (mit unmöglicher Frisur und Trikotwerbung einer längst untergegangenen Firma), bei der Vorstellung als neuer Trainer des SC Basel nach Entlassung des Vorgängers im Juni (lächelnd), beim Wegwischen eines Hundekegels von der Schuhsohle (angeekelt).

Was ist los? Wo ist er? Was geht ab? Die Hypothesen wuchern, der Informationsgehalt lässt sich auf zwei Sätze reduzieren: Torben Andersen ist seit Montag nicht in der Öffentlichkeit aufgetaucht, also seit sechs Tagen. Vom Spitalaufenthalt bis Mittwoch wissen die Journalisten noch nichts. Niemand hat den Trainer gesehen. Die Mitarbeiterinnen und Mitarbeiter der Sonntagspresse haben erfolglos an seiner Wohnungstür geklingelt. Hauswart Eusebio dos Santos – im Bild vor der Liegenschaft am Auberg, einen Besen in der Hand – weiss nichts über seinen Aufenthaltsort, bezeichnet ihn als «ruhigen, freundlichen Hausbewohner, der seinen Abfallsack nie vor dem Abfuhrtag hinausgestellt hat». Andersens Handy sei ausgeschaltet, berichten die Zeitungen einmütig. Der Verein hält sich bedeckt, SCB-Vizepräsident Bürgin sagt erneut zu den fünfzig Sportjournalisten und zwei Sportjournalistinnen: «Wir können Ihnen zum gegenwärtigen Zeitpunkt keine Angaben machen.» Warum äussert sich Präsident Jornod nicht? Die Redaktionen kommen nicht an ihn heran. Er halte sich im Ausland auf, lässt die Geschäftsstelle des SC Basel verlauten. Zitate der Assistenztrainer Holger Baumann und Vlado Dupovac offenbaren Ratlosigkeit in Bezug auf Andersens Verbleib.

***

Am siebten Tage sollst du ruhen.

Das sagen der zweite, der dritte und der fünfte Moses in verschiedenen Formulierungen in der Holy Bible.

Am siebten Tage solltest du ruhen. Das sagt die Wirklichkeit. Die Anrufe aus der Bevölkerung würdest du gern übergehen. Sie ins Leere hallen lassen, ausblenden, vergessen, weil, hey, heute ist Dimanche, Domenica, Dumengia, Domingo, Nedjelja, Søndag, Sunday. Du musst dich aufs Wesentliche, Essenzielle beschränken, weil nicht die ganze Mannschaft an Bord ist, weil der Müller seinen Leuten auch mal etwas Verschnaufpause gönnt, weil sie immer genug arbeiten, weil der Mensch ein Mensch ist, der nicht ausgestattet ist, um nonstop arbeiten zu können, weil der Mensch nun mal unzulänglich ist und oft kein Leben in Minnesang und Harmonie führen kann, weil, und jetzt geht es mit dem Weilweilweil nicht mehr weiter, weil ich nicht weiss, wer für diese Unzulänglichkeiten verantwortlich ist, weil Gott meines Wissens nicht aktiv in den Lauf der Dinge eingreift und jeder Fussballer, der sich bekreuzigt, damit Gott ihm bei so etwas Überflüssigem wie einem Torschuss helfe, rundum lächerlich ist, weil wenn ER eingriffe, dann sicher nicht, um die eine Millionärstruppe, deren Mittel aus zweifelhaften Quellen stammen, gegen die andere Millionärstruppe, deren Mittel ebenfalls aus zweifelhaften Quellen stammen, zu unterstützen.

Würdest du, könntest du, am liebsten … doch das geht nicht, ich sagte es. Sorgfältig und mit der stoischen Ruhe eines gut gesättigten Holsteinerrindes wird die Restbesetzung des Kriminalkommissariats – das werden Sermeter und Werner sein – an diesem Sonntag die Meldungen aus der Bevölkerung zum mutmasslichen oder eventuell vielleicht möglichen Verbleib des

Vermissten entgegennehmen. Zahlreich sind die Anrufe heute jedoch nicht. Die Geschichten, die die aufmerksamen Bürgerinnen und Bürger erzählen, ufern auch nicht sehr aus, sodass dieser Dienstsonntag im Grunde ein ganz angenehmer Arbeitstag ist. Was gibt es Schöneres, als konzentriert arbeiten zu können? Däumchendrehen im Waaghof gibt's natürlich nicht. Die Arbeit der Polizei ruht an keinem Wochentag. Delinquiert wird auch sonntags. Heute Vorgänge, die sämtlich die Sicherheitspolizei bearbeiten kann, Sermeter und Werner werden sich lange ihrem Hauptauftrag widmen können.

***

Dabei hat der Sonntag für Müller strub angefangen.

08:35 Uhr. Zwar paradiesisch lang ausgeschlafen. Müller sitzt in seiner Wohnung oberhalb der Migrosfiliale an der Birsigstrasse mit Gülay Sermeter beim Morgenritual, das laut Magazinen bewusst zu gestalten ist, weil das den Einstieg in den Tag prägt. Wie das Aufstehen, so der Tag, heisst es gemeinhin. Konkret bedeutet das: Frühstück. Da erreicht den Kommissär auf dem Diensthandy der Anruf von Brigadier Gerber von der Gendarmerie aus Saint-Louis.

Gegenseitige Begrüssung, man kennt sich vom Schwarzen Freitag her. Sie erinnern sich? Die grenzüberschreitende Diebesbande mit der Kreditkarte des toten Zeitgeistphilosophen. Kurz «Wie geht's? Ça marche, ça roule?» und «Merci, ça va, ça va» und dann in meditationibus rebus, wie der Lateiner nach zu viel Cervisia sagen würde: «Wir haben einen Toten. Im Rechen der Centrale hydroélectrique von Kembs … das Kraftwerk», erklärt Gerber, «und Sie haben, wie wir aus dem polizeilichen Informationssystem wissen, einen Vermissten.»

«Ja», antwortet der Müller und spitzt die Ohren. Hinsichtlich Konversation hat er koffeinunterpegelungsbedingt noch nicht sein normales Leistungslevel erreicht. Er schickt einen zweiten Schluck Oro fino aus dem Kaffeeladen an der Güterstrasse die Kehle hinunter. Der französische Kollege spricht weiter: «Sie suchen einen Mann Ende vierzig, knapp 1.90 gross, von guter körperlicher Konstitution, blond?»

«Genau», antwortet der Müller, was immerhin eine Steigerung bedeutet. Vorher eine Silbe, jetzt schon zwei. Wenn das so weitergeht, kann er bis Mittag das Rotkäppchen erzählen.

«Der Mann, der uns heute Morgen ins Netz ging», Brigadier Gerber sagt es ernst, kein makabres Wortspiel beabsichtigt, vermute ich, «könnte diesem Signalement entsprechen.»

Mhm, denkt der Müller und sagt: «Könnte?»

Zwei Silben.

«Er sieht», sagt Gerber, «nun, er sieht … nicht mehr so frisch aus. Deshalb kann ich Ihnen sein Aussehen nur approximativ beschreiben.»

Mhm, denkt der Müller und sagt: «Danke, Brigadier.»

Schon fünf Silben!

«Wollen Sie herkommen, Commissaire?», fragt Gerber, «nach Mulhouse, ins Hôpital Émile Muller?»

Müller schaut auf die Uhr. «Ich mache mich gleich auf den Weg, aber ich weiss nicht genau, wie lange ich brauche.»

«Spielt keine Rolle.» Brigadier Gerber lacht. «Ich lasse Schultz hier.» Wahrscheinlich wartet auf ihn zu Hause mittags der Sonntagsbraten, während der von Schultz kalt werden wird.

«Gut. Ich sitze schon fast im Auto», sagt Müller.

«Fragen Sie einfach nach Schultz oder, noch besser, direkt nach *professeur* Marquardt.»

Müller dankt und wischt über die Anzeige des Diensthandys. Zurück an den Frühstückstisch. Er müsse los, sagt er → Mulhouse → wegen Leiche.

Gülay wird sich ohnehin gleich die Birsigstrasse hinunter, am Nilpferdmistgeruch vorbei und über die Binningerstrasse in den Waaghof begeben, zu Fuss fünf Minuten von Müllers Wohnung. Sie wird versuchen, mit Gloria Werner mehr über diese Paulina-Jüngling-Spur in Erfahrung zu bringen. Er wünscht Gülay viel Glück, Abschiedskuss, sagt, dass jederzeit mobil erreichbar. Von der Routinearbeit kann er sie nicht ausnehmen, muss ihr ab und zu einen Sonntagsdienst oder ein Nachtpikett aufladen, sonst riecht's irgendwann nach Bevorzugung, Ausnutzung der hierarchischen Stellung, Geklüngel, Bettgeschichten, was weiss ich. Obwohl sie bisher sehr diskret vorgegangen sind. Es wird Zeit, dass er mit dem Chef über seine Beziehung mit Sermeter redet.

Müller allein ins Elsass.

Auto. 4054 Basel, Ecke Oberwiler-/Birsigstrasse bis F-68100 Mulhouse, Hôpital Émile Muller. A5, 32.1 km, voraussichtliche Fahrzeit 36 Minuten.

Hôpital Émile Muller. Grosser Spitalkomplex am Stadtrand südlich des Bahnhofs. Wie eine Raumstation, die 1998 auf der grünen Wiese gelandet ist. Der Müller stellt das Dienstauto auf einem der drei Riesenparkplätze beidseits der D21 ab. Überall in Frankreich gibt es Riesenparkplätze, um die Bedeutung einer Institution oder eines Einkaufszentrums zu verdeutlichen, und überall in Frankreich gibt es breite Strassen, die irgendwie alle nach Paris führen.

Durch den Nieselregen zum Eingang. Am Empfang fragt er nach dem Institut médico-légal, dem rechtsmedizinischen Institut. Er sei angemeldet, Müller sein Name, was die weiss gekleidete Réceptionistin am Eingang des Hôpital Émile Muller nicht einmal zu einem flachen Witz verleitet. Ungerührt ruft die Frau in der Rechtsmedizin an. Nach einigen Minuten erscheint Inspecteur Schultz. Auch ihn hat Müller am Black Friday kennengelernt.

Händedruck, «Ça va?», «Merci – und selber?», «Es muss».

Mit dem Lift nach oben, Sicherheitsschleuse, lange Korridore, Neonlicht, Zivilisten in Zivilkleidung, Menschen in Medizinkleidung, in Kühlschubladen Menschen ohne Kleidung oder in der Kleidung, in der sie gefunden wurden.

Durch eine Tür, dahinter bei gleissendem Licht nebeneinander zwei Chromstahlwannen – auf einer legst du den herausgeschnittenen Organbaum ab, während du den restlichen Körper untersuchst.

Mit dem Rücken zur Tür, durch die Schultz und Müller eingetreten sind, vor den Kühlfächern, eine Person in hellgrüner Chirurgenkleidung.

«Der Kollege aus Basel ist angekommen», sagt Schultz.

«Bonjour», grüsst der Müller.

Die Frau im hellgrünen Chirurgenschutzkleid dreht sich um. *Professeur* Marquardt, der dem Müller Auskunft zur Leiche vom Rechen in Kembs geben soll, ist Professorin Marquardt. Brenda Marquardt. Da bleibt dem Müller zuerst die Sprache weg, weil unerwartetes Wiedersehen. Professor Dr. med. Brenda Marquardt ist die Frau von Bucher Manfred, seinem Zürcher Polizeikollegen und besten Freund an Limmat und Sihl. Ein Kind haben Brenda und Manfred zusammen: Frieda. Ist sicher schon im Kindergartenalter, denkt der Müller. Dass er das nicht weiss, dass er auch nicht mitbekommen hat, dass sie mittlerweile offenbar Professorin ist, bedeutet brutal: sträflich vernachlässigt, die Freundschaft zu pflegen, viel zu selten das Telefon in die Hand genommen, nur sporadisch mal bewusst an den vor Jahren übergewichtigen Ex-Vielfrass gedacht, der durch die Liebe zur Pathologin zum Freund aller pflanzlichen Vitamine geworden ist. Hatten ja alle gedacht damals: promovierte Rechtsmedizinerin und Bulle mit einfachem Hintergrund, diese Sache kann nicht dauern. Ha! Und nochmals ha! «Omnia vincit amor» (Vergil), die Liebe besiegt tutti quanti. Das Schicksal hat's ihnen allen gezeigt, diesen Unken und bösen Zungen, diesen Verächtern von Minne, Amor und Caritas. Dass die Geigen noch immer fortissimo (und manchmal mezzoforte) spielen, immerhin das hat der Müller aus der Megadistanz von 75.05 km Luftlinie zwischen 4000 Basel und 8000 Zürich mitbekommen.

Sachlich-dienstlich verzichten sie auf drei Küsschen Swiss style, aber sie fallen sich trotzdem in die Arme, Brenda und Müller, olé! Inspecteur Schultz steht perplex daneben und versteht nicht, was hier geschieht.

«Professorin Marquardt!», sagt der Müller. «Gratuliere. Dann kann Manfred ja aufhören zu arbeiten.»

Sie lacht nur. Weil der und aufhören. Was sollte er sonst? Ja, Frieda in den Kindergarten begleiten, die Wohnung putzen, kochen, die Wäsche machen, das Sozialleben organisieren. Das macht Manfred schon weitgehend, und zwar sehr gut. Aber ehrlich: ein Polizeimann ... solange er nicht ausgebrannt ist, brennt er für seinen Beruf.

«Willst du den Toten sehen?», fragt unvermittelt Brenda. Weil Beruf first, Rest après. Müller nickt. Sie zieht eine der Kühlschubladen auf, überprüft die Beschriftung – «Centrale hydroélectrique, Kembs, 12 décembre» – und schlägt das weisse Tuch zurück, in das der Tote eingepackt ist.

Haben Sie einmal eine Wasserleiche gesehen?

Weil die publizistischen Leitlinien der Müllerpolizei verlangen, dass wir weitestgehendstmöglichst auf die Schilderung unappetitlicher, brutaler, unverhältnismässig scheusslicher Details und Szenen verzichten, befolgen wir dieses ethisch begründete Postulat. Gruselrealismus finden wir abstossend und unnötig.

Sage ich «Wasserleiche, die um die vier, fünf Tage rheinabwärts trieb oder bei den Aalen und Krebsen und dem Plastik herumdümpelte», können Sie sich ohnehin leicht vorstellen, dass ihr Anblick unschön ist.

Eine Ähnlichkeit mit Torben Andersen kann der Müller nicht erkennen. Die Grösse dürfte ungefähr stimmen, da wird Brigadier Gerber richtigliegen, die Haarfarbe vermutlich auch. Aber das Gewebe ist ... nein, nicht beschreiben! ... das Gewebe ... ähm ... hat seine Form durch den ... längeren Aufenthalt im Wasser ... nun ja ... verändert.

«Ich arbeite an einem internationalen Forschungsprojekt zu ...», sie zeigt auf die mittlerweile wieder geschlossene Kühlschublade, «... Wasserleichen. Deshalb hat mich der Kollege Tube-Roquette, der dieses Institut leitet, hergebeten. Damit ich ein Exemplar mehr in meiner Sammlung habe.»

Makaber? Müller hört Brenda zu. Respektlos? Morbide? Nein, denn es geht erst einmal darum herauszufinden, was mit diesem unglücklichen Menschen geschehen ist. Der Auftrag ist, bei einer Straftat den oder die mutmasslichen Täter zu ermitteln. Hier und jetzt interessiert die Pathologin und den Kriminalkommissär aber, ob diese Biomasse in der halb offen stehenden

Kühlschublade Torben Andersen heisst. Die wissenschaftliche Analyse folgt danach.

Erfolglosigkeit, Anfeindungen → Suizid?

Erfolglosigkeit, Fanatismus → Mord?

Erfolglosigkeit, Suff → Unglück?

Eifersucht, Konflikt → Tötungsdelikt?

Kriminelle Verstrickungen, Konflikt → Kapitalverbrechen?

«Ich habe eine DNS-Probe genommen. Das Labor des Spitals erledigt das so schnell wie möglich. Ich rufe dich an, sobald ich mehr weiss.»

Hinter Müller räuspert sich jemand. Schultz, der Inspektor aus Saint-Louis. «Ich nehme an, Sie kommen ohne mich zurecht», sagt er. Will er zum Sonntagsbraten, oder hat er genug vom rechtsmedizinischen Ambiente?

«Danke, ja», sagt Professorin Marquardt. «Grüssen Sie mir Brigadier Gerber», fügt Müller hinzu, «danke für Ihre Unterstützung.» Schultz tippt sich gegen das imaginierte képi. Exit.

Brenda und Müller begeben sich in die Spitalcafeteria. Brauche ich nicht zu beschreiben, Sie kennen die Atmosphäre: Als Besucher ist man froh, mit den Angehörigen, die an Krücken gehen, einen Sauerstoffschlauch in der Nase oder einen Infusionsschlauch im Arm haben und den Ständer mit dem Beutel hinterherziehen, aus dem die Lösung von NaCl oder ein Schmerzmittel in den Schlauch tropft, nicht zu weit gehen zu müssen, um einen Kaffee trinken zu können, ein Sandwich oder ein Eclair zu essen und sich zu unterhalten, sofern einem etwas einfällt. Vielen Familien fällt nichts ein, worüber sie sprechen könnten, ausser «Was hat der Arzt gesagt?», «Wann kannst du nach Hause?», «Ist das Essen recht?», «Kannst du gut schlafen hier?» und nach einer Weile «Sollen wir dich wieder hinaufbegleiten?» und bei der Verabschiedung «Gute Besserung».

Weil Sonntag, sind viele Angehörige zu Besuch. Brenda und Müller holen sich einen Kaffee und setzen sich an den einzigen unbesetzten Tisch, übersät mit klebrigen Krümeln.

Traktanden:

1. Ausdruck der Freude über das unverhoffte Wiedersehen.

Formulierungen wie: «weiss gar nicht mehr, wann wir uns das letzte Mal» und «da wird Manfred Augen machen» und «müssten uns schämen, dass wir so lange nicht mehr».

2. Innerlich nagt das Müllergewissen, weil den Freund und seine Frau und Kind so lange vernachlässigt, bloss sehr selten mal angerufen, weil wenn du in Basel lebst, ist die schönste Stadt am unteren Zürichseebecken emotional so weit entfernt wie der Mond (384'400 km).

3. Aufdatierung Brenda + Manfred + Frieda: sie Arbeit (neu: Professur Zürich), er Arbeit (Grosses Polizeihaus, wie immer), Frieda die meisten Kinderkrankheiten durchgemacht und seit August erstes Jahr Kindergarten und Tagesstruktur; Glücksrating bei einer Skala von 1 (katastrophal) bis 6 (himmlisch): Paarleben im Durchschnitt 5.5, Schwankungen von 4 bis 6; berufliche Befriedigung Brenda und Manfred durchschnittlich 5.4; Müdigkeit durchschnittlich 4.9, saisonal variierend; im Grossen und Ganzen: trautes Heim. Weiterhin Toblerplatz, 8044 Zürich. Mietzins astronomisch.

4. Aufdatierung Müller: Kriko Basel, Führungsfunktion, viel Administration, zu wenig draussen; gutes Team, nicht immer einfach; Verhältnis zum Chef und vor allem zu dessen Chef etwas gar strukturell, organigrammgemäss, bürokratisch; seine Schwester Doris plus Noah (12) und Maurice (13) gesund und munter, letzterer allmählich präpubertär. Ehrlich gesagt nicht besonders intensiver Kontakt. Weil viel Arbeit.

5. Fragender Blick Professor Dr. Brenda Marquardt. Bedeutet: «Und privat?»

6. Müller erwähnt Gülay Sermeter. Errötet fast ein bisschen, weil nicht der Typ, der sich brüstet, eine – sagen wir, wie es ist – intelligente, tatkräftige, energiereiche, schöne, gut gebaute, trainierte ... jetzt reicht's dann mit den Adjektiven ... Frau ... «gefunden» klingt seltsam, als hätte er gesucht ... «erobert» trifft es auch nicht. Jedenfalls sagt der Müller zu Brenda: «Ich erkenne mich selbst nicht wieder. Dass mir so was passiert. Davon hätte ich nicht zu träumen gewagt.» Dass er das so aussprechen kann, überrascht ihn selbst. Es ist das

erste Mal, dass er mit jemandem darüber redet, und Freude überkommt ihn, dass er sich Brenda anvertrauen kann. Ja, und dass er überhaupt dieser Emotionen fähig ist. Es hat ihn nämlich voll erwischt, dieses Gefühl, über das die Popmusik so viele Lieder singt, zum Beispiel «Boys And Girls» (Bryan Ferry) und «Welcome To The Pleasure Dome» (Frankie Goes To Hollywood) und «I Was Made For Lovin' You» (Kiss) und «Kiss» (Prince).

7. Treffsichere Nachfrage Professor Dr. Brenda Marquardt: «Und sie arbeitet in deinem Team? Unter deinem Kommando?»

8. «So ist es.»

9. Kritischer Blick Professor Dr. Brenda Marquardt.

10. «Ich habe in den nächsten Tagen einen Termin beim Chef. Um es offiziell zu machen und die Situation zu klären.»

11. Weitere fünf Minuten freundlicher Konversation zur Abrundung und schmerzlosen Überleitung zur erneuten Rückkehr zu den beruflichen Aufgaben, die dieser Sonntag für beide noch bereithält.

12. Dann Brenda: «Wie gesagt: Du hörst von mir oder vom Kollegen Tube-Roquette, sobald wir die Ergebnisse der DNS-Untersuchung erhalten haben.»

13. Grussformel, zuwinken, lächeln, lächeln hoch zwei, Grüsse bestellen an Manfred und Frieda und unbekannterweise an Gülay.

14. Brenda → Lift → Institut médico-légal. Müller → automatische Tür → Parkplatz.

Als Müller um 13:04 Uhr das Hôpital Émile Muller in Mulhouse verlässt und sich zu erinnern versucht, wo auf dem Riesenparkplatz der Dienstwagen steht, geht gerade ein Schauer nieder, und sein Handy meldet sich. Gülay, die mit Gloria Werner in Sachen Paulina Jüngling ermittelt. Sie haben den Kontakt hergestellt, die Auskunftsperson hält sich zu Hause auf, und die beiden fahren in diesen Minuten zu ihr. Hirzbodenpark, 4052 Gellert. 1977 gebaute, sichelförmig angeordnete Wohnblocksiedlung, acht, neun Etagen inmitten eines alten Baumbestandes.

Diskretes Wohnen für Menschen mit Money. Früher standen auf diesen Parzellen die Villen des Geldadels, der nach Frischluft dürstete statt nach Innerstadt. Verständlich, da der Birsig als offene Kloake durch die Stadt zum Rhein rann und Schwaden von Gestank, der sogar bis zu den Stadtpalästen beim Münster und im St. Alban reichte, die Nasen beleidigten.

Paulina Jüngling, Ende dreissig, langes braunes Haar, schlank, graublaue Augen, wacher Blick. Privat nicht im Businesskostüm, sondern, «Setzen Sie sich bitte», eine marineblaue Bluse, Kaschmirpullover mit V-Ausschnitt Ton in Ton, helle, eng anliegende Hose, warme, weiche Socken.

«Bloss einige Routinefragen», wiegelt Gülay Sermeter ab. Glaubt zwar ohnehin niemand, wenn man das sagt, sind wir doch alle durch Krimis verdorben.

Gloria Werner legt ein paar Fotos auf den Tisch: Jüngling und Andersen im Kunsthaus, Jüngling und Andersen an einem Anlass der Sponsorenvereinigung des SC Basel, Jüngling und Andersen an der Gala zugunsten cerebral gelähmter Kinder, einmal nebeneinandersitzend und ins Gespräch vertieft inmitten einer dinierenden Gesellschaft.

Setzen wir hier drei Punkte, um zu verdeutlichen, dass bei diesen Aufnahmen Gedanken entstehen können: …

Paulina Jüngling betrachtet die Bilder, zeigt keine Emotion und räumt ein, ja, natürlich, sie kenne Torben Andersen. Jedoch nur flüchtig. Als Consultant habe sie mit den unterschiedlichsten Personen zu tun, bewege sich in sehr diversen Kreisen, knüpfe Kontakte, pflege Verbindungen zu Stakeholdern aller Art – eben auch zum Sportclub Basel.

«Er wird vermisst», sagt Gülay.

Frau Jüngling sieht ehrlich erstaunt aus. Davon erfahre sie genau in diesem Moment, sagt sie.

«Lesen Sie keine Zeitung? Keine Newsseiten im Internet?», fragt Sermeter.

«Nun … die letzten Tage nicht», antwortet Jüngling und als Erläuterung: «Ich habe so viel zu tun.»

Dass sie mehrmals auf Fotos mit dem Trainer des SC Basel

erscheint, erklärt sie mit gesellschaftlichen – sprich: geschäftlichen – Verpflichtungen. Sie ist Mitglied des Gönnervereins des Kunstmuseums, so sei zum Beispiel die Aufnahme mit Andersen an jener Vernissage entstanden. Und den Sponsorenanlass des Sportclubs habe sie besucht, weil sie mit SCB-Präsident Jornod persönlich bekannt sei, «von Kindsbeinen an», sagt sie. Als Sermeter und Werner sie etwas verständnislos ansehen, fügt sie halblaut bei: «Jüngling Chemicals.» Als wäre es unmöglich, die Firma nicht zu kennen, die ihr Urgrossvater in den 1910er Jahren gegründet hat.

Dass sie Andersen sympathisch findet, wie auch ihre Körpersprache auf den Bildern belegt, stellt sie nicht in Abrede.

«Aber wenn Sie mit Ihren Fragen andeuten wollen …» Sie schüttelt den Kopf und lacht.

***

Präsident Jornod.

Auf der Rückfahrt aus Mulhouse klingelt Müllers Handy erneut. Die Nummer auf dem Display kommt ihm bekannt vor: SCB-Präsident Samuel Jornod. Müller hört fern eine Stimme, undeutlich, mit Unterbrüchen und Interferenzen in einer Sprache, die er leider nicht spricht. «Herr Jornod?», brüllt der Kommissär ins Mikrofon seiner Freisprechanlage und hört als Antwort: «Ich … Ihnen … nicht … Stör… schl… Empf… ich rufe … ande… Mal, wenn i…» Müller ruft noch einmal: «Herr Jornod?» Erst noch ein Brausen, dann die Leere der Galaxis.

Er fährt rechts ran, auf den Pannenstreifen, und wählt die Nummer von Vizepräsident Bürgin. Ewig klingelt's, dann ein Kind, nach einer Minute dessen Mutter, nach einer weiteren der Vizepräsident. Müller fragt, ob es eine Möglichkeit gibt, Herrn Jornod zu erreichen, weil das ausserordentlich schwierig sei, wie wir bereits zweimal miterlebt haben. Bürgin sagt, er werde dem Präsidenten sofort eine E-Mail schicken, dass das Kriminalkommissariat mit ihm sprechen wolle.

«Das weiss er längst», sagt der Müller, sogar freundlich, «aber besten Dank für Ihre Hilfe.»

«Herr Jornod ist zurzeit viel unterwegs», sagt Bürgin. «Sie kennen die sportliche Situation unseres Vereins.» Er seufzt und ergänzt: «Ich weiss momentan selbst nicht, wie ich Samuel erreichen kann. Ich schicke ihm jeweils eine Mail, und irgendwann antwortet er wie auch immer.»

***

Den Dienstwagen in der Oberwilerstrasse abgestellt und in seiner Wohnung angekommen, merkt der Müller, dass er nun den ganzen Nachmittag und Abend für sich allein hat. Was tun? Einen Kaffee später merkt er, dass er sich zur Freizeit zwingen muss. Ja, aber wie die Stunden bis zum Einschlafen verbringen? Seinen Diodoros mag er heute nicht lesen, merkt er nach zwei Seiten, die er mehrmals durchgeht, ohne etwas zu verstehen. Die Buchstaben und Wörter ergeben keinen Sinn. Vermutlich hat er auf den vorherigen 168 Seiten etwas Wichtiges verpasst oder wieder vergessen.

Nun bleiben immer noch zwei Stunden, bis die Sonne um 16:38 untergehen wird.

Er ruft Sermeter an.

«Wir haben Paulina Jüngling in ihrer Wohnung befragt», sagt Gülay. «Sie gibt an, Andersen nur flüchtig zu kennen. Und sie behauptet, erst durch uns von seinem Verschwinden erfahren zu haben.»

«Hm», sagt der Müller nur, «denken wir morgen weiter. Und sonst?»

«Nichts Besonderes», fasst Gülay den Rest ihres Sonntagsdiensts zusammen, «Jonovic hat Andersens Handy noch nicht ausgewertet, kein Ergebnis der Fahndung nach Andersen und seiner Frau. Und die Anrufe aus der Bevölkerung sind nicht der Rede wert.»

«Mach dann auch mal Schluss für heute», sagt der Kommissär.

«Ja, ich stelle das Telefon auf Gormanns Piketthandy um», antwortet sie, «ich bin hier gleich fertig.»

Der private Teil des Dialogs, mit Scherzen und Gefühlen und so, bleibt privat. Sie verabschieden sich freundlich. Denn Gülay wird diesen Sonntagabend in ihrer Kleinbasler Wohnung bei ihren Kindern verbringen. Das macht sie, wenn möglich, immer so. Wichtig, damit Murat und Céline auch emotional für die kommende Schulwoche gerüstet sind. Müller selbst hat vor, ins Kino zu gehen, tut er selten genug. Und wenn, darf's kein Actionfilm sein, kein Thriller, kein Psychoding. Vorher noch einen Happen essen, im Kühlschrank liegt ein Beutel Gnocchi, dazu Salat.

Der Film beginnt um 19 Uhr. Was tun bis dahin? Seine Schwester! Ja, er könnte bei Doris und ihren Kindern in der Bachlettenstrasse vorbeischauen. Jacke über, Portemonnaie und Schlüssel eingesteckt.

Maurice (mit Kopfhörern) und Noah (ein Buch in der Hand) empfangen ihn an der Tür. Der eine will ihm sofort den Song einer Band vorspielen, die er entdeckt hat, der andere die Geschichte zusammenfassen, die er liest.

«Hallo!», ruft der Müller Doris zu, die für einen Moment in der Küchentür erscheint und ihn auch grüsst. Maurice stülpt ihm den Kopfhörer über, Müller hört die harten Gitarren, die Stimme gefällt ihm weniger. Aber reibst du das einem 13-Jährigen unter die Nase, der eine Welt für sich entdeckt? Und Noah liest ihm einen Abschnitt vor, den der Onkel nicht erfasst, weil er die Figuren und den Zusammenhang nicht kennt. Doch Noahs Begeisterung reisst ihn mit, und er lacht mit, weil der Neffe vor lauter Heiterkeit den Text fast nicht vorlesen kann.

Dann trifft den Müller fast der Schlag. Noch vom Korridor aus sieht er in der Küche den Hinterkopf … von … Ist das … dieser ████kerl Claudio? Den Doris nach langem Hin und Her endlich abserviert hatte? Zwei Jahre ist es her … oder bald drei? Was … macht der … hier in Doris' Wohnung?

«Das ist Herbie», ruft dem Müller nun die Schwester zu, «Herbie, das ist mein Bruder.»

Herbie … der ähnelt Claudio wirklich … wendet sein Gesicht dem Müller zu, bleibt sitzen, hebt die Hand und winkt.

«Müller», sagt der Müller und zieht die ausgestreckte Hand wieder zurück. Das Pflaster wird er morgen früh abnehmen. Tut nicht mehr weh.

***

Poesie der Nacht.

Vor dem Fenster nur Dunkelheit, ein paar wenige Lichter. Würde er hochschauen, sähe er die Sterne. Namen haben die wie lyrische Poesie und poetische Gedichte: Arcturus, Denebola, Wega, Procyon, Aldebaran, die Plejaden, Altair, Markab, Sirrah, Beteigeuze, Algol … Helle Punkte, rötliche, bläuliche, weisse, gelbliche. Grellere, fahlere. Grössere, kleinere. Solche, die zu pulsieren scheinen, blinken. Andere wirken nur fern und kalt und verloren im unermesslichen Raum. Sternbilder … Über Cassiopeia, dieses grosse W, über den Grossen Wagen ist er nie hinausgekommen. Sternschnuppen, ja, Sternschnuppen hat er schon einige gesehen in seinem Leben, die Geminiden, die Ursiden oder wie die heissen. Vielleicht war's auch Satellitenschrott, der in der Atmosphäre verglühte.

Klein fühlt er sich, winzig klein, allein beim Gedanken an den Kosmos. Das All so unendlich – und hier unten er und sein Leben.

Sähe er zu den Sternen hoch, käme ihm vielleicht mehr in den Sinn. Aber er blickt nicht auf die Milchstrasse, zum Schwan, zum Orion, zu den Zwillingen, zum Löwen, zur Schlange, zu Pegasus und Herkules hoch. Er ist eingeschlafen. Er will nur noch schlafen. Sofern er schlafen kann. Zur Beruhigung könnte er Mantras malen, diese farbigen Muster aus der indischen Zen-Philosophie. Oder als mentalen Schutzanzug eine ionisierende Delta-Lotion auftragen. Vielleicht würde die auch seine Falten eindämmen?

***

Der Psychoholiker.

Er ist doch nicht ins Kino gegangen. Stattdessen allein sein. Ohne alles. Mit nichts. Müller mag das gern, zumindest ab und zu ziellos den Gedanken nachhängen. Aber heute geht das schief. Er sitzt auf dem Sofa, hat die Lampe nicht angemacht, und in seinem Kopf hat das rothkoartige Bild zu kreisen begonnen, das in der Praxis von Andreas Borowski hängt, dem Psychotherapeuten beim Rigiplatz in Zürich.

Borowski hat ihn nach dem Schusswaffenvorfall an der Müllerstrasse in 8004 Zurigo behandelt. Polizeimann Müller hat einen Flüchtigen erschossen. «Frankie, Do You Remember Me?» (Sister Sledge).

Oh ja, wie er sich !!! jetzt gerade !!! erinnert. Tief in seinem Hirn liegt eine Zone, die erinnert sich zu gut. «Sich daran zu erinnern ist nicht schön. Aber es ist wichtig, diese Gedanken zuzulassen, wenn sie kommen», das sagte ihm Borowski. Er hat es nicht vergessen. Und den «Vorfall» erst recht nicht:

«FLASHBACK sieht Müller Szene mit Ernstfalleinsatz, das ist keine Übung, und Holster und Faustfeuerwaffe ziehen und Müllerstrasse – ja, Ironie des Schicksals – und Müllerstrasse und Dunkelheit und rennende Gestalt und wirre Stimmen und Schritte auf dem Asphalt und Blaulicht und eine Sirene und zwei und drei Sirenen und rennende Gestalten jetzt und Müller hinterher und Waffe in der Hand und hebt den Arm und ruft und zielt und ruft und zielt und ruft und zielt und halt! Aber Druckpunkt und Knall und Schuss und Peng und BLANKE STELLE IN DER ERINNERUNG und Blut, rotes Blut, flüssig und überall rotes Blut und blutende Gestalt liegt da wie zerknüllt und weggeworfen mit unwirklich verdrehten Gliedmassen.»[*]

Ja, genau so war das. Pengpeng war nie Müllers Methode. Die Untersuchung des Vorfalls hat ihn zwar entlastet, Schussabgaben werden immer überprüft. Doch selbst mit juristisch reiner

[*] «Müller und die Tote in der Limmat», Köln: Emons, 2012, S. 15.

Weste nagte das Gewissen an ihm wie die Sicherheitsabteilung eines Ameisenhaufens an einem toten Knochen. Therapie unter dem rot-braunen rothkoartigen Bild bei Borowski, zuerst zweimal wöchentlich, dann monatelang jede Woche, die Welt in Portionen à 50 Minuten verarbeiten. In Reichweite immer eine Dose mit den linsenförmigen und -farbigen Pillen. Die hat er nicht oft geschluckt, nur ab und zu vor dem Schlafengehen. Müller verbrachte seine Nächte damals mit schlechten Träumen und die Tage auf Kostenstelle 0600 Krankheit, das heisst dienstunfähig, arbeitsunfähig, krank, Klartext: P.S.Y.C.H.O.

P.S.Y.C.H.O.

P.S.Y.C.H.O.

Die Zeit hat die Wunden vernarben lassen. Nur noch selten kommen ihm die Bilder hoch. Warum sie gerade in diesen Minuten aufsteigen, kann er sich nicht erklären. Vielleicht ist es dieses Wort: posttraumatische Belastungsstörung? Weil Müller Benedikt (50), aufgewachsen im Blauburgunderdorf fast ganz unten im Reusstal, Aargau, ist ein Freund des Lebens. Vermutlich ist er deswegen Polizist geworden, weil er will, dass alle Menschen in Sicherheit, Ruhe und Liebe leben können. Egoismus, Narzissmus, Chaos und Totalitarismus sind ihm zuwider.

Warum kommt ihm das jetzt beim Einschlafen an einem gewöhnlichen Sonntag alles hoch? Keine Ahnung.

Er steht vom Sofa auf. Die Strassenbeleuchtung draussen liefert Licht genug. Im Dunkeln tappt er in die Küche hinüber und lässt Wasser in ein Glas laufen.

Vielleicht müsste er wieder mal zum Psychotherapeuten?

Ist er beruflich nicht auf der Höhe? Statt diesen Sonntagnachmittag, wo er im Büro mal Ruhe gehabt hätte, im Waaghof die Hintergrundinformationen übers Fussballgeschäft durchzusehen, die ihm jemand aus seinem Team vorgestern, gestern oder heute zusammengetragen hat, grübelt er vor sich hin. Ausser dem Besuch in Mulhouse hat er heute nichts von Belang zustande gebracht. Den Tag und den Abend einfach verplempert. Er hat keinen Gedanken an den Fall, an die Arbeit verschwendet, nicht ein Spurenelement einer geistigen Leistung. Schlampt er beruflich gerade ein wenig? Kann er ruhigen Gewissens die Arbeit einfach liegen lassen? Entspricht das den professionellen Standards?

P.S.Y.C.H.O., P.S.Y.C.H.O., P.S.Y.C.H.O., das deckt in diesem Moment in seinem Kopf und Gemüt alles zu. Warum nur ist er heute Abend so melancholisch? Liegt es daran, dass seine Schwester mit diesem Herbie in ihr Beuteschema zurückgefallen ist? Oder daran, dass er Brenda Marquardt getroffen hat, eine Stimme aus seiner früheren Welt? Als er mit seinen Freunden Bucher Manfred und Franz Schubert in Zürich ein geregeltes Sozialleben hatte und sich nicht in Führungsverantwortung und Arbeitslast verzettelt hat.

20:25 Uhr sagt ihm der Blick aufs Handgelenk. Der Kommissär stellt das leere Wasserglas auf die Chromstahlablage, begibt sich ins Schlafzimmer, macht das Licht an, öffnet den Schrank. Er zieht sich um.

Raus. Laufen.

Laufen, einatmen, ausatmen, Rhythmus, Herzschlag, Knacken der Wirbelsäule, Schritte, Schritte, atmen, Beine, Rhythmus, kleiner Schmerz im Knie, Herzschlag, Herzschlag. Unterwegs durch die Birsigstrasse → Schützenmattpark. Unter den kahlen Bäumen → wusch, fliegt der drahtige Mann aus der Nachbarschaft an ihm vorbei und überholt ihn. Elegant wie ein Bussard im Anflug auf eine Maus. Mann, ist der schnell. Ein Marathonläufer, hat ihm Gülay gesagt, als sie ihn im Quartier laufen sahen. Einatmen, ausatmen, Rhythmus, Schritte. Viermal, fünfmal so schnell wie Müller und tausendmal weiter rennt er und leicht, als berühre er kaum den Boden. Einatmen, ausatmen, das Herz, das Herz. Die Wärme in den Muskeln. Er spürt das Blut in den Adern kreisen, wie es Sauerstoff in die äusserste und innerste Zelle bringt. Grossartig, denkt der Müller, als er dem Läufer nachschaut, wenn der Körper und sein Mensch so gut miteinander funktionieren, harmonieren. Schritte, ausatmen, einatmen, Schritte, knack, ein Ästchen unter dem Turnschuh, einatmen, ausatmen. Wenn er selbst mit Langstrecken anfinge? Dächten alle, die Midlife-Krise nehme ihn in den Schwitzkasten? Die ist beim Müller doch längst vorüber. Mit 50 liegt die Mitte des Lebens schon einige Jahre zurück. Herzschlag, einatmen, Schritte, ausatmen, ein Wassertropfen auf der Kopfhaut. Die Muskeln warm. Über die Neubadstrasse, über die Tramlinie, im Schützenmattpark. Einatmen, ein zweiter Tropfen auf dem Kopf, ausatmen, Schritte, Schweisstropfen, Rhythmus, Windstoss, atmen, Rhythmus. Rundherum, rundherum.

Nachher duschen. Dann endlich schlafen.

Dass im Posteingang im Waaghof Dateien für ihn bereitliegen, daran denkt höchstens eine tief verdrängte Schicht seines U-Bewussten.

ACHT

Weiter weitermachen.

Montag, 14. Dezember, 07:00 Uhr. Waaghof. Einzelbüro Müller. Er selbst mit einer Kaffeetasse, gefüllt mit einer Tasse Kaffee. Aus ökologischen Gründen versuchen wir seit jüngerer Zeit, Mehrweggefässe statt Einwegbecher zu verwenden. Müller in diesen Minuten geistig und psychisch wieder an Bord. Er liest Werners und Sermeters Rapport der wenig ergiebigen Befragung von Paulina Jüngling und, ah ja, wir hatten's gestern davon, die Fussballbusinessfaktenzusammenfassung von Gloria Werner und Xerxes Blaser. Was zieht er daraus? Welches ist, wie es Regierungsrat Dr. iur. Robert «Robi» Augsburger und der Erste Staatsanwalt Stickelberger formulieren würden, das «Learning» des Kommissärs aus diesem Bericht?

Müller schaudert es. Wörter wie Druck, Arbeitslosigkeit, Transferbudget, Konkurrenz, Arbeit, Erfolg, böse Sprechchöre, Hassfigur, Geld, Abwärtsspirale, Selbstdarstellung, Spielphilosophie, Arbeit, Psychologie, Dynamik, Klausel, Vierundzwanzigstundenjob, Entlassung, durchschnittlich neun Monate im Amt, Titel holen, Ehrgeiz, Hype, erfolgreich, Überangebot an Kandidaten, Öffentlichkeit, Verantwortung, Sympathieträger, Halbwertszeit, Verpflichtungen, Hooligans, Spannungen, Disziplin, Sponsorenanlässe, Vertrag, Kompetenzen, Klausel, Informationspolitik, hochgejubelt, Kurve, überschätzt, Clubleitung, Drohungen, Durchsetzungsfähigkeit, Medienkonferenzen, Vorschusslorbeeren, Arbeit, aufbauen, Mannschaft, Aufstellung, Tabelle, Bilanz, Transferpolitik, Kader, ausgemustert, angepöbelt, Konditionstraining, Physiotherapeut, ausgebuht, Verletztenliste, Fussballphilosophie, Kredit aufgebraucht, Angriffsfussball, defensive Absicherung, Joker, Neid, Beobachtung, Jubel, Adrenalin, Oxytocin, Serotonin, Zukunft, vorwärtsschauen ... Klingt alles furchtbar. Müller wälzt die Sätze hin und her wie Petrus den Felsbrocken und stellt fest:

Der Trainerjob ist definitiv keine einfache Aufgabe, nichts für Warmduscher und Harmoniebedürftige. Ein Trainer braucht ein Fell so dick wie das von drei Elefanten.

Im Posteingang sieht er eine weitere Nachricht. Er liest sie, druckt sie aus und nimmt sie mit hinüber ins Gemeinschaftsbüro. Weil die Digitaluhr 07:30 Uhr geschlagen hat → Morgenrapport. Müller, Sermeter, Wäckerlin, Gormann, Dominguez, Asp. Werner, Asp. Blaser. Automatenkaffee und Mineralwasser.

«Jetzt liegt eine Anzeige vor.» Der Müller hält die E-Mail hoch. «Vom Sponsor █████ gegen Torben Andersen. Der Trainer hat ohne Mitteilung ein Werbeengagement geschwänzt und auf Kontaktnahmeversuche nicht reagiert. Am Dienstag hätte er beim Dreh zu einem Werbespot für █████ erscheinen sollen. Vertragsbruch. Schadenersatzforderung.»

«Wie viel?», platzt es aus Freddie Dominguez heraus. «Das würde mich auch interessieren», schiebt Romina Wäckerlin nach.

Müller schaut streng und sagt, die Höhe der Schadenersatzforderung sei eine zivilrechtliche Frage, mit der das Kriminalkommissariat nicht befasst sei. «Unsere Aufgabe ist es, den Aufenthaltsort des Beklagten zu ermitteln.»

«Ich würde schon gerne einmal mit ihm diskutieren», will Freddie weiter fussballphilosophieren, weil er hat seine eigene, elaborierte Vorstellung von Taktik, die den Sportclub Basel hundertpro aus der Finsternis befreien würde. Gülay Sermeter durchkreuzt seinen Redevorsatz, indem sie sich an den Kommissär wendet und sagt: «Was schlägst du vor?»

«Musterschülerin», zischt Wäckerlin subsonisch.

Ahnt oder weiss sie, dass Sermeter + Müller = ♥?

«Wir müssen einen Zacken zulegen», antwortet Müller.

«Seine Frau haben wir immer noch nicht ausfindig gemacht …», ergänzt Gülay Sermeter, «auch die Fahndung nach ihr ist bisher ohne Ergebnis verlaufen.»

«Vielleicht ist ja wirklich der Tote vom Rechen in Kembs unser Mann? Dann hätten wir immerhin den Trainer gefunden.» (Freddie Dominguez, hoffnungsfroh).

«Pfff!», bemerkt Wäckerlin. «Wenn das alles so einfach wäre …»

Müller klopft mit dem Mittelknöchel des Zeigefingers auf den Tisch. Es knallt fast so laut wie die amerikanischen Bombeneinschläge im Gundeli am 4. März 1945.

«Gehen wir überhaupt von einem Verbrechen aus?», fragt Markus Gormann, der viel denkt und selten spricht.

Müller schaut ihm in die Augen und nickt, trinkt den kalten letzten Schluck Kaffee und erhebt sich. Bedeutet: Weitermachen!

Also noch mehr Datenbanken, ob Leichenfunde oder eine verwirrte männliche Person aufgetaucht, weitere Befragungen aller möglichen Kontakte des Trainers, im Verein, persönliches Umfeld erneut durchackern, Familie des Verschwundenen eruieren, die Kollegen in Norddeutschland kontaktieren, bei Interpol nachfragen, ob auf die Ausschreibung zur Fahndung wirklich keinerlei Rückmeldung eingegangen ist, Panzeri und Jonovic von der Wirtschaftskriminalität avisieren, wann mit der Auswertung von Andersens Handy und seinem Bürocomputer zu rechnen ist, sie bitten, Andersens Bankkonten auf ungewöhnliche Bewegungen hin zu überprüfen, strukturieren, abklären, ob und welche Durchsuchungsbefehle wir vom Richter benötigen …

08:05 Uhr. Die schweizerische Sonne geht auf und legt einen goldenen Schimmer über das Land. Ein kalter Dezembertag breitet sich draussen aus und sagt: Lanzarote ist eine Lüge.

***

Rückmeldung aus der Bevölkerung.

Sogar ein Brief liegt heute in Müllers Posteingang, also ein Schriftstück auf Papier in einem Umschlag aus Papier, das der Absender mit einer Briefmarke mit einem Bahnhof drauf physisch zur Aufgabestelle und nachher die Post unter Personal- und Transportaufwand vom Aufgabeort zum Empfänger gebracht hat. Leider sagt der Poststempel nichts mehr über den Aufgabeort aus. Egal, ob aargauisches oder solothurnisches Mittelland oder Allschwil, Liestal oder St. Johann: Mittlerweile stempelt die Maschine im Postzentrum überall dieses verdammte «4621 Härkingen» auf die Dauermarke à Fr. 1.-. Philatelistisch ist dieser Vorgang absolut unbefriedigend, der Hässlichkeit dieses Maschinenstempels wegen, und kriminalpolizeilich aus dem genannten Grund erst recht. Dieser Brief eines Anonymen, der uns nun über «Härkingen» erreicht hat, enthält die Information, Andersen habe sich mit dubiosen Leuten eingelassen, seinen Anteil an einer Mauschelei kassiert, und er geniesse zurzeit schöne Tage an der Adria.

«Unbrauchbar», sagt Gormann zu Müller, weil aus dem Brief weder konkrete Anhaltspunkte und somit Insiderwissen herauszulesen wären, noch der Aufgabeort ein Hinweischen zur Eingrenzung des möglichen Absenders liefert. Trotzdem gilt es, auch dieses Puzzleteil im Kopf zu behalten, so falsch es auch sein könnte. Oder vielleicht doch richtig?

***

Überraschung.

«Schau mal», sagt Gloria Werner um 09:17 Uhr zu Gülay Sermeter. Die Detektivwachtmeisterin löst sich von ihrem Computer, umrundet den Tisch und schaut sich den Fund der Aspirantin an: Gloria hat nicht nach Andersen gesucht, sondern nach Jüngling. Auf dem Bildschirm hat sie mehrere Aufnahmen gespeichert, die Paulina Jüngling in Gesellschaft eines … ja, wirklich! … George-Clooney-mässig aussehenden Mannes mit vollem Salz-und-Pfeffer-Haar zeigen. Auf einer Yacht im Mittelmeer, am Paradeplatz in Zürich beim Betreten einer Bank, bei Stucki auf dem Bruderholz beim Speisen mit Regierungsrat Dr. iur. Robert «Robi» Augsburger, ja sogar am Berner Zibelemärit in angeregtem Gespräch mit einer Bundesrätin. Immer Frau Jüngling plus dieser sportlich wirkende Typ mit dichtem Haar, der auf dem Boot in Polohemd und kurzen Hosen etwas verkleidet wirkt.

Hugo J. Gattiker (53) heisst er. Unternehmer und Geschäftsmann sei er, ein umtriebiger Business-Querdenker, weiss das Internet. Er hat sogar einen Business-Ratgeber mit dem Titel «Eruption – Disruption – Innovation» verfasst. Grundlage seines Vermögens: das Grundstück der väterlichen Sägerei, dann Immobilien, Börse. Innovation → Investition → wahrer Lohn. Wohnhaft ist Galliker in 6403 Küssnacht SZ.

Steuerflüchtling, denkt da der Sozi. Autofahrer, die Grüne. Steuerwettbewerb, die Liberale. Urschweizer, der Patriot. Dort möchte ich nicht geschenkt wohnen, der Naturbusche und die Städterin. Was die Extremisten denken, wollen wir nicht wissen.

«Sieht wirklich privat aus, diese Fotos», sagt Sermeter, «Körperhaltung. Wie sie sich, hier zum Beispiel ... anschauen. Die Nähe. Ihre Hand dort ... berührt die seinen Oberschenkel ...?»

Sie klicken sich von Bild zu Bild, besuchen Webseite nach Webseite, ein halbes Dutzend Aufnahmen, nein, noch mehr, nachdem Werner einen Tippfehler bei der Suchanfrage korrigiert hat.

«Von diesem Mann hat sie uns nichts erzählt», sagt Gloria Werner. Gülays Hand angelt das Telefon.

«Hugo Gattiker? Natürlich kenne ich Hugo», bestätigt Paulina Jüngling der Stimme in ihrem Handy. Schlechte Verbindung, es rauscht.

«In welchem Verhältnis stehen Sie zu Herrn Gattiker?», fragt Sermeter.

«Das ist mein Privatleben.»

«Beantworten Sie bitte meine Frage», sagt die Kriminalpolizistin mit Nachdruck, «ich rufe Sie nicht an, um mit Ihnen zu plaudern. Wir haben einen Vermissten zu finden.»

Zwei, drei Sekunden vergehen, wie es Sekunden halt zu tun pflegen. Dann setzt Paulina Jüngling an: «Ich sehe nicht, was Torben und Hugo miteinander zu tun hätten.»

Interessant, wenn auch nicht gar originell, dass die Befragte eine Verbindung zwischen den beiden herstellt, denkt Sermeter und setzt den Fuss in den offen stehenden Bewusstseinsspalt: «Kennen sich die beiden?»

«Nein. Woher denn auch?», kommt die Antwort. Die lässt Gülay ins Leere verhallen und schweigt, bis Paulina Jüngling weiterspricht: «Ich wiederhole es noch einmal: Mit Torben Andersen pflege ich gesellschaftlichen und beruflichen Kontakt. Als Trainer des SC Basel steht er im Licht der Öffentlichkeit und hat mit vielen interessanten Menschen zu tun –»

«Interessanten», wiederholt die Kriminalpolizistin.

«So ist es, interessanten … beruflich für mich interessanten …»

«Ausserdem finden Sie Andersen sympathisch», stösst Sermeter nach, «haben Sie uns gesagt.»

Die Jüngling lacht und sagt: «Was Sie an einem Montagmorgen für Phantasien haben!»

Nachdem das Telefongespräch beendet ist, sagt Werner, die alles mitgehört hat: «Zwei Männer, eine Frau … also, je nachdem, würde mir das auch gefallen.»

09:58 Uhr. Sermeters nächster Anruf gilt Hugo J. Gattiker. Nicht einfach zu erreichen. Zwar macht Gülay die Hauptnummer des Sitzes von Gattiker Consulting Ltd. in 6301 Zug innert Sekunden ausfindig, doch meldet sich niemand. Denkst du gleich: ja klar, eine Briefkastenfirma.

Eine Viertelstunde später aber nimmt bei Gattiker Consulting tatsächlich jemand ab, eine Frau Spadaro oder ähnlich. Herr Gattiker sei aufgrund seines eng getakteten Kalenders nur schwer zu erreichen, insbesondere heute (Spadaro), hier spreche die Polizei (Sermeter), worum es denn gehe (Spadaro), Routinefragen einer Ermittlung (Sermeter), sie müsse sehen, ob (Spadaro), danke sehr, gerne (Sermeter), blöde Säuselmusik, saublöde Säuselmusik, nein, leider wisse sie nicht (Spadaro), und ob sie es wisse, sie solle ihn gleich noch einmal fragen (Sermeter), unhörbares Seufzen (Spadaro), blöde Säuselmusik, Säuselmusik, hört sie denn nie auf, diese Säuselmusik, ob sie noch da sei (Spadaro), ja (Sermeter), in einer halben Stunde sei Herr Gattiker ziemlich sicher für einen kurzen Slot erreichbar (Spadaro). Da kocht es in dir, weil, ehrlich, wer ist da die Polizei und wer die Auskunftsperson? Sagen tust du: Wenn in einer halben Stunde nicht, könnte es unangenehm werden für Hugo J. Gattiker, nicht wahr, wegen Behinderung der Strafverfolgungsbehörden nach Artikel ... und da murmelt Sermeter etwas, weil Rechtsmittelbelehrung frühmorgens und erst zwei Kaffee im Magen, da kommen einem die Artikelnummern des StGB manchmal nicht gleich ... Und Frau Spadaro sagt nein, nein, es bestehe kein Grund zur Aufregung und gleich vom Gesetz zu sprechen, Herr Gattiker halte sein Wort, er werde sie anrufen, ob Sermeter ihr ihre Nummer, weil ätsch auf dem Diplay sieht sie nur «KRIKO BS».

«Nein, ich rufe an», beendet Gülay das Gespräch, «geben Sie mir seine Direkt- oder Handynummer, am besten gleich beide.» → Nochmals ein bisschen Theater und Geplänkel.

Ehrlich, diese viel beschäftigten, wichtigen, unabkömmlichen, ______________ (hier bitte ein nicht wertendes oder ideologisch gefärbtes Adjektiv einfügen, das einen viel beschäftigten, wichtigen, unabkömmlichen Mann bezeichnet) Männer, manchmal können die einem schon. Sermeter streicht sich eine widerspenstige Strähne ihres Haars aus der Stirn. So schwarz wie ihre Gedanken.

***

Wäckerlin und Dominguez tauschen sich unterdessen mit Adi Metzger, dem Fanszenespezialisten aus. Dass der Ton unter den Fussball-Adepten rüde sein kann, von Testosteron überquillt und sie sich mehrheitlich eher nicht als Blumenkinder verstehen – geschenkt. Doch der Weg vom breitbeinigen, hopfenstimulierten Parolenkrakeelen hin zum Kapitalverbrechen ist weit und nach den Gesetzen der Wahrscheinlichkeit von Kolmogorow, Bayes und Laplace tendenziell wenig realistisch. Die Polizeierfahrung lehrt allerdings: «Unmöglich gibt es nicht» (Sir Malcolm Doddle, KBE).

In Metzgers Büro im Spiegelhof tauschen sich die drei aus. Handfeste Hinweise, dass eine der Ultragruppen oder Anhänger des deutlich berühmteren FC Basel 1893 Cheftrainer Torben Andersen ins Fundament eines dieser Hochhäuser eingegossen haben könnten, die unsterbliche Superarchitekten derzeit ins Stadtbild klotzen, lassen sich bisher nicht finden. «Absolute Funkstille bei den FCBlern», präzisiert Adi Metzger, «nur Schadenfreude über das Schlamassel des SC.»

Müller Benedikt telefoniert derweil im Waaghof über eine sichere Leitung (hahaha!) mit Fedpol, dem Bundesamt für Polizei in Bern. Die sind unter anderem für OK zuständig, die Organisierte Kriminalität. Müllers ehemaliger Zürcher Vorgesetzter, damals Hauptmann Peter Wunderli, stellt ihn nach zwei, drei freundlichen Minuten Geplänkel der sachkundigen Kollegin durch. Sie spricht inoffiziell auf dem beschleunigten Weg, daher muss ihr Name geheim bleiben wie auch der Dienst, bei dem sie fürs Vaterland arbeitet. Sie teilt dem Müller mit, es lägen «keine gesicherten Informationen» vor, nach denen etwa «die Wettmafia zurzeit im Schweizer Fussball Operationen im grösseren Stil» durchführe.

«Was heisst das im Klartext?», will der Müller wissen, weil ihm das Amtsdeutsch auch in einem Vierteljahrhundert Polizeidienst nicht vollends ans Herz gewachsen ist. «Wisst ihr etwas oder wisst ihr nichts?»

«Nichts», sagt die Bundespolizistin, «tendenziell nichts – und in Sachen Sportclub Basel und Andersen erst recht nichts. Zurzeit.»

***

Unternehmer und Businessquerdenker.

10:22 Uhr. Via Zerberus Spadaro erreicht Gülay Sermeter tatsächlich den Unternehmer Hugo J. Gattiker. Ohne Umschweife gibt er zu, Frau Jüngling zu kennen, sogar privat und, ja, auch wenn das die Polizei eigentlich nichts angehe, wir lebten doch schliesslich in einem freien, ja freiheitlichen Land, er kenne sie näher. Er treffe Frau Jüngling nicht selten, sagt Gattiker, führe aber nicht Buch, wann und in welcher Regelmässigkeit dies der Fall sei. Eine «Liaison dangereuse» (Pierre Choderlos de Laclos)? Das fragt Gülay nicht, sondern denkt es höchstens, doch ihr Interesse ist kriminalpolizeilicher Natur. Auf Nachfrage antwortet Gattiker, Torben Andersen nicht zu kennen, «aus den Medien schon, natürlich». Musst du umsichtig fragen, damit er nicht eine und einen zusammenzählt, Jüngling + Andersen, und sich als drittes Pfännchen auf dem Racletteofen fühlt. Weil die Reaktion überhitzt ausfallen kann.

Gülay bedankt sich für das Gespräch, die Informationen, kündigt an, sich gegebenenfalls wieder bei Herrn Gattiker zu melden.

«Jederzeit», antwortet er, «jederzeit.»

Sarkasmus kennen wir auch. Sermeter verabschiedet sich und notiert sinngemäss, was sie erfahren hat.

Sie fragen sich, wie die Informationen, die die Müllerteammitglieder in Erfahrung bringen, im Schoss des Kriminalkommissariats Basel-Stadt zusammenlaufen? Sie sprechen miteinander, analog, am Rapport, in ausserordentlichen Besprechungen, beim Kaffeeautomaten. Sie geben die Informationen elektronisch in die Akte ein, damit alle an einer Ermittlung Beteiligten sie jederzeit einsehen können. Damit alles dokumentiert ist, falls Chef Krähenmann es nachlesen will oder sich sogar Chefchef Stickelberger einschaltet. Und fürs Gericht.

Kurz nachdem Gülay dort die Zusammenfassung des Gattikertelefonats abgespeichert hat, sagt neben ihr im Gemeinschaftsbüro die Stimme von Romina Wäckerlin: «Dieser Name ist mir schon begegnet, irgendwo auf einer Liste. Warte mal einen Augenblick …» Ihre Finger sausen über die Tastatur und quetschen an der Plastikmaus herum, bis sie nach einigen Sekunden sagt: «Hier! … Da haben wir ihn.»

Gülay blickt auf Rominas Bildschirm. Wäckerlins blutroter Zeigefingernagel zeigt wie ein Cursor auf den Namen des Unternehmers. «Die Mitgliederliste des Gönnervereins des Sportclubs», erklärt sie, «Gattiker gehört dazu.»

Holladio? «Kennt so einer den aktuellen Trainer nicht persönlich?», fragt Gülay die Kollegin.

«Und ob!», meint Romina Wäckerlin und schüttelt ganz sanft ihren Kopf, sodass ihr blonder Pferdeschwanz sich wiegt wie die Mähne des Rapphengsts Fury beim gemächlichen Äsen.

***

10:47 Uhr. Mladen Jonovic von der Abteilung IT und Cybercrime kommt ins Gemeinschaftsbüro. Der Kommissär bespricht sich gerade mit seinem Team.

Andersens Büro-Laptop ist ausgewertet. Ausser Trainingsplänen, Fachaufsätzen zu Training, Taktik, Kondition und solchen Dingen nur Korrespondenz zwischen Andersen und dem Club-Präsidium, dem Sportchef Richie Widmer und den Assistenztrainern Baumann und Dupovac und die eine oder andere Medienanfrage. Auch unter den gelöschten Dateien nichts Verfängliches.

Andersens Handy, auch das haben Jonovic und sein Softwarearsenal ausgewertet. Er berichtet, der Trainer habe über dieses Gerät ausschliesslich Kontakt zu einer Person gehabt, die ihre Mitteilungen mit «XXX», «P» oder «PJ» abschliesst. Bevor noch der IT-Spezialist die Identität der Person, die er anhand der IP-Nummer des Absenders dieser Mitteilungen ermittelt hat, preisgeben kann, hat der Müller die Verbindung hergestellt und spricht den Namen aus.

«Genau, Paulina Jüngling», bestätigt Jonovic, wundert sich aber nicht, sondern freut sich, weil es ermittlungsdienlich ist, dass sich Fakten erhärten lassen, indem zwei lose Enden zum selben Schluss führen.

Sie verstehen, was ich meine.

Fakten erhärten? Was verraten die Kurzmitteilungen auf Andersens Handy? Der Satz «Ich wünsche dir eine gute Nacht» sagt für sich allein … wenig über die Beziehung zwischen zwei Menschen aus.

Und «XXX» … Bedeutet das etwas?

Auch eine Aussage wie «Ich habe gerade an dich gedacht» könnte als geschäftliche Bemerkung wegargumentiert werden. Vielleicht konsultierte Andersen die Frau Consultant ja als Ratgeberin in professionellen Fragen? Doch wenn unter deren Mitteilung ein GIF gesetzt ist, das drei Sekunden lang einen flatternden Schmetterling zeigt – Schwalbenschwanz –, merkt die Ermittlerin selbstverständlich auf.

Weil, hey, Metaphern können *wir* auch: Schmetterlinge im Bauch. Papillons, butterflies, farfalle, Flattermänner. Schmetterlinge sind in der Businesskommunikation eher nicht Standard.

Andersens Antwort auf das Butterfly-GIF war die grafische Darstellung eines lächelnden Gesichtsausdrucks in Gelb, was 1963 der Werbegrafiker Harvey Ball erschuf, 1996 aber der französische Journalist Franklin Loufrani als gewerbliches Schutzrecht eintragen liess.

«Smile» (Nat King Cole).

Aber sonst lassen sich, wie gesagt, nur mit enormer linguistisch-analytischer Energie möglicherweise fallrelevante Problemzonen in der elektronischen Kommunikation zwischen «PJ» und Torben Andersen diagnostizieren. Die sprachwissenschaftliche Auswertung dürfte sich – Kenntnisstand heute – kaum bis zur Gerichtsfestigkeit vorantreiben lassen, ohne dass die Verteidigung sie als «Halluzinationen» verhöhnen würde.

«Sehe ich genauso», sagt Mladen Jonovic, der mit seiner Software auf den geknackten Speichermedien schon allerhand gelesen und gesehen hat.

«XXX», sagt Wäckerlin, «das kenne ich aus einem Film. Das bedeutet drei Küsse.»

Freddie Dominguez runzelt die Stirn und murmelt, dass er sich nie solche Filme ansieht.

«Was auffällt», fügt Jonovic nach zwei-, dreimaligem Nicken hinzu, «ist, dass über dieses Handy ausschliesslich Verbindungen zwischen Andersen und Paulina Jüngling gelaufen sind.»

Mhm.

Mit dem Verein, mit seiner Frau oder mit Freunden dürfte

der Trainer doch auch Kontakt gehabt haben, wirft Freddie Dominguez ein.

«Zweithandy für die Zweitfrau», ruft Wäckerlin, «das kennt man doch. Alles Offizielle übers erste Handy, die schmutzigen Geheimnisse übers zweite.» Sie äussert das mit einer Vehemenz, dass die Mitglieder des Müllerteams verstehen, dass die Kollegin dabei aus den Erfahrungen ihres Privatlebens schöpft.

Egal. Privatleben ist Privatleben. Solange es nicht interferiert in die Arbeit oder in etwas, das nicht erwünscht oder ungesetzlich wäre.

«Wir brauchen – ■■■! – dringend Andersens Frau.» Sogar geflucht hat er in diesem Moment, der Müller. «Und ihr», er schaut Sermeter und Werner an, «befragt noch einmal Paulina Jüngling. Setzt etwas Druck auf. Sie weiss mehr, als sie bisher zugegeben hat.»

Ausrücken.

Rücksprache mit Müller → Sermeter fordert eine Streife an → Hirzbodenpark, Gellert. Die Jüngling abholen. Bereits dritter Kontakt mit ihr innerhalb von zwei Tagen. Kurze Intervalle → klares Signal: Eskalation! Noch mehr Stress: Wird jemand von uniformierter Sicherheitspolizei aus der Wohnung geholt, wirkt sich das voll psychisch auf die Seele aus. Uniformeffekt. Anspannung, Angst um die Reputation. «Etwas bleibt immer hängen» (Plutarch). Weil hier ist Basel, Gellert. Sie kennen den Gellert? Wohlsituiert, teils alte Villen mit Umschwung, teils bessere Stadthäuser, teils schon auch normalsterblich, topografisch flach. Ein Streifenwagen bleibt hier nicht unbemerkt, vor allem der neue Tesla. Businesswoman polizeilich abtransportiert! Was mögen die Nachbarn denken? Natürlich setzt Sermeter das bewusst ein.

12:16 Uhr. Befragungsraum S 311. Anwesend Paulina Jüngling; Gloria Werner und Gülay Sermeter. «Kein Anwalt?», fragen Sie vielleicht. Nun, die Klientin wird gemäss Art. 178 lit. d StPO als Auskunftsperson befragt, also als Person, die, «ohne selber beschuldigt zu sein, als Täterin, Täter, Teilnehmerin oder

Teilnehmer der abzuklärenden Straftat oder einer anderen damit zusammenhängenden Straftat nicht ausgeschlossen werden kann». Deshalb benötigt sie keine Rechtsvertretung. Vorerst. Sollte sich herausstellen, dass eine als Auskunftsperson einvernommene Person als tatverdächtig in Frage kommt, hat die Verfahrensleitung einen Rollenwechsel vorzunehmen, und die Person wird zur Beschuldigten im Sinn von Art. 111 StPO. So weit sind wir nicht. Zumindest vorerst.

Trotzdem informiert Detektivwachtmeisterin Gülay Sermeter Paulina Jüngling, dass sie nach Art. 181 Abs. 1 StPO die Aussage verweigern darf. Sermeter weiss, dass die meisten dennoch aussagen, um Kooperationsbereitschaft zu signalisieren, damit ein Tatverdacht erst gar nicht aufkommt. Von einer Tat ist bei dieser Befragung jedoch nicht die Rede. Andersen wird vermisst. Vermisste müssen nicht Opfer einer Straftat sein. Paulina Jüngling kannte ... kennt ihn und pflegte offensichtlich zu ihm eine Beziehung. Welcher Art diese ist, hat sich bisher nicht klären lassen.

Sermeter: «In welcher Verbindung stehen Sie zu Herrn Andersen?»

Jüngling: «Das habe ich Ihnen doch gestern erklärt.»

«Ich will es noch einmal hören», sagt Sermeter und deutet auf das Mikrofon auf dem Tisch. Nerven, ärgern, piesacken mit den immer gleichen Fragen.

Jüngling verzieht den linken Mundwinkel, vielleicht auch den rechten, eine Rolle spielt das nicht, fügt diesem physischen Signal dann aber hinzu: «Ich habe Torben Andersen einige Male an gesellschaftlichen Anlässen getroffen, die ich aus beruflichen Gründen besucht habe.»

Sermeter: «Wir haben sein Handy gefunden und ausgewertet. Oder sollte ich sagen: sein Zweithandy?»

Jüngling schweigt. Sie fragt sich, ob ihr Sermeter aus ermittlungstaktischen Gründen irgendetwas vorlügt. Oder überlegt sie, ob auf Andersens Handy etwas Kompromittierendes war? Manche Menschen verschicken ja Fotos von sich, da freut sich jeder Spanner. Sie entspannt sich jedoch.

Sermeter merkt das und fährt fort: «Sie haben ihm einen Schmetterling geschickt.»

Kannst du als Businesswoman das virtuelle Insekt mit businessmässigem Networking erklären? Jünglings Antwort folgt verzögert und gewinnt ihr drei Sekunden Bedenkzeit: «Einen Schmetterling?»

Sermeter sofort Gegenschlag: «Und er hat mit einem Smiley geantwortet.»

Im Radiator rauscht leise das Warmwasser.

Jüngling, nach einer Weile: «Worauf wollen Sie hinaus?»

Sermeter und Werner schauen sie an und warten. Sie können geduldig warten, lange, effizient warten. Weil das Warten in die Zielperson einsickert bis zu einem Kipppunkt, wo sie unweigerlich realisiert: Die sind in mein persönlichstes Privatleben eingedrungen. Vielleicht wissen sie noch mehr? Als Ermittlerin, als Ermittler suchst du solche Dosenöffner.

Sermeter wham-bam shang-a-lang Themenwechsel: «Haben Sie Hugo J. Gattiker auch einen Schmetterling geschickt?»

Schweigen ist Gold, entscheidet sich Frau Jüngling nun definitiv und erinnert sich, dass sie irgendwann irgendwo und vorhin auch von dieser schwarzhaarigen Kriminalpolizistin mit der kleinen Zahnlücke oben einige Sätze über ein Recht auf Aussageverweigerung gehört hat. Sie legt die Stirn in Falten und sagt: «Mein Privatleben geht Sie nichts an. Ich brauche Ihre Fragen nicht zu beantworten. Warum mache ich diesen Zirkus überhaupt mit? Ich helfe Ihnen ja gerne, aber allmählich geht mir das zu weit.»

Sie presst ihre Lippen aufeinander und schaut Sermeter an, als würde sie am liebsten deren Schosshund harpunieren.

Sermeter und Werner wechseln einen Blick. In Filmen passiert das ständig, dass Menschen einen Blick wechseln, in einem Buch muss man das schreiben, damit sich die Leserinnen und Leser Gedanken machen, was dieser Blickkontakt bedeuten könnte. Ehrlich gesagt habe ich selbst keine Ahnung, warum sich Gülay und Gloria gerade angeschaut haben. Statt hier im Waaghof im überheizten Befragungsraum S 311 zu sitzen und

Paulina Jüngling zu befragen, hätten sie vielleicht lieber frei und sässen im Kino? Gloria wäre gerne mit einer Freundin unterwegs? Gülay bei den Kindern, in einem Café oder zu Besuch bei ihren Eltern? Oder mit dem Müller privat in der Stadt? Aber daran denken sie nicht, weil Dienst ist Dienst.

Sermeter und Werner verlassen den Raum und lassen die Auskunftsperson allein. Hinüber ins Einzelbüro → Rücksprache mit Müller. Nach einer Viertelstunde kehren sie zu Frau Jüngling zurück. «Kennen Sie einen Anwalt, oder sollen wir Ihnen einen besorgen?»

***

«Vorwärtsschauen.» (Fussballweisheit)

Was unternehmen in Sachen Sheila Woods? Warum meldet auch Interpol nichts über Andersens Ehefrau? Was wissen wir überhaupt? Dass sie in Basel nie aufgetaucht ist. Zumindest haben sich Vizepräsident Bürgin, Tähkänen von der SCB-Geschäftsstelle und Assistenztrainer Holger Baumann so geäussert, Giusi Mazzetto, der Platzwart, ebenfalls plus Vlado Dupovac, der zweite Assistenztrainer. Die lokalen und regionalen Medien haben kein einziges Bild des Paares Andersen-Woods veröffentlicht. In den Klatschspalten keine Silbe über die Ehefrau. Assistenztrainer Baumann hat doch gegenüber Sermeter angegeben, Woods arbeite «irgendwas in der IT» und sei viel auf Reisen. Könnte das das Öhr der Nadel im Heuhaufen sein? Angenommen, die häufigen Ortswechsel und der IT-Beruf gehören zusammen, lässt sich darauf vielleicht aufbauen.

Angenommen. Vielleicht. Vermutlich. Hoffnung.

Dieses Zwischenstadium erreichen wir bei vielen Ermittlungen. Nicht bei häuslicher Gewalt. Dort findet sich der Täter meist schnell, wenngleich dort die genaue Abklärung ebenfalls Zeit und Manpower verschlingt. Jedes Dossier muss felsenfest glasklar genagelt sein, damit die Schuldigen vor Gericht als solche erkannt und verurteilt werden. Das ist der Ehrgeiz der Polizei: die Schuldigen zu belangen. Je schlimmer die Tat, desto mehr hängst du dich rein ... Wo war ich? Ach ja, das Zwischenstadium – ein Zustand wie ein Segelschiff bei Flaute in den Rossbreiten: wochenlang kein Windhauch, brutal brütende Sonne, das Schiff zu schwer, sonst könnte die Mannschaft immerhin rudern, um sich wenigstens einreden zu können, nicht untätig zu sein. Rundherum belauern dich Hammerhaie, Barrakudas und blutrünstige Oktopusse. «What A Feeling!» (Irene Cara).

Besonders frustrationsträchtig sind die Ermittlungen in Sachen Wirtschaftskriminalität: Wochen, Monate und Jahre voller Aktenberge à gogo, Kontoauszüge, Mails in kryptischem Juristenenglisch, Metadaten, Komplikationen der internationalen Amtshilfe, eine Armada von glatt rasierten Anwälten mit glänzenden Augen, ein Gewirr von Firmen, Anteilseignern, Geheimnissen, wechselnden Beteiligungen, Standorten, Firmennamen ... hören wir für den Moment auf damit, obwohl genug ist erst, wenn der Leitende Staatsanwalt oder gar der Erste oder die Bundesanwaltschaft finden, dass es für eine Festnahme ausreicht, für eine Anklage, und dass die Chancen gross sind, dass das Strafgesetzbuch, das Geldwäschereigesetz oder das Obligationenrecht so richtige Pfefferpistolen auf Lager haben, um den oder die Mutmasslichen für längere Zeit einer Justizvollzugsanstalt zuzuführen. «Die Hoffnung ist der Regenbogen über dem herabstürzenden Bach des Lebens» (Nietzsche).

Jetzt aber → zurück zu Sheila Woods. Resümieren wir, was wir über sie wissen: reichlich wenig bis massig nichts. Immerhin positive Charakterisierung durch Holger Baumann und die Information, dass sie Globetrotter und IT-Spezialistin ist.

Der Müller ruft Mladen Jonovic an. Er soll in Sachen Woods eine Extrarunde drehen.

Trotz massivem Software- und Arbeitszeiteinsatz wird Jonovic heute Montag, 14. Dezember, und morgen einzig auf einen längst gelöschten Uralt-Eintrag der seither mehrmals komplett umgebauten Webseite eines US-amerikanischen Flugzeugherstellers stossen. Dessen Webmaster dankte einer Person namens S. Woods für ein Grundkonzept, das er freundlicherweise habe verwenden und adaptieren dürfen. Möglicherweise handelt es sich dabei um die gesuchte Person? Angenommen, dass yes: Mehr findet selbst Jonovic mit seinen digitalen Wunderwerkzeugen nicht. Das erstaunt: Woods arbeitet «in der IT», aber ihr Name taucht nirgends im elektronischen Universum auf. «Ich weiss nicht, was soll es bedeuten» (Heinrich Heine). Ist la femme womöglich unter Pseudonym(en) aktiv? Es kann auch heissen: Die Zielperson arbeitet an Projekten, die nicht die Öffentlichkeit suchen.

***

Polizeiarbeit: Weitermachen!

Wäckerlin, Gormann, Dominguez und Blaser haben diesen Montag einmal mehr mit unzähligen Telefonanrufen, Datenbankabfragungen und so weiter verbracht. Sie haben weitere Hinweise aus der Bevölkerung überprüft. Keine Ergebnisse. Sie haben die Kollegen in Schleswig-Holstein angerufen, ob sich jemand im Haus des Ehepaars Andersen-Woods in Husby aufhält. Die Kollegen von der Landespolizei sind bereits vorgestern zum Haus gefahren, haben nichts Auffälliges festgestellt, aber immerhin den Gärtner aufgetrieben, der periodisch beim Haus zum Rechten schaut. Dieser hat den Trainer seit dem Sommer nicht gesehen und seither bloss zweimal mit ihm telefoniert, auf die Handynummer, unter der Andersen nicht mehr antwortet. Sein Geld bekommt der Gärtner elektronisch.

Gormann, Werner und Blaser klappern noch einmal Andersens Wohnhaus am Auberg ab, stossen diesmal sogar auf zwei Nachbarn, die jedoch angeben, den Trainer kein einziges Mal zu Gesicht bekommen zu haben, weil vermutlich andere Tagesabläufe. Hauswart Eusebio dos Santos treibt innerlich weiterhin die Geschichte mit der im Hauseingang deponierten toten Ratte um, die er entsorgt hat. Er fasst sich ein Herz und vertraut sich Gormann an. Weil das Nagetier sich aber längst in der Kehrichtverbrennungsanlage im St. Johann in Asche verwandelt hat, lässt sich keine DNS des oder der Menschen ermitteln, der oder die auf diese Weise mutmasslich gegenüber Torben Andersen seine Ablehnung kundtun wollte oder wollten. Vielleicht ist die Ratte auch ganz einfach im Hauseingang eines natürlichen Todes gestorben.

Im Waaghof haben sich unterdessen Wäckerlin und Dominguez erneut durch Blogs und Fanforen geklickt und Einträge gelesen. Fansein hat mit Freundschaften, aber auch mit Rivalitäten und sogar Feindschaften zwischen konkurrierenden Clubs zu tun. Seltsamerweise sind manche Anhänger sogar mit denen von Vereinen verfeindet, gegen die der Sportclub Basel in seiner Geschichte kein einziges Mal angetreten ist. Wäckerlin und Dominguez rufen ihre Pappenheimer erneut an und fragen sie aus. Marky Gassmann, Urs Walder, Marcel Oberholzer, Rico Dordevic, Alwin Meierhofer ... gendermässig einseitig, räume ich ein, doch Statistik ist Statistik und Testosteron weitgehend männlich.

Militante Töne unter den Befragten? Teilweise ja. Drastische Wortwahl? Relativ oft. Wirklich kompromittierende Aussagen? Ein stichhaltiges Motiv? Doppelnein. Indizien liegen keine vor, geschweige denn belastbare Beweise. Sie fischen im Trüben. «Vermutung, du Qual des Wissbegierigen», seufzte Diodoros in seinen «Fragmenta», prospektiv leidend am dräuenden Niedergang des Römischen Reiches.

Die vierte Gewalt.

Journalistinnen und Journalisten läuten nun Sturm bei der Medienstelle der Staatsanwaltschaft. «Die Medien», seufzt Beat Schwarz, einer der Mediensprecher, am Nachmittag dem Müller ins Telefon, «sie lassen nicht mehr locker.» Alle rufen an: Zeitungen, Onliner, Radio, Fernsehen. Die privaten und die öffentlich-rechtlichen. Die lokalen, die regionalen, die deutschschweizerischen, die aus der französischen Schweiz, die Tessiner, sogar eine Rätoromanin, dann die «Badische Zeitung», «L'Alsace». Als schliesslich auch die «Süddeutsche» die Vorwahl 061 nachgeschlagen hat, kommt das Läutwerk des Fernsprechers der Medienstelle der Staatsanwaltschaft Basel-Stadt überhaupt nicht mehr zur Ruhe.

Wichtige Aufgabe einer Medienstelle: die Aufregung draussen halten. Ewig klappt das nicht, mon cher. «Wir brauchen etwas, das wir melden können. Wir können die Öffentlichkeit nicht länger auf dem Trockenen sitzen lassen. Manche Journalisten stellen schon die wildesten Vermutungen an. Dass sie uns … Untätigkeit vorwerfen, ist noch die harmlose Formulierung», sagt fernmündlich aus dem vierten Stock Beat Schwarz dem Müller in den dritten hinunter. «Ich habe heute zwanzigmal wiederholt, dass ein ganzes Team am Fall Andersen arbeitet.» Ich schreibe nun erneut «Beat Schwarz seufzt», um seine Stimmung zu veranschaulichen und um zu verdeutlichen, dass er eine Sekunde schweigt, bevor er hinzufügt: «Früher oder später müssen wir etwas Substanzielles herausgeben können. Am besten einen Erfolg.»

Was kann Müller antworten? Dass alle arbeiten. Dass sie intensiv und hart am Werk sind. Dass sie etliche Zeugenbefragungen durchgeführt haben. Dass aber bisher keinerlei … aber das weiss der Kollege Schwarz, der sich nach aussen hinter Floskeln wie «aus ermittlungstaktischen Gründen können wir keine» und «verfolgen vielversprechende Spuren» und «gehen zahlreichen Hinweisen aus der Bevölkerung nach, der wir für ihre Unterstützung ausdrücklich danken» verschanzen muss. Viel länger dürfte das nicht funktionieren. Bald brechen die Dämme der Vernunft.

Wenn du ihnen keine oder aus ihrer Sicht unbefriedigende Informationen lieferst, spekulieren sie nämlich wie von Sinnen. Wenn du sie dagegen mit Fakten versorgst, interpretieren sie diese so, dass sie in ihr Weltbild und in ihre Nachrichtenproduktionsgeschwindigkeit passen. Egal, was du tust oder unterlässt, sie gehen grundsätzlich von «Behördenversagen» aus, als hättest du die Zustände selbst herbeigeführt. Irgendwann kommt immer der Vorwurf, dass die Polizei Steuergelder verschleudert. Immer vermuten sie, dass die Medienstelle entweder a) lügt oder

b) Fakten verschweigt oder c) diese aus politischen Gründen verzerrt darstellt oder d) die Lage beschönigt, um über die behördlichen Unzulänglichkeiten hinwegzutäuschen, oder e) aus ermittlungstaktischen Gründen nur häppchenweise informiert oder f) an der Weltverschwörung mitwirkt, die uns alle hinters Licht führt, um uns zugunsten ihrer Zwecke zu manipulieren. Die Polizei geht grundsätzlich zu hart vor oder zu weich, und für manche sind die Bullen sowieso … ██████.

Nun gut, andere Journalistinnen und Journalisten arbeiten seriös, interessieren sich für Fakten und formulieren ihre Berichte aufgrund von Tatsachen. Leider ist das am Ende des ersten Viertels des 21. Jahrhunderts bloss noch das «Fähnlein der sieben Aufrechten» (Gottfried Keller). Stichwort: Rahmenbedingungen. Denken und Recherche kosten Arbeitszeit und somit Geld, was die Medienhäuser nicht mehr haben, weil das Management seinen Spezis Dividenden auszahlt und die weltweiten Werbegelder längst ins Silicon Valley abfliessen. Deshalb wollen die meisten Medien einfach eine Story, möglichst gross, möglichst günstig, und vor allem muss es knallen. Entschuldigen können sie sich hinterher, wenn ihnen ein Gericht auf die Bude steigt.

Der Fall Andersen eignet sich für **ganz fette Schlagzeilen**, vor allem für Boulevardmedien. Er liefert den Stoff für grosse Emotionen, das Material für ein Drama aus dem realen Leben. Das Schicksal eines Prominenten dient dem Rest der Welt zur Unterhaltung: Fussballtrainer, Vermisstenfall, Ehefrau nicht auffindbar, Geliebte, die ihrerseits mit einem Unternehmer verbandelt ist, ahnungslose Vereinsleitung, sportliche Erfolglosigkeit, Omertà unter den Ultras, Rivalität zweier «Sponsorname Super League»-Vereine aus derselben Stadt … Das könnte ein phantasievoller Redaktor, eine wortgewaltige Redaktorin zu einer bombigen Sex-and-Crime-Geschichte in der Glanz-und-Gloria-Welt des Profifussballs und ihrer Faust-und-Kick-Schattenseite aufpumpen. Im Hintergrund je nach gusto: schwarze Kassen, Geldwäscherei, Unsummen für Fernsehrechte, astrologisch hohe Transfersummen, Spielmanipulationen, Steuertricks. Neid und Missgunst. Das passt doch, das könnte es doch sein, oder? Dem Einfallsreichtum sind keine äh Grenzen gesetzt. Im verzweifeltsten zweifelhaften Zweifelsfall setzt der Redaktor einfach ein Fragezeichen hinter die unverschämtesten Behauptungen und hofft, mit diesem Schwachstromtrick der Hausjuristen durchzukommen. Und die alte Basel-Zürich-Rivalitäts-Gähn-Kamelle? Aaaaah, die liesse sich bestimmt auch in irgendeiner Form in die Story hineinspekulieren. Doch … piano und rallentando … Bisher erregen sich die Medien noch relativ gesittet. Die Eindämmungstaktik des Kollegen von der Medienstelle ist bislang erfolgreich.

Kommt hinzu: Der Sportclub Basel ist nicht die Riesenglamourprojektionsfläche, wie sie der Lokalrivale wäre, der FC Basel 1893 mit seinen unzähligen Meister- und Cupsieger-Titeln, die die Seite eines ganzen Trams mit goldenen Jahreszahlen bedecken. Nein, der SC ist im Vergleich zum FCB eher glanzlos, Aschenbrödel, nie Schweizermeister, nur einmal Cupsieger, und er qualifiziert sich sehr selten für internationale Wettbewerbe. Verschwände der Trainer eines europäischen Spitzenclubs, wäre die Aufregung dagegen sofort megaglobal.

«Caution! When hot!» (Kaffeebecher). Das betrifft auch die Polizeiarbeit. Zu Lecks kommt es immer wieder, selbst aus den eigenen Reihen. Deshalb erwähnt Müller nicht einmal gegenüber Beat Schwarz von der Medienstelle, dass sie noch heute die Rückkehr des abservierten Ex-Kapitäns Francioli erwarten; dass sie eine mutmassliche Geliebte des Trainers ermittelt haben; dass noch kein vernünftiges Telefongespräch mit SCB-Präsident Jornod zustande gekommen ist, woraus sich eventuell neue Perspektiven eröffnen könnten; dass sich die Hoffnung auch aus der noch nicht identifizierten Wasserleiche vom Rechen des Kraftwerks in Kembs … äh … speist. Sobald das Müllerteam im Futur II all diese Personen einvernommen und die Fakten – die DNS-Probe von Kembs – geklärt haben wird, ändert sich der Kenntnisstand inschallah schlagartig. Hofft er. Vielleicht meldet sich auch bald Interpol. Die Tatsache, dass Andersens Frau gleichfalls verschwunden ist, erhöht nämlich statistisch die Chance, bald fündig zu werden. Weil zwei Personen auf die eine oder andere Art auf dem Radar auftauchen könnten, zusammen oder getrennt, lebendig oder tot, als Täter oder Opfer, als Zeugen. Zwei Personen oder Leichen sind sichtbarer als eine.

All das erzählt der Müller dem Kollegen von der Medienstelle nicht. Je weniger Kriminalkommissariatsexterne über den Kenntnisstand informiert sind, desto besser. Mitwisser sind immer ein Risiko.

***

«Über allen Gipfeln ist Ruh'.» (Lyrics: J. W. v. Goethe; Music: Schubert; Produced by: Destiny)

Stille, diese Stille. Nur der Wind, der alle Antworten verbläst. Die weissen Flocken. Als hätte ich sie ewig nicht mehr gesehen. Wann habe ich zuletzt welche gesehen? Kurz vor elf ist die Sonne aufgegangen. Um halb zwei war sie gestern schon wieder weg. Ist mir recht so. Die Nachbarn wohnen ausser Sichtweite, hinter dem Wald. Wir fahren vor ihrem Haus durch, wenn wir in der Stadt einkaufen gehen. Sonst bleiben wir drin. Es ist kalt. Die Luft schmerzt fast beim Einatmen. Ohne Wollmütze würde ich's wohl nicht einmal bis zum Auto schaffen. Bei welcher Temperatur gefriert eigentlich Benzin? Ich trinke Tee und schaue durchs Fenster in die Dunkelheit hinaus. Am Himmel die Sterne. Dass sie so zahlreich sind, hatte ich vergessen.

***

Passkontrolle.

22:50 Uhr. Mit zwei Stunden und 50 Minuten Verspätung landet der Flug aus Hurghada am Euroairport Basel-Mülhausen-Freiburg. Unter den Passagieren – braun gebrannt, salzwassergesäubert, am Hotelbuffet kugelrund gegessen – befindet sich Konrad Francioli, der ehemalige Kapitän des Sportclubs

Basel. Er zeigt bei der Einreise am Schalter seinen Ausweis und wird vom Grenzpolizisten gebeten, «dort drüben kurz Platz zu nehmen». Noch bevor er sich mit seinem Handgepäck in den Wartebereich hätte begeben können, nähern sich zwei Grenzwächter in Uniform.

«Herr Francioli?», spricht ihn der eine an, ein dunkelhaariger Grosser, Kräftiger.

Francioli nickt. Die beiden Kollegen oder Freunde oder Kumpel – wie nennt man eigentlich die Leute, mit denen man «einen draufmacht»? –, Sergio und Rudi, die mit ihm am Meer waren, bleiben ebenfalls stehen.

«Grenzwache, Schmid und Hollerer ... Herr Francioli, wenn Sie uns bitte folgen wollen. Wir bringen Sie in den Waaghof.»

Der Fussballer gibt ein gequältes «Äääách» von sich und schüttelt zugleich den Kopf. «Geht es um den Trainer?», fragt er.

Grenzwächter Hollerer antwortet: «Wir haben Anweisung, Sie der Kriminalpolizei zu überstellen. Mehr wissen wir nicht.»

Nach vier Stunden zwanzig Minuten Flug plus vorherigem Zeitverschleudern beim Einchecken, im Transitbereich und im Duty Free, bis die Maschine endlich startklar war, plus Klimaanlage, die den Körper austrocknet*, plus zweihundertmal schon gesehenem Film im Flugzeug plus Nahrung, die in Anführungszeichen zu setzen wäre, plus Ausdörren des Körpers infolge nordafrikanischer Sonne plus Party mit den Kollegen und den Rhythmus etwas durcheinander, da willst du keine Verzögerung, sondern heim, unter die Dusche, vor den Flachbildschirm, ans Handy, um herunter- und anzukommen.

«Geht nur los», sagt Francioli zu seinen Kollegen oder Freunden oder Kumpeln, «das muss ein Missverständnis sein. Ich mache das schon. Wir sehen uns.»

---

* Wahrlich eine Schwierigkeit für moderne Aeronautinnen und Aeronauten. Davon berichtete im März 2019 etwa die «Friday»-Beauty-Redaktorin Irene Schäppi: «Vor einem Langstreckenflug öle ich mich von Kopf bis Fuss ein, weil die Luft im Flugzeug die Haut stark austrocknet. Zurzeit schwöre ich auf ein harmonisierendes Rosen-Pflegeöl.»

Als hätte er die Wahl. Sergio und Rudi klopfen ihm – unter der Aufsicht der Grenzwächter Schmid und Hollerer – noch auf die Schulter und entfernen sich.

Gülay Sermeter, die vor drei Tagen mit Francioli telefoniert hat, kann heute Nacht die Befragung nicht übernehmen. Wer soll nach ihren Kindern schauen, so spät am Abend? Ihre Schwester Adile, die SBB-Kondukteurin, rollt zwischen Basel und Brig, ihre Eltern sind auf Verwandtenbesuch in Walenstadt. Also rücken Freddie Dominguez und der Müller ein. Freddie direkt aus dem Fitnessstudio, von der Anstrengung gerötetetetete Muskeln, der Müller geradewegs vom Sofa. Er war am Lesen. Was er liest, spielt hier keine Rolle, trotzdem: «Das Leben findet jeden Tag statt», lautet die Zeile des Diodoros, deren tiefere Bedeutung er sich gerade zu erschliessen suchte.

Waaghof also. Den Raum S 311 kennen Sie: schmucklos und kahl, massive Türe, bruchsicheres Mobiliar und tutti quanti gut zu reinigen, wenn's sein muss, sogar mit dem Schlauch. Da schauen wir jetzt mit dem Müller und Freddie Dominguez hinein, weil Einvernahme Francioli (vorerst) als Auskunftsperson, deshalb kein Anwalt vonnöten.

Sie setzen dort an, wo der Schmerz und die Verletzung zu vermuten ist: Wie gross ist Franciolis Frustration, dass ihn Torben Andersen als Kapitän abgesetzt hat? Dass ihn der Trainer in dieser Saisonhälfte bloss noch für einige Teileinsätze aufs Feld geschickt hat? Dass langjährige Verdienste nichts zählen? Dass ihn der «Preusse», wie ihn Francioli am Telefon gegenüber Sermeter genannt hat, aussortiert hat, weil er nicht zu seiner Konzeption von Fussball passt?

«Er hat mir nahegelegt, mir einen neuen Verein zu suchen», entrüstet sich Konrad Francioli, «ich! Mir! Mich!» Ausser im Genitiv ärgert er sich in allen Casus. Casus belli?

Francioli versteckt seine Abneigung nicht, bestreitet aber kartografisch, Andersen je ausserhalb des Trainings- und Spielbetriebs gesehen oder gesprochen zu haben. Bei allem Ärger sei er Profi genug, mit Rückschlägen fertigzuwerden. Wenn er sich selbst gegenüber ehrlich sei, und er mache sich keine Illusionen, er werde ja im März 33, laufe seine Uhr im professionellen Fussball eh bald einmal ab.

«Macht Ihnen das zu schaffen?», fragt Freddie.

Francioli schaut ihn an, als habe sich der Polizist bei ihm erkundigt, wie viele Auswechslungen eine Mannschaft pro Spiel vornehmen dürfe.

«Natürlich», antwortet Francioli, «wenn du seit Kind für den Fussball gelebt und deinen Traum verwirklicht hast, von gröberen Verletzungen verschont geblieben bist …»

Fast mit Tränen in den Augen verliert sich sein Blick auf einem Schmutzfleck an der Wand von S 311.

«… dann ist das Schönste, was man sich vorstellen kann: das Gefühl, ins Stadion einzulaufen, und alle klatschen und johlen und brüllen und singen … Wenn dir vom eigenen Sechzehner aus der Pass in die Tiefe gelingt, und der Stürmer zieht los und macht ihn rein … Wenn du einem Gegner den Ball abnimmst und sofort den Gegenangriff einleitest … Wenn dich der Gegenspieler als Schwuli beschimpft und als Reaktion lässt du ihm für den Rest des Spiels keinen Stich …»

Müller schaut ihm unbewegt zu. Freddie sieht die Spielzüge mental in 3D vor sich.

«… dann hängst du gerne noch einmal eine Saison an, solange der Körper mitmacht.»

Konrad Francioli atmet durch und lehnt sich zurück, als wäre der Stuhl bequem.

«Aber ich mache mir keine Illuminationen: Bald ist das vorbei.»

Drei Sekunden Stille, einfach Ruhe – ohne Not. Francioli scheint in Gedanken seine gesamte Karriere durchzugehen. Die Zeit verstreicht, als striche sich jemand Haselnusspaste mit Palmöl aufs Brot.

«Zurück zu Andersen, Ihrem Trainer», lenkt der Müller das Thema wieder zurück zu Andersen, Franciolis Trainer. «Wann haben Sie ihn letztmals gesehen?»

«Das sagte ich doch schon Ihrer Kollegin am Telefon»,

schnauft er ärgerlich, als änderte die Schnauferei etwas am Lauf der Dinge, «beim letzten Training an jenem Montagmorgen.»

«Dem 7. Dezember?»

«War es der 7.?», Francioli zählt mit den Fingern rückwärts, «muss wohl der 7. gewesen sein.»

«Und seither haben Sie ihn nicht mehr gesehen, nicht mit ihm telefoniert, ihm keine Mitteilungen geschickt?»

Francioli, entschieden: «Definitiv nicht.»

«Wissen Sie, wo er sich aufhalten könnte?»

Francioli, kategorisch: «Nein.»

«Auch keine Vermutung?»

Idem idem, dito dito: «Definitiv nicht.»

All das haben Müller und Freddie im O-Ton aufgenommen. In Variationen exerzieren sie das noch einmal durch und durch und durch in der bewährten Pingpongtechnik: Frage Freddie → Frage Müller → Frage Freddie → Frage … den Rhythmus brechen … Freddie …

Francioli verhält sich kooperativ und widerspricht sich nicht. Er hat aus seinen Schwierigkeiten mit dem Trainer kein Geheimnis gemacht, war nur ein Sekündchen pampig oder sonstwie renitent. Die Kriminalpolizisten stehen auf, Francioli ebenfalls.

«Soll ich Ihnen ein Taxi rufen?», fragt Freddie.

«Gerne.»

Und der Kommissär: «Danke für Ihre Auskünfte. Wenn Ihnen noch etwas einfallen sollte, so unbedeutend es Ihnen auch … hier ist meine Karte.» Und: «Gute Nacht.»

Freddie bringt ihn runter. Während das Taxi vor dem Waaghof vorfährt, schleust er den Ersatzbankfussballer durch die Personenvereinzelungsanlage in den kühlen Nieselregen hinaus. Als Francioli weg ist, schüttelt der Kommissär den Kopf. 01:55 Uhr.

***

Nox, noctis, f.: die Nacht.

Bis Müller endlich zu Hause ist, ist es 02:30 Uhr. Bettfertig machen und letzter Blick aufs Handy.

Eine Sprachmitteilung, die seit zwei Stunden auf ihn wartet. Kaum verständlich, weil vom Satelliten zerhackt und vom Rauschen fast verschluckt. Samuel Jornod ist es, der Präsident des Sportclubs Basel. Er werde sich, glaubt der Müller zu verstehen, «zeitnah» erneut melden. Er sei unterwegs nach … und dieser Städte- oder Ländername ist nun wirklich nicht zu identifizieren. Egal. Zu dieser Uhrzeit, wenn sich einmal mehr die Insomnie in die Ruhezeit hineinpflügt wie ein Pandabär in eine Kinderseele, kümmert den Müller Präsident Jornod vielleicht weniger, als er sollte. Stattdessen bleiben seine Gedanken beim Wort «zeitnah» hängen. Zeitnah. Klingt wie kostenstellenbewusst, ergebnisoffen, Learning, proaktiv, zielorientiert, vernetzt, interaktiv, Kick-off-Meeting, Komfortzone, Neujahrsapéro. Solche Wörter bedeuten für ihn ein Weltbildchen, das er nicht mag. Wegzaubern möchte er sie, sofort! Aber sie haben schon begonnen, in seinem Kopf zu kreisen. Im Hippocampus, im Mesencephalon, dem Diencephalon, dem Cerebellum, in all den weichen Massen, die das Cranium mit Leben erfüllen, schwingen, sausen, rasen, schleichen sie umher. Wie Spiralen schrauben sich diese Vokabeln durch seine Gehirnwindungen, drücken am Gemüt herum, pumpen am Blutdruck. Müller hat jedoch eine Methode entwickelt, um nicht die ganze Nacht, nicht allen Schlaf unnützen grüblerischen Assoziationen zu opfern: Er schafft es, die Drift des Hirns in eine andere Richtung zu zwingen. Per Gedanken an → Gülay, die in ihrer Wohnung bei den Kindern ist und bestimmt längst tief schläft. Ihre Atemzüge stellt er sich vor: ein … aus … ein … aus … ein … aus … Manchmal funktioniert diese Methode.

NEUN

«Cherchez la femme.» (Alexandre Dumas Davy de la Pailleterie)

Dienstag, 15. Dezember, 08:00 Uhr, Waaghof, Befragungsraum S 311. Anwesend: Paulina Jüngling, Rechtsanwältin lic. iur. Désirée Putzi; Gülay Sermeter, Gloria Werner, Müller Benedikt. Kaffee für die zu Befragende, ihre Anwältin und für uns.

«Bringen wir es hinter uns», sagt RA Désirée Putzi. Bevor Sie Witze über Namen reissen, kläre ich Sie auf: Vorname, weil Wunschkind, Familienname, weil Prättigau GR. «Sie haben meine Mandantin nicht informiert, weshalb sie trotz mehrmaliger Befragungen, bei denen sie sich sehr kooperativ verhalten hat, so früh am Morgen hier erscheinen musste. Frau Jüngling musste einen wichtigen Termin verschieben.»

«Ihre Klientin stand in engem persönlichen Kontakt mit einem Vermissten, und sie steht in ebenso engem persönlichen Kontakt mit einem Mann, dem aus diesem Verschwinden unter Umständen ein gewisser Nutzen erwächst», hält der Müller dagegen.

«Reine Spekulation!», ruft RA Désirée Putzi dazwischen, «Sie haben nichts in der Hand ausser nichtssagenden Mitteilungen auf einem Handy.»

«Wären diese Mitteilungen so ‹nichtssagend›, könnte Ihre Mandantin uns doch problemlos genauer Auskunft geben?», kontert Sermeter.

So geht das hin und her zwischen Sermeter und RA Désirée Putzi, während Müller und Werner und sogar Paulina Jüngling dasitzen und zuhören und das Schauspiel … ja, seien wir ehrlich: geniessen (zumindest polizeiseitig). Weil Sermeter ficht, als wäre sie d'Artagnan, Aramis, Athos und Porthos in Personalunion.

Bis 11:03 dauert es, dann gibt Paulina Jüngling endlich zu, nach dringender Bitte, all das hundertprozentig diskret zu behandeln, weil auf keinen Fall bekannt werden dürfe, dass sie in diesem Fall ... ähm ... Privates und Berufsleben vermischt habe, bis sie also ... äh ja ... eingesteht, mit Torben Andersen ein auch sexuelles Verhältnis gehabt zu haben, nichts richtig ... Festes bisher, weil er ja ... noch nicht lange in der Stadt war und schliesslich verheiratet ...

«... und Sie doch auch, nicht?», platzt es aus Gloria Werner heraus, die gestern Abend das Einwohnerregister abgefragt und unter Frau Jünglings Wohnadresse auch einen Yannick Weiler gefunden hat, was unzweifelhaft der Name eines Mannes ist.

«Wie kommen Sie auf so was?» Jüngling wirkt einigermassen überrascht, um nicht zu sagen: perplex. Werner erst recht, auch Sermeters und Müllers Gesicht bilden ein grosses Fragezeichen. RA Putzi wirkt unbeeindruckt.

«Wie kommen Sie darauf, ich sei verheiratet?», hakt die Jüngling nach.

«Yannick Weiler», trumpft die Aspirantin auf, ärgert sich, dass die Auskunftsperson das Frage-und-Antwort-Spiel umgekehrt hat, ärgert sich aber sofort noch mehr, weil Paulina Jüngling loslacht → Werner läuft rot an.

«Yannick Weiler ist mein Sohn.» Die Frau lacht. «Er ist fünfzehn.»

Werner wird roter als rot. Schiefgegangen, denkt sie. Was wird mich der Kommissär nachher zusammenstauchen. Sie hat diese Information offenbar nicht genau gelesen und gopferdeggel mit niemandem abgeglichen. Hat sie vollkommen vergessen, gestern Abend in der Fastfeierabendmüdigkeit. Hätte sie überprüfen müssen, die Personalien dieses Yannick Weiler.

Schweigen wäre ... Gold gewesen.

«Und wo ist Ihr Sohn?», greift der Müller ein.

«Bei seinem Vater auf dem Bruderholz, dort lebt er meistens», antwortet Jüngling.

Der Müller schaut auf die Armbanduhr, erhebt sich und verlässt den Raum.

Sermeter reisst das Heft wieder an sich: «Frau Jüngling, wer ist dann Ihr fester Partner?»

Das klingt, okay, okay, in mancher Ohren so konservativ,

dass man denken könnte, Sermeter sei entrüstet, weil es gewisse Leute die ganze Zeit über kreuz- und haufenweise treiben, als wären sie das alte Rom in seinen dekadentesten Tagen. Doch Sermeter geht es vielmehr darum: je mehr Amouren, umso grösser die Möglichkeit zwischenmenschlicher Spannungen, falls Beziehungskonzepte beteiligter Personen kollidieren, weil nicht kongruent. «Fester Partner» … Das klingt nach den fünfziger Jahren. Aber Frau Jüngling hat Gülay Sermeters Frage sehr wohl verstanden.

RA Désirée Putzi mischt sich wieder ein, strafrechtlich liege nichts gegen ihre Mandantin vor, moralische Urteile fielen nicht in die Kompetenz der Kriminalpolizei. Sie verlange, dass Frau Jüngling stante pede auf freien Fuss gesetzt werde und fortan jede Belästigung durch die Polizei unterbleibe. Sie erwäge eine Beschwerde an den Ersten Staatsanwalt … Verhältnismässigkeit, Amtsmissbrauch … weil Frau Jüngling ohne jegliches Verdachtsmoment stundenlang von essenziellen geschäftlichen Verpflichtungen ferngehalten werde. Und so weiter bla, bla, bla.

«Hugo Gattiker», sagt da unvermittelt die Jüngling, «wenn Sie so wollen.»

Im Radiator rauscht noch immer das Warmwasser. Die Umwälzpumpe befördert es vom Heizkessel im Untergeschoss durch die Rohre des Waaghofs.

«Kannte», rutscht es Gülay Sermeter heraus, sie korrigiert sich, «kennt Herr Gattiker Torben Andersen und dessen Frau?»

«Woher denn? Sie lebt ja nicht in der Stadt.»

Ha! Also weiss sie Näheres über Andersens private Verhältnisse. War es nicht nur die «Physical Attraction» (Madonna)? Haben sie über eine gemeinsame Zukunft gesprochen? Hatten Jüngling und Andersen weiter reichende Pläne?

«Und ihn, Andersen? Kennt er ihn?»

Paulina Jüngling schüttelt den Kopf. Lügt sie? Wie Gattiker?

***

Canossa.

Dass Müller der Vernehmung nicht bis zum Schluss beigewohnt hat, hat keinen verhörtaktischen Grund. Dienstagmorgen, 15. Dezember, 09:00 Uhr, Waaghof, fünftes OG. Endlich Müllers Termin mit dem Leitenden Staatsanwalt Thomas Krähenmann.

RE: Causa Müller & Sermeter.

Angenehm ist das nicht. Schulbubenmässig muss der Müller seinem Chef gegenübersitzen und sein Privatleben ausbreiten. Jede Vernehmung wäre ihm lieber.

Nun ja, also, dass sich, wirklich, hat sich in den vergangenen Monaten äh zwischen ihm und … ja … Detektivwachtmeisterin Sermeter auf gegenseitiger Basis etwas … Privates entsponnen. Sogar das Wort «Liebe» spricht er explizit aus und dass es für sie beide nicht in Frage komme, diese Beziehung zu beenden. Dass er sich selbstverständlich bewusst sei, dass er … angesichts der hierarchischen Verhältnisse, natürlich, unmöglich solchen privaten … Umgang … mit ihr pflegen könne. Zudem wolle er … auf keinen Fall … den Geist seiner gut funktionierenden Equipe aufs Spiel setzen. Bisher hätten Detektivwachtmeisterin Sermeter und er genau darauf geachtet, sich im Dienst keinerlei Freiheiten herauszunehmen und die … Disziplin immer zu respektieren.

Solche Sachen bringt der Müller seinem Vorgesetzten Krähenmann vor. Der sitzt auf seinem Bürodrehstuhl, die Ellenbogen auf der hellgrauen Platte, den Blick auf den Müller gerichtet. Bedeutet: Ich nehme meine Führungsverantwortung wahr und meine Mitarbeiter ernst. Ich bin mir meiner Verantwortung als Vertreter der Staatsgewalt voll und ganz bewusst und handle im Sinne des Gesetzes, der Sorgfalts- und Fürsorgepflicht als Vorgesetzter.

Aber er scheint wohlwollend zu nicken.

Zwischendurch nagt der Müller kurz an seiner Unterlippe herum, weil ihm diese Situation widerstrebt: Ein halbes Jahrhundert hat er gelebt und fühlt sich, als müsse er einem Jüngeren, mit dem ihn keine persönliche Nähe verbindet, etwas beichten, was diesen im Grunde niente angeht. Weil privatissimo. Aber klar, geht nicht: «Ausnützung eines Abhängigkeitsverhältnisses». Als ob Gülay sich «ausnützen» liesse.

Sie würde, weiss der Müller, jedem, der zu weit ginge, nach einer Warnung umgehend ihr Knie in die Testikel rammen. Liebschaft innerhalb eines Teams bei der Polizei ist intern schwierig, zwischen hierarchisch Verquickten ein Minenfeld. Und für die Aussenwirkung ein Riesenproblem. Für manche Medien wäre es ein gefundenes Fressen, das baselstädtische Kriminalkommissariat als «Sodom And Gomorrah Show» (Pet Shop Boys) abzuschlachten: die Schöne und das Biest. Das wollen weder Müller noch Krähenmann riskieren. An das Gesicht des Ersten Staatsanwalts Stickelberger, des Chefs des Chefs, wollen wir keinen Sekundenbruchteil denken, wenn öffentlich verbreitet würde, bei der Kriminalpolizei gehe es total unpolizeilich hoch und her und nicht nur ab und zu, sondern der aus Zürich eingewanderte Kommissär mit Befehlsgewalt über die geschiedene Detektivwachtmeisterin und zweifache Mutter aus Pratteln beziehungsweise dem Kleinbasel treibe es wild mit ihr.

Der Müller trägt also sein Problem vor, legt alles offen, endet und schaut schliesslich Krähenmann ins Gesicht. Der zupft an seiner blauen Krawatte mit den dünnen gelben Streifen, Windsorknoten.

«Danke, dass Sie damit direkt zu mir gekommen sind», sagt Krähenmann. Dann wartet er einige Sekunden, seine Zunge tastet im Mund herum, als wolle er eine Aphte flach drücken, dann fragt er: «Was schlagen Sie vor, Müller?»

Taktische Pause Müller, obwohl er und Gülay das im Detail besprochen haben, doch in so einer Situation sollte man nicht einfach ein auswendig gelerntes Sprüchlein abspulen, damit sich der andere nicht manipuliert fühlt.

«Dass wir auf eine Vakanz in einer anderen Abteilung warten könnten», sagt der Müller nun.

«Für Sie oder für Detektivwachtmeisterin Sermeter?»

***

Innerschweiz.

Die Kollegen in 6300 Zug – interkantonale Amtshilfe – befragen Hugo J. Gattiker auf dringendes Ersuchen der Staatsanwaltschaft Basel-Stadt erneut, und zwar persönlich. Müller wird später die Tonaufnahme des Verhörs abhören, das im Sitzungszimmer von Gattikers Zuger Büro stattgefunden hat. Die Kollegen Schelbert Christoph und Hotz Gaudenz werden ihm den Mitschnitt elektronisch übermittelt haben. Sofern Sie mir dieses vormoderne Futurum II erneut verzeihen.

Hugo J. Gattiker gab sich eisig ungehalten über die Störung, weil er auf dem Sprung zum Flughafen war, um geschäftlich in die £ondoner City zu fliegen. Er drohte gleich am Anfang der Befragung präventiv mit einer $chadenersatzklage in noch zu berechnender Höhe, wenn ihm durch die polizeiliche Intervention geschäftlicher Schaden entstände. Danach wurde er im Beisein seines Anwalts Dr. iur. Benno Henggeler etwas zugänglicher, weil unzweifelhaft der Lüge überführt, Torben Andersen nicht gekannt zu haben. Salamischeibchenweise verlor er in der Befragung durch Schelbert und Hotz an Terrain: Ja, er kenne den Trainer natürlich aus den Medien; ja, er habe ihn – «aber höchstens ein-, zweimal» – an Veranstaltungen des Gönnerclubs des SC Basel gesehen, sich jedoch nicht mit ihm unterhalten; doch, ja, ihm sei … tatsächlich entfallen, jetzt, wo die Polizisten so genau nachfragten, dass er in der Tat … hm … «sogar mit ihm gesprochen» habe; «nicht eingehend, nicht lange, nein, nein; das eine oder andere» hätten sie schon … die sportliche Lage … natürlich, klar, weil er «als Sponsor, der sich öffentlich und finanziell für den Verein starkmacht … Sie verstehen, was ich … weil Misserfolg färbt ab. Als geborener Macher muss man natürlich einschreiten, wenn ein Investment aus dem Ruder läuft». Ja, rein sportlich-beruflich seien diese, sei diese Unterhal… Ob er da einen Plural gehört habe vor der Selbstkorrektur, bohrt Polizeimann Schelbert Christoph nach.

Summa summarum: Gattiker gibt zu, mehrmals mit Torben Andersen gesprochen zu haben, nachdem er anfänglich jeden persönlichen Kontakt strikte abgestritten hat. «Deny, you're such a liar» (The Clash). Auf die Frage, ob er privat mit dem Trainer zu schaffen gehabt habe, entweicht den Augen des Geschäftsmanns, so Korporal Schelbert am Telefon zu Müller, ein höllisches Funkeln. Erst recht, als der Polizist den Namen Paulina Jüngling ins Spiel bringt. Trotz scharfer Proteste von RA Dr. iur. Benno Henggeler nimmt der Vernehmungsbeamte Schelbert den Unternehmer Hugo J. Gattiker nach telefonischer Rücksprache mit Kriminalkommissär Müller in Polizeigewahrsam.

«Lächerlich, absurd, unverhältnismässig», ruft RA Henggeler in Zug aus.

Schelbert und Hotz nehmen Gattiker mit. Die Mitarbeiterinnen und Mitarbeiter von Gattiker Consulting sehen zu, wie ihr Chef, um Fassung bemüht, verkrampft ins Grossraumbüro lächelt und mit den Uniformierten zusammen die Räumlichkeiten verlässt. Im Schlepptau RA Henggeler, die Lippen aufeinandergepresst.

In Basel marschiert in diesen Minuten Müller Benedikt zu seinem Chef Krähenmann, damit dieser beim Haftrichter den Antrag auf Untersuchungshaft stellt. Bewilligt wird das praktisch immer. Verdacht: Mord aus Eifersucht.

Übrigens: Schelbert Christoph von der Zuger Polizei wird, da greife ich einige Monate vor, aufgrund der Aufsässigkeit gegenüber dem Unternehmer von seinem Kommandanten kaltgestellt und auf einen öden administrativen Posten abgeschoben werden und sich daraufhin bei der Kantonspolizei Bern bewerben, wohin er verwandtschaftliche Beziehungen hat. Mütterlicherseits, falls Sie das interessiert. Hotz Gaudenz' Beförderung wird sich um eineinhalb Jahre verzögern.

***

Mixed Pickles.

Urs Koch von der Spezialeinheit mit Romina Wäckerlin

am Tisch bei Tortellini. Beat Schmidlin von der Fahndung und Markus Gormann bei Tortelloni. Jessica Panzeri von Cybercrime und Gloria Werner bei Cannelloni. Freddie Dominguez mit dem Ersten Staatsanwalt Stickelberger bei irgendwas mit Pesto ... Ungewöhnliche Kombinationen, «Tutti Frutti» (Richard Penniman/Dorothy La Bostrie). Das sticht dem Müller sofort ins Auge, als er mittags die Kantine im Waaghof betreten will. Gülay ist nicht dabei, sondern in der Stadt: Tätlichkeit nach Blechschaden bei der Einmündung der Margarethen- in die Gundeldingerstrasse. Ohnehin essen sie und er hier nie allein zu zweit, sondern höchstens im Pulk. Also, ähm, weshalb heute diese ... durcheinandergewürfelten Konstellationen? Der sympathische Hauswart Niggi Meyer mit Xerxes Blaser und IT-Crack Mladen Jonovic mit dem Leitenden Thomas Krähenmann! Hä?

Plötzlich erinnert sich Müller an eine E-Mail der internen Kommunikation: «Lunch Lottery», lautete der Betreff ... Das muss es sein.

Natürlich, die «Lunch Lottery» ... Das dürfte die ungewöhnlichen Personalkombinationen an den Tischen erklären. Müller hat jene E-Mail sofort nach dem Lesen gelöscht. Da stand, glaubt er sich zu erinnern, viel Fettgedrucktes für die «lieben Kolleginnen und Kollegen» drin: «Gerne würden wir **neue Möglichkeiten** nutzen, uns besser **kennenzulernen** und **auszutauschen.**» Die absendende Kommunikationsperson erwähnte für dieses Unterfangen auch alternative Bezeichungen wie **«Lunch Roulette»** oder **«Mystery Lunch»**, was «ein erfolgreich eingeführtes Konzept bei vielen Unternehmen» sei, das «sogar firmenübergreifend» funktioniere. Säg's rächt! «Dabei kann jeder Mitarbeitende, **egal, wie alt, egal, aus welchem Bereich, egal, in welcher Funktion**, auf jemanden anderes treffen und mit ihm oder ihr zu Mittag essen.» Ist ja nett. «Gerne würden wir erst mal einen **Testlauf** mit Euch starten, bevor wir auf Dauer ein automatisiertes **Tool** dafür einführen. Wenn Ihr Interesse und Lust habt, an diesem Experiment teilzunehmen, dann schickt mir gerne **Eure Namen** mit **Verfügbarkeiten** und einem **Vorschlag** für einen Ort.» Die Einsendungen würden dann «nach dem **Zufallsprinzip verdeckt**» ausgelost.

Teambuildendes Speeddating. Hat da jemand vom Stab ein neues Managementbuch gelesen?

Der Müller bleibt beim Kantineneingang stehen. Stickelberger und Krähenmann schauen schon zu ihm hin, scheint ihm. Er winkt ihnen diskret zu, und als habe er etwas Dringendes vergessen, greift er sich plötzlich an die Stirn, macht rechtsumkehrt, hoffentlich nicht zu theatralisch, und weg ist er. → Imbissbude Steinentorstrasse. Eine Portion Poulet Singapur oder Wurst Hawaii. Wenig gesund, voll vollfett, aber andere Gesellschaft.

***

Gedanken eines Polizeikommissärs.

Als Polizeimann rechnest du immer mit dem Schlimmsten. Weil «Downtown» (Petula Clark) ist sehr «Low» (David Bowie): Der unbescholtene Kaufmann wäscht Geld, der Galerist hinterzieht Steuern, der Bankier veruntreut Kundengelder, der Chefredaktor stalkt die Wirtschaftsredaktorin, der Nachbar vom ersten Stock seine Ex-Partnerin, der Onkel mag die Fotografie und kleine Mädchen zu sehr, der Cousin säuft, klaut Autos und handelt mit Drogen, der Nachbar vom dritten Stock ist ein Extremist mit Hang zur Gewaltkriminalität. Der Mann, der gegenüber wohnt, nimmt es mit dem Selbstbedienungsscanner im Supermarkt nicht sonderlich genau. Die Jugendlichen im Park kiffen wie Dampflokomotiven. Andere schnupfen Dreck aus Labors und telefonieren bei 70 km/h innerorts. Frauen delinquieren übrigens auch, aber seltener.

Vermisstmeldung, Schadenersatzklage des Sponsors ■■■ vom Sportclub Basel.

Lex Murphy. Mit dem Schlimmsten rechnet auch der Müller. Dass Torben Andersen tot ist. Seltsam nur: Von seiner Frau fehlt ebenso jede Spur.

Beide ermordet? Das Paar entführt? Der eine die andere

umgebracht und dann sich selbst? Oder nach Tötungsdelikt untergetaucht? Oder umgekehrt? Oder nichts von alledem?

Seien wir ehrlich: Der Müller hat bisher keinen Beweis, dass tatsächlich ein Verbrechen begangen wurde. Die Vermutung ist immerhin so dringend, dass er Krähenmann und dieser den Haftrichter überzeugen konnte, einen Haftbefehl zu unterschreiben: Hugo J. Gattiker könnte dem Cheftrainer des SCB etwas angetan haben und wartet jetzt in einer Zelle in Zug.

Seien wir ehrlich. Andere Hypothesen als Gattiker hat der Kommissär nicht. Hinweise auf eine Gewalttat durch irregeleitete Fussballfanatiker liegen nicht vor, eine solche ist jedoch auch nicht auszuschliessen. Dass Andersen aus freien Stücken verschwunden ist, ein Mann, den alle als seriös, verlässlich, zielorientiert, als methodisch, als Arbeitstier beschreiben, kann sich der Müller nicht vorstellen. Ein Tötungsdelikt im Verein? Der Konditionstrainer, die Physiotherapeutin als Täterin und Täter? Ein frustrierter Spieler wie Francioli? Oder doch die Jüngling? Oder spielt der Zufall eine Rolle?

Müller glaubt nicht an den Zufall. Er denkt aber auch nicht, dass alles mit allem zusammenhängt und hinter allem eine Absicht, ein Plan steht. Er glaubt privat und ganz bei sich an Gott, weil es, so denkt er, doch auch etwas anderes geben muss als den Schweizer Franken, den Swiss Market Index, den Swiss Performance Index und das Strafgesetzbuch.

Zum Beispiel Nächstenliebe und Demut und Zuversicht und die Gewissheit, nicht allein zu sein.

Auf die Ergebnisse der DNS-Untersuchung aus Frankreich wartet der Müller noch immer.

Sheila Woods auch verschwunden, oder besser gesagt: noch gar nie aufgetaucht. Was hat das zu bedeuten? Die Müllergedanken fahren im Kreis wie die Rennautos auf der Carrera-Bahn. Aber die sausen nicht ewig ringsum. Irgendwann wird ein Auto aus der Bahn geworfen. Früher oder später. Mit welchem Ergebnis?

19:45 Uhr.

In Zug sitzt Gattiker in einer Zelle der Polizeidienststelle und wartet, dass die Zeit vergeht. Irgendwann werden sie ihn doch erneut befragen wollen, nicht?

***

Natürlich läuft nebenher einiges mehr.

Die Kriminalität pausiert nicht, bis sich der Fall Andersen gelöst hat. Die Welt dreht sich weiter, auswärts und im Kanton Basel-Stadt.

Schauen wir beispielsweise, was in dieser Dienstagnacht, 15./16. Dezember, unter der Notrufnummer 117 bei der Einsatzzentrale an Meldungen eingeht:

21:13 Uhr. Zürcherstrasse. «Aus der Wohnung nebenan höre ich schreckliche Geräusche. Ich glaube, dort leidet jemand grosse Schmerzen.» Streife stellt fest: Hinter der Wohnungstür miaut eine hungrige Katze. Die Mieterin kehrt gerade vom After-Work-Apéro zurück, bestätigt den Sachverhalt und füttert das Tier.

21:56 Uhr. Mülhauserstrasse. Ein Anrufer hat beobachtet, wie mehrere maskierte Männer in den Hinterhof gerannt sind. Die Meldung erfolgt per Prepaid-Handy. Der Kollege von der Einsatzzentrale hört im Hintergrund Kneipenlärm. Das ausgerückte Alarmpikett kann an der besagten Stelle keine verdächtigen Personen feststellen. Passanten und Anwohnerinnen vermögen die Beobachtungen des Anrufers, dessen Name unverständlich war, nicht zu bestätigen.

22:22 Uhr. Feldbergstrasse. Verkehrsunfall mit zwei Leichtverletzten.

22:31 Uhr. Anrufer will anzeigen, dass ihm ein gewisser «Baba» minderwertige Ware verkauft habe, «die nicht einfährt». Bevor der Kollege nachfragen kann, ob es sich dabei um psychotrope Substanzen gehandelt haben könnte, bricht die Telefonverbindung ab.

22:37 Uhr. Metzerstrasse. Meldung: «Bei einem Auto mit laufendem Motor hantieren drei dunkel gekleidete Männer mit einem schweren, länglichen Gegenstand.» Auf die Frage des Kollegen, worum es sich handeln könnte, antwortet die Anruferin: «Eine Leiche, ist doch klar.» Die Nachfrage, wie die Frau zu dieser Vermutung komme, wird mit lautem Gelächter quittiert, worauf sie die Telefonverbindung unterbricht. Kollege notiert sich die Nummer, um später zu überprüfen, ob die Frau allenfalls wegen psychischer Probleme aktenkundig geworden ist. An besagter Adresse stellt die Streife fest, dass zwei Geografielehrer grosse alte Landkartenrollen in einen Kombi geladen haben.

22:54 Uhr. Ein Anrufer beschwert sich, weil er an der Arnold-Böcklin-Strasse unter seinem Scheibenwischer eine Busse wegen Falschparkierens vorgefunden hat. Verlangt, den Verantwortlichen für Verkehrsbussen zu sprechen. Wird auf die Bürozeiten verwiesen und auf den Rechtsweg aufmerksam gemacht.

22:57 Uhr. Brennender Abfallcontainer in der Colmarerstrasse. Ein Löschzug der Berufsfeuerwehr kümmert sich darum. Brandursache noch unklar. Eine Streife regelt den Verkehr und nimmt einen Anwohner fest, der die Feuerwehrleute mit einem Laserpointer geblendet hat.

23:12 Uhr. Anrufer: «Ich muss dringend zum Flughafen, um meine Frau abzuholen. Aber jetzt parkiert so ein ████ in der ████ Ausfahrt, sodass ich nicht rauskomme.» Wird beraten, auf eigene Kosten einen Abschleppdienst zu besorgen oder den Bus 50 zum Flughafen zu nehmen.

23:17 Uhr. Steinenvorstadt. Eine Frau meldet eine tätliche Auseinandersetzung zwischen «mindestens sechs» Personen. Drei Pikettfahrzeuge werden hingeschickt, die kurz nach ihrer Ankunft um Verstärkung ersuchen. Zwei Männer werden festgenommen, zwei weitere mit Verletzungen durch spitze respektive stumpfe Gegenstände in die Notaufnahme des Universitätsspitals gebracht.

23:29 Uhr. Ein stark alkoholisierter Mann ruft an und will Anzeige erstatten, weil das Haus, in dem er wohnt, von den Ausländern gestohlen worden sei. Er stehe genau am Platz, wo es sich am frühen Abend befunden habe, aber nun sei es weg. Wegen der Ausländer. Der Kollege fordert ihn auf, die Linie des Notrufs freizugeben, solche Anrufe zu unterlassen und weniger zu trinken.

23:34 Uhr. Hammerstrasse. Mann ruft an und beschwert sich über übermässige Geräusche der Nachbarn ein Stockwerk tiefer beim Sex. Der Kollege empfiehlt ihm, mit dem Besen mehrmals laut auf den Fussboden zu klopfen.

23:44 Uhr. Bäumlihofstrasse. Meldung über heftigen häuslichen Streit. Zwei Pikettwagen werden hinbeordert. Eine Verletzte, eine Festnahme.

23:47 Uhr. Gundeldingerstrasse. Anrufer meldet, zu Tode erschrocken zu sein, weil auf seinem Balkon im Dunkeln zwei Krähen sitzen, die ihn feindlich anstarren. Ob die Polizei nicht eingreifen könne. Der Kollege empfiehlt dem Mann, den Vorhang zu ziehen und, weil ein solcher nicht vorhanden ist, nicht aus dem Fenster auf den Balkon zu schauen. Die Vögel würden erfahrungsgemäss aus eigenem Antrieb verschwinden.

23:59 Uhr. Ochsengasse. Seit mehreren Minuten sei eine laute Auseinandersetzung in einer unbekannten Sprache zwischen einem Mann und einer Frau im Gang. Blaulichteinsatz. Eine Leichtverletzte mit unbekanntem Aufenthaltsstatus, eine Festnahme wegen Tätlichkeit.

...

Neben dem Bett, in dem der Müller schläft, liegt das Diensthandy. Geschähe eine schwere Gewalttat, würde es «Sodom And Gomorrah Show» klingeln. Müsste er vielleicht wieder einmal ändern, zum Beispiel in «Highway To Hell». Obwohl «I Get A Kick Out Of You» (Cole Porter) definitiv lebensbejahender wäre.

ZEHN

Ausserkantonaler Einsatz.

Mittwoch, 16. Dezember, 07:55 Uhr. Basel, Waaghof, Binningerstrasse 21 → Zug, Polizeidienststelle, An der Aa 4: 108 km. Prognostizierte Fahrzeit ohne Stau: 1 Stunde 7 Minuten. Müller und Sermeter fahren, das Original des Haftbefehls für Hugo J. Gattiker in der Tasche, in die Innerschweiz. Die Polizei ist in einem fünfstöckigen Gebäude in Form eines eckigen U untergebracht, crèmefarben, Erdgeschoss vergittert. Davor als Poller gegen Parkierer und Gefahren grosse blaue Kunststeinkugeln mit Bepflanzung. Noch ganz ansehnlich als Polizeihaus. Die kantonale Strafanstalt, das Kantonsgericht und das Amt für Migration gleich dahinter, die Bahnlinie zur nächsten Haltestelle namens «Schutzengel» und weiter nach Cham gegenüber, jenseits der Strasse.

Kurz nach 09:00 Uhr, also kein Stau, zeigen Müller und Sermeter am Empfang ihre Polizeiausweise vor. Sie werden gebeten, kurz Platz zu nehmen. Statt Schelbert oder Hotz, die gestern Gattiker befragt und festgenommen haben, erscheint ein uniformierter Polizeioffizier namens Iten, der sie nach knappem Gruss wortlos in ein Sitzungszimmer führt. Dort halten sich zwei Anzugträger mit Krawatte auf. Sie strecken den Gästen nicht die Hand zum Schütteln hin, sondern winken Müller und Sermeter auf zwei dieser Sessel mit löchrigem Kunstfasergeflecht, damit man beim vielen Sitzen in Besprechungen am Rücken und am Hintern nicht so schwitzt.

«Wir haben eine Beschwerde erhalten», legt der eine los.

«Wer sind Sie? Ich habe Ihren Namen nicht verstanden», sagt der Müller, weil eine Vorstellungsrunde unterblieben ist.

«Ach ja, natürlich», antwortet der Hagere im helleren grauen Jackett. «Schmied.»

«Kurmann», schliesst sich der andere an, dessen Scheitel sitzt wie mit einem Stechbeitel auf den Schädel geritzt.

Als ob zwei Namen reichen würden.

«Und was haben Sie mit dieser Strafuntersuchung zu tun?», attackiert der Müller. Hätte er gewusst, was ihn hier erwartet, hätte er die Uniform angezogen. Der Baselstab auf den Schulterpatten, die vier silbernen Winkel, der fünfzackige Stern und der Balken darunter hätten die Sache vielleicht erleichtert.

Er legt den Haftbefehl auf den Tisch. «Hier», sagt er nur, «und jetzt lassen Sie mich und Detektivwachtmeisterin Sermeter bitte unsere Arbeit tun.»

Der Gescheitelte, Kurmann oder Schmied, spielt das eine Rolle, stösst zischend die Luft aus. «Wir sind hier im Auftrag unserer Direktionen», sagt der mit dem hellgrauen Jackett und klopft auf seine Krawatte, «Volkswirtschaft ...»

«Sicherheit», fügt der andere hinzu und meint offensichtlich sich selbst.

Wichtigtuer, denkt der Müller, aber die Sache gurkt ihn an.

«Herr Gattiker ist nicht irgendwer. Er ist ein angesehener Unternehmer und guter Steuerzahler», fängt Kurmann oder Schmied an, «wir hoffen sehr, dass Sie sich nicht leichtfertig in etwas hineinsteigern, das Sie später bereuen werden –»

«Ich habe hier einen Haftbefehl, beantragt von einem Leitenden Staatsanwalt des Kantons Basel-Stadt, unterschrieben vom zuständigen Haftrichter», wird Müllers Ton allmählich red hot chili pepper. «Wir führen eine polizeiliche Ermittlung durch, eine Amtshandlung ... und wenn Sie uns daran hindern wol–»

«Halt, halt!», unterbricht ihn Schmied oder Kurmann, «hindern.» Er schüttelt demonstrativ den Kopf mit dem scharfen Scheitel. «Von Hindern kann keine Rede sein. Wir wollen Sie bloss ausdrücklich zur Vorsicht und zu einem respektvollen –»

«Alle Menschen sind vor dem Gesetz gleich», sagt der Müller, dem's nun wirklich zu bunt wird, «Artikel 8 der Bundesverfassung.»

Er steht auf, Sermeter ebenfalls. «Wenn Sie uns jetzt zu Herrn Gattiker lassen, meine Herren, wird Ihr guter Steuerzahler ohne Verzögerung befragt und, sofern ihm nichts vorzuwerfen ist, bald wieder seinen Geschäften nachgehen können.»

Diverse Blickwinkel. Pluralismus.

Gattiker. Die einen sehen in ihm den erfolgreichen Unternehmer mit einem siebten Sinn für strukturierte Produkte, einen, der sich bestens darauf versteht, die Steuern zu optimieren. Manchen gelten sein Firmendomizil in Zug und sein Privatwohnsitz am Hang oberhalb von Küssnacht SZ mit Aussicht auf die originalen Schweizerberge als Bekenntnis zu urschweizerisch-eidgenössischen Werten. In weiten Kreisen gilt er als Selfmademan, der Jobs schafft und durch die Löhne seiner Mitarbeiterinnen und Mitarbeiter dem Staat und somit uns allen Steuereinnahmen in die Kasse spült. Einer, der durch Innovation die Dynamik und Wettbewerbsfähigkeit des Wirtschaftsstandorts Schweiz stärkt, ohne internationale Perspektiven aus dem Blick zu … Gattiker, ein Sinnbild der Schaffenskraft, wie sie einzig im Zeichen einer freiheitlichen Wirtschaftspolitik gedeihen kann. Ein Symbol des Liberalismus. Andere erkennen in ihm den Weinliebhaber, Sportsmann ohne Allüren, den Vierwaldstätterseesegler, den charmanten Causeur. Weil wir voll pluralistisch und divers denken, verschweigen wir auch eine pointierte Gegenmeinung nicht: Hugo J. Gattiker sei ein Sozialdarwinist, ein Neoliberaler, ein Spekulant, eine Heuschrecke, ein Aasgeier, ein Ausbeuter, ein sexistischer Patriarch. Dem Müller muss das alles egal sein. Privat denkt er sich seinen Teil, klar, aber beruflich interessieren ihn nur die Fakten und das Strafgesetzbuch.

Auf dem Rückweg aus Zug, auf der A1, kurz nach dem Limmattaler Kreuz, 120 km/h fahren sie, klingelt Müllers Diensthandy. 14:56 Uhr ist es und am Apparat Ruedi Bürgin, der Vizepräsident des SC Basel. «Was höre ich? Sie haben Hugo J. Gattiker verhaftet? Hugo J. Gattiker!»

Müller berichtigt diese Information, die um Stunden veraltet ist.

«Ist Ihnen klar, was Sie mit dieser wilden Aktion angerichtet haben?»

Müller verneint, um zu hören, was er zu hören bekommen wird.

«Gattiker hat in den letzten Jahren dem SCB viel Geld zukommen lassen, sehr viel, als Sponsor und als Kontakt zu anderen Gönnern. Wegen unserer sportlichen Situation ist Hugo zutiefst irritiert. Seit einigen Wochen denkt er darüber nach, sich aus dem Gönnerverein zurückzuziehen … Und jetzt stellen Sie ihm nach. Wollen Sie unseren Verein ruinieren?»

Müller hustet, die trockene Autobahnluft, die aus der Wagenheizung direkt in sein Gesicht bläst. «Ich verstehe Ihre Lage, Herr Bürgin. Aber wir führen eine polizeiliche Untersuchung über den Verbleib Ihres vermissten Cheftrainers durch. Das ist unser gesetzlicher Auftrag. Vielen Dank für Ihren Anruf.»

Ein Tag zum Vergessen. Denn nach vier Stunden Befragung, die keinerlei belastendes Element ergaben, haben Müller und Sermeter um 14:02 Uhr den Haftbefehl in die Jackentasche stecken … müssen, Hugo J. Gattiker freigelassen und … sich «für … die Umstände» … ent… äh … schuldigt … «ich bedaure, dass wir Sie … aber in Anbetracht der Situation und des nach wie vor ungelösten … Verzeihen Sie bitte, dass wir … Wir danken Ihnen, dass Sie …»

Der Triumph auf dem Gesicht von RA Dr. iur. Benno Hengeler. Aaaarrrgh! Müller hätte sich einen Punchingball zum Verprügeln gewünscht, um den Frust darüber aus seinem Körper zu evakuieren. Gattiker dagegen gab ihm zum Abschied die Hand und schien ihm auffällig still.

Während der müllersermeterschen Dienstreise nach Zug und zurück hat in Basel das Team weitergerackert, bestimmt einen Viertel des Polizeikommunikationsbudgets auf die Einnahmenseite der Swisscom hinübertelefoniert, der deutschen Telecom, von France Télécom, ja zur Telefónica nach España – olé!, um bloss einige Länder zu nennen, auf deren Gebiet sich die Polizeiarbeit des Kriminalkommissariats Basel-Stadt erstreckt. Als Müller und Sermeter von Zug im Waaghof eintreffen, tendiert die Stimmung des Teams gegen null. Der Tiefpunkt ist erreicht, das merkt der Müller sogleich. Um 17:30 Uhr schickt er alle nach Hause, die noch da sind. Alle sind noch da: Sermeter, Wäckerlin, Gormann, Dominguez, Werner und Blaser.

Er selbst wählt nochmals die Handynummer von Präsident Samuel Jornod. Nicht einmal ein Signal, dass es irgendwo zwischen Satellit und Ohr klingelt oder vibriert oder digital leuchtet oder was diese Geräte alles können. Unter Jornods Privatnummer antwortet eine Reinigungskraft, die nicht darüber informiert ist, wann der Hausherr wieder erreichbar sein wird. Im Büro seines Unternehmens erteilt ein Assistent die Auskunft, er werde Herrn Jornod gerne über den Anruf des Kriminalkommissärs informieren, sobald Herr Jornod die Firma kontaktiere, doch, nein, leider habe er ausser der Handynummer von Herrn Jornod, die der Kommissär gerade genannt habe, und der E-Mail-Adresse von Herrn Jornod keine alternativen Kanäle zu seinem Vorgesetzten Herrn Jornod. Freundlich und unverbindlich: «Ich bedaure sehr.» Die Geschäftsstelle des Sportclubs ist aufgrund der Uhrzeit nicht mehr besetzt. Ja, ein Tag zum Vergessen wie das feuchtkühle Wetter draussen. S'isch en Seich.

***

Exkurs über Wahrheit.

Pseudologia phantastica. Du Lüge, Du. Ich verzichte darauf, Dir hier einige elegische Zeilen zu widmen. Obwohl Du postmodern, topfit und zeitlos aktuell bist. Ich schreibe nichts über Dich, Du Lüge, Du. Gegnern soll man keine Plattform bieten. Auch der Müller mag Dich nicht. Obwohl Du zu seinem Geschäft gehörst und er Dir täglich begegnet. Gute Nacht, Du Lüge, Du, hoffentlich entschläfst Du heute Nacht. Schlafen auch Sie wohl, wünsche ich Ihnen allen, träumen Sie süss. Lügen manche auch im Schlaf?

ELF

Surprise alsacienne.

Aus dem Hôpital Émile Muller in F-68100 Mulhouse trifft an diesem Donnerstag, dem 17. Dezember, das Ergebnis der DNS-Untersuchung des Toten im Rechen von Kembs ein.

Professor Dr. Brenda Marquardt hält schriftlich fest: «Der Tote ist der französische Staatsbürger Alain Schneider, wohnhaft gewesen in F-68510 Magstatt-le-Bas, der seit zwei Wochen vermisst wurde. Todesursache: Tod durch Ertrinken. Suizid.» Angehängt ist ein Bericht der Gendarmerie von Saint-Louis, unterschrieben von Brigadier Gerber, der mögliche Gründe für die Selbsttötung nennt: «Depressionen, Einsamkeit, Arbeitslosigkeit.»

Das eröffnet der Müller seiner Equipe um 08:43 Uhr bei einer spontanen Zwischenbesprechung im Gemeinschaftsbüro.

Die Wahrheit? Wir können sie nicht wissen. In Wirklichkeit war die DNS der Wasserleiche im Rechen der Centrale hydroélectrique von Kembs keine menschliche Desoxyribonukleinsäure.*

Sofort hat das französische Verteidigungsministerium das Dossier übernommen und die zwei mit dieser Untersuchung befassten Fachpersonen, also Professor Dr. Brenda Marquardt und Professor Dr. Tube-Roquette, zu strikter Geheimhaltung verpflichtet. Der Gendarmerie hat «Paris» ebenfalls die Suizid-Geschichte mitteilen lassen.

Ausserhalb höchstrangiger französischer Geheimnisträger wird also nie jemand erfahren, dass die Grande Nation seither im Besitz der Leiche eines Ausserirdischen ist, mit der das Verteidigungsministerium zu wissenschaftlichen oder militärischen Zwecken weiss der Teufel was anstellt.

---

* In seiner Heimat, auf dem Planeten Knitsch, kennt man den Verstorbenen unter dem Namen «Rattlesnake Johnny». Dass dem so ist und weshalb, werden wir nie erfahren.

Dass niemand davon weiss, ist gut. Stellen Sie sich die weltweite Sensation vor. Den Aufruhr! Breaking News! Die interessanten Theorien: Die ominöse Biomasse sei in Tat und Wahrheit kein Ausserirdischer, sondern, was die Behörden mit Absicht verheimlichen, das Ergebnis von 5G-Strahlung und Chemtrails oder, nach anderen Quellen, eine Kreatur der fünften Kolonne, geschickt von einem internationalen Geheimbund, entwickelt in den Genlabors von █████, um die freiheitlich-demokratische Grundordnung des Westens dahingehend zu destabilisieren, ja morsch zu schiessen, dass der zügellosen Migration kein Widerstand mehr entgegengesetzt … die abendländische Kultur der Zerstörung anheim … und irgendwie hängen unter Garantie auch der Mossad, die CIA, gewisse Milliardäre und der Präsident der V. Republik höchstpersönlich mit drin, ja auch die EU. Voll diabolisch und topsecret ist das alles. Dafür gibt es Beweise, die aber von den Behörden und den Mainstream-Medien unterdrückt und verschwiegen werden, weil sie alle im Sold von … Überhaupt schweige man besser, als sich zu diesem Thema zu äussern, weil man sonst ernsthafte Konsequenzen zu … und vermutlich den Besuch gewisser Männer, die … und das Risiko besteht, nein, tritt garantiert ein, dass man ausgelöscht wird, wenn man öffentlich über die Wahrheit spricht.

Zurück in den Waaghof.

«Immerhin wissen wir nun, dass Andersen vielleicht noch lebt», stellt der Müller fest. Das Prinzip Hoffnung.

«Aber viel mehr wissen wir nicht», merkt Wäckerlin an.

Gormann kratzt sich am Kinn, Gloria Werner sieht wenig erfreut aus, Blaser kommt von der Toilette zurück, sieht die Gesichter und fragt, ob er etwas verpasst hat. Und wo steckt Freddie Dominguez? Er ist beim Physiotherapeuten, weil er sich gestern am Power Rack im Fitnessstudio den Nervus vagus ausgerenkt hat.

«Was nun?», fragt Gülay Sermeter, obwohl sie mit an Sicherheit grenzender Wahrscheinlichkeit weiss, was der Müller, ihr Müller, der Kriminalkommissär gleich sagen wird.

Innerlich seufzt er zwar, doch er sagt es wirklich: «Weitermachen.»

Sie müssen stärker führen, *führen*, sagt ihm eine innere Stimme, die sehr nach der Stimme von Stickelberger klingt. Sie müssen Ihren Mitarbeiterinnen und Mitarbeitern Leitplanken setzen, sie motivieren, ihnen Wege aufzeigen, aus der Sackgasse rauszukommen, die Key Learnings umsetzen. Mit einem Einfall den Ermittlungen eine Wendung geben. Wunder vollbringen. Den Ball im Spiel halten und – ihn endlich im Tor versenken.

«Der Haifisch, der hat Zähne, und die trägt er im Gesicht.» (Bertolt Brecht)

In diesen Minuten der Schwäche und Unentschlossenheit erwischt den Müller telefonisch der Erste Staatsanwalt Daniel Stickelberger. «Kommen Sie bitte in mein Büro», sagt er, nichts von «kurz» und keinen Grund dafür, aber immerhin «bitte», sein Ton bedeutet «Sofort, ausser Sie hätten gerade Gefahr für Leib und Leben abzuwenden, aber ich weiss, dass das nicht der Fall ist».

Also sofort → in den fünften Stock hoch, mit dem Lift, damit er nicht so schnaufen muss, sonst fühlt sich der Chef des Chefs konditionell im Vorteil.

Immerhin fordert Stickelberger den Kommissär zum Hinsetzen auf. Aber dann liefert er eine Tadeltirade ab. Sachlich zusammengefasst: «unzureichend begründeter Antrag für Haftbefehl gegen Hugo J. Gattiker, ihn unverhältnismässig über Nacht in einer Zelle schmoren lassen». Begleitet von ärgerverzerrtem Gesicht, dunklen Blicken, irritiertem Händereiben, dargeboten mit mehrheitlich tonloser Stimme. Daran merkt der Müller: Stickelberger explodiert fast. Jemand ist ihm über die Leber gekrochen. Jemand ziemlich weit oben. Und wer steht im Kanton Basel-Stadt über dem Ersten Staatsanwalt? Nur noch Regierungsrat Dr. iur. et oec. Robert «Robi» Augsburger, der Vorsteher des Justiz- und Sicherheitsdepartements.

Blitzartige Vermutung Anrufkette: Dr. iur. Henggeler, Gattikers Anwalt → Vorsteher Sicherheitsdirektion Zug → RR Augsburger → Stickelberger → Müller. Unter Ausschaltung von Krähenmann. «Shit rolls down the hill» (unbekannte Quelle), obwohl ich das in natura noch nie gesehen habe und es physikalisch für wenig wahrscheinlich halte, schon allein der Konsistenz wegen.

Lässt du dich als Kommissär einfach abwatschen?

Leider besteht die Antwort aus dem klassisch-dialektischen Einerseits-Andererseits: Einerseits ist die Polizei eine hierarchisch strukturierte paramilitärische Organisation, in der klar definierte Entscheidungswege, Dienstreglemente und Dienstgrade alle Abläufe festlegen – plus StGB und StPO. Der Müller will weiterhin im weltschönsten Kanton Basel-Stadt und in seiner jetzigen Funktion arbeiten. Wenn er sich zu heftig wehrt, droht ihm die Versetzung in ein langweiliges Büro ohne «Kundenkontakt»? Vielleicht gar als Einmannamtsstelle ohne klaren Aufgabenbereich? Will er es riskieren, dass ihm jeden Morgen vor dem Morgengrauen vor dem Arbeitsantritt schon graut, zur Arbeit zu gehen? Kommt es so weit, dass er eines Tages selber in beidseitigem Einvernehmen freiwillig aus seiner Funktion ausscheidet?

«No risk, more fun.» (Toyota Corolla)

Andererseits hat Müller mit Krähenmanns Unterstützung den Haftbefehl gegen Gattiker gemäss § 70 und 71 StPO Basel-Stadt korrekt vom Haftrichter genehmigen lassen, Begründung «Tatverdacht, Verwicklung in Verschwinden Torben Andersen». Plus § 69 Fluchtgefahr beziehungsweise Kollusionsgefahr.

Kommt dazu: Gattiker hat bloss einen Nachmittag und eine Nacht in Polizeigewahrsam verbracht. Müller hat ja darauf verzichtet, den Haftbefehl zu vollstrecken. Weil die Befragung Gattikers in Zug nichts Belastendes ergeben hat.

Plus ist der Fall Andersen ja ein dringender Auftrag von Daniel Stickelberger selbst, der Thomas Krähenmann anrief und dieser die Rangfolge hinunter den Müller. «Es ist ein Auftrag im Dienst des Gesetzes und der fussballinteressierten Basler Öffentlichkeit», argumentiert der Kommissär und weiss schätzungsweise 93 % der Nordwestschweizer Bevölkerung hinter sich, wenn er den Verbleib oder das Schicksal des Trainers des einen Stadtbasler Super-League-Vereins aufzuklären hat. Plus, Herrgott noch mal, Stolz! Bist du 50, hast zweieinhalb Jahrzehnte Polizeirucksack und einiges erlebt und durchgemacht. In einer Comics-Sprechblase sähe man hier ein Kugelbömbchen mit brennender Lunte, einen Totenkopf, ein Stinktier mit erhobenem Schweif, ein Blutdruckmessgerät mit einem Wert, ich sage Ihnen, einen Blitz und vielleicht ein Schimpfwort wie █████ mit mindestens fünf Ausrufezeichen dahinter, so: !!!!!

Dieses Einerseits-Andererseits muss der Müller in Sekundenschnelle abwägen, Engelszungen und Leerstellen, aus den dargelegten Gründen. Mit ruhiger Stimme, ohne Stickelberger zu taxieren oder seine eigene Mimik und Gestik von der Nulllinie abweichen zu lassen. Die Körpersprache darf nicht verraten, dass sich der Müller fast grrrrün ärrrrrgert. Nicht nur weil er die Partei-Connection Henggeler zu RR in Zug zu RR Augsburger und zu Stickelberger für die schweizerische Form von Korruption hält. Unabhängigkeit der Strafverfolgungsbehörden, hahaha. Sondern weil er als Kommissär diesen Fall lösen will und muss, ohne dass ihm einer administrativ in die Suppe spuckt, weil Hugo J. Gattiker nicht nur im Kanton, in dem seine Firma niedergelassen ist, gute Verbindungen pflegt. Der Sicherheitsdirektor des Kantons Zug und Regierungsrat Augsburger treffen sich auch regelmässig an den Sitzungen der Konferenz der Kantonalen Justiz- und Polizeidirektorinnen und -direktoren (KKJPD).

Was machst du als Kriminalkommissär, wenn es dir von so weit oben auf die Kappe schneit? Ruhig bleiben ist erst einmal die beste Strategie. Den Puls kontrollieren. Zeit verstreichen lassen. Es zuerst schneien lassen, dann Konformität deines Vorgehens mit der Strafprozessordnung darlegen, auf den dringenden Ermittlungsauftrag und das öffentliche Interesse verweisen. Die Übereinstimmung mit dem unmittelbaren Vorgesetzten, dem Leitenden Staatsanwalt Krähenmann, erwähnen. Müller weiss, dass Krähenmann nicht der Partei von Henggeler, dem Zuger Sicherheitsdirektor, Regierungsrat Augsburger und Stickelberger angehört und deshalb in dieser Sache ausgelassen wurde … Schliesslich packt der Müller Art. 8 BV aus, die Rechtsgleichheit:

«Alle Menschen sind vor dem Gesetz gleich.» Wäre Gattiker ein armer Teufel, der vor dem Bahnhof SBB Alkoholika im Übermass konsumiert, hätte der auch über den Privatkanal an den Vorsteher des Justiz- und Sicherheitsdepartements gelangen und bergab den Kommissär massregeln lassen können?

Stickelberger weiss, was Müller, dieser anthropoide Störfall, denkt; er weiss, dass der Haftrichter über den Haftbefehl entschieden und ihn rechtsgültig unterschrieben hat; er weiss, dass der Leitende Staatsanwalt Krähenmann zwar sein Unterstellter ist, aber einer Partei angehört, die sogar interkantonal ziemlich viel Lärm veranstalten könnte, wenn ruchbar würde, dass Zug-Augsburger-Stickelberger einen Basler Kriminalkommissär wegen dessen Ermittlungen gegen einen Unternehmer mit Wohnsitz in einer äusserst steuergünstigen Schwyzer Gemeinde zu massregeln vermag. Der Ausgang dieses Gesprächs lautet in Schachvokabular formuliert ½ : ½, also patt.

Stickelberger saugt seine Unterlippe ein. Dass der Mensch immer sein Gesicht so entstellen muss, wenn er nachdenkt. Vielleicht weil ihn das Nachdenken grosse Anstrengung kostet, weil er es so selten unternimmt.

«Ich werde Regierungsrat Augsburger anrufen», sagt der Erste Staatsanwalt zum Schluss und wirkt notgedrungen fast versöhnlich. «Wir regeln das intern.»

«Das bedeutet?», fragt der Müller.

Stickelberger sagt leise: «Dass Sie Ihre Arbeit weiterführen. In Übereinstimmung mit den gesetzlichen Vorschriften.»

«Wie bisher also», murmelt der Müller hörbar, als er nach einem lauen Händedruck das Büro des Ersten Staatsanwalts im fünften Stock des Waaghofs verlässt. Wozu also das Theater? Machen wir Polizeiarbeit oder Politik? Ist das Recht oder nicht? Was ist das nur für ein System? Er will, sobald möglich, ein paar Tage freinehmen. Ob Gülay auch Überzeit einziehen kann? Ob sie überhaupt wegkann, jetzt während der Schulzeit?

***

Geheimnisse.

Dass der Germanist PD Dr. phil. Urs Walder und sein Kumpel Marcel Oberholzer, uns als häuslicher Gewalttäter bekannt, sich am Mittwochnachmittag, 9. Dezember, circa 16 Uhr, vor dem Eingang des Universitätsspitals aufhielten, als Andersen gerade ins Taxi stieg, wird das Kriminalkommissariat nie herausfinden. Weil, wie erwähnt, die Aufnahmen der Überwachungskamera automatisch gelöscht wurden. Die beiden waren wirklich zufällig und ohne Absicht oder Vorsatz vor Ort. Der Originaldialog jener Begegnung lautete: «Ist er das nicht? Was macht denn der hier? Komm, Urs, wir schauen mal, wohin er geht.» Das Zitat belegt eindeutig, dass es Oberholzers Idee war, sich näher dafür zu interessieren, was Andersen tat.

Nur, er ist ins Taxi gestiegen und weggefahren, sodass ihn die beiden bloss an der Predigerkirche vorbei entschwinden sehen konnten. Walder und Oberholzer waren zu jener Zeit an diesem Ort, weil sie zur Cargo Bar bei der Johanniterbrücke wollten, um sich einen etwas frühen Apéro zu genehmigen. Diese Episode schlüpft cento percento durch die Maschen der kriminalpolizeilichen Ermittlungen, findet auch nicht ihren Niederschlag in dieser Geschichte und geht wie weitere 99.99999 % des Lebens in der richtigen Wirklichkeit ohne Verlust für irgendjemanden vergessen.

***

Funkloch?

Reiss dich zusammen, Müller Benedikt. 11:45 Uhr. Müller unternimmt erneut einen Anrufversuch bei Samuel Jornod. Der Präsident des Sportclubs Basel nimmt das Gespräch zwar nicht selbst entgegen, es meldet sich jedoch eine Männerstimme. Allerdings in einer der ungefähr 6'000 Sprachen der Welt, die dem Müller nicht geläufig sind. Worauf der Kommissär Grund zur Annahme hat, dass er zwei Zahlen vertauscht hat, was natürlich wenig bringt, weil sich deswegen die falsche Person mit seiner Stimme auseinandersetzen muss. «Entschuldigung», sagt der Müller überflüssigerweise, weil der andere garantiert nicht versteht, was wir in der Schweiz Deutsch nennen. Egal → Abbruch. Neuer Versuch. Die Hoffnung stirbt sogleich, weil nach dem Eintippen der Zahlenfolge nur Stille und Rauschen und Rauschen und … ah, doch … nein, es ist die Mobilbox. Also fügt er sein Sprüchlein der Sammlung seiner Sprüchlein hinzu, die den Telekommunikationschip … oder wie das auch immer funktioniert, bereits mit Unmengen von MBs und GBs belasten, bittet um Rückruf und beschliesst, gopfertori, spazieren zu gehen. Noch auf der Schwelle des Büros ist er, als das Handy klingelt. Die Nummer auf der Anzeige kennt er, vor einer Minute hat er sie selbst gewählt. Als er übers Gerät wischt, um den Anruf anzunehmen, hat er wieder nur elektrostatistisches Knistern im Ohr. Vor lauter rätselhafter Frequenzmodulationen fragt er sich, ob jemand mit ihm Meditationsübungen veranstalten will. Warum auch nicht? Aber nicht im Dienst auf Kostenstelle 0800 Normalarbeitszeit. Er sagt: «Hallo? Hallo? Halloho!» Es ist wirklich zum Davonlaufen.

***

Zwischenbilanz.

Seien wir grundehrlich: Seit Montag, 7.12., hat Torben Andersen weder Anrufe entgegengenommen noch sich in den sozialen Netzwerken bemerkbar gemacht. Am Dienstag, 8.12., hat er den Aufnahmetermin mit dem Sponsor ■■■■ geschwänzt, am Mittwoch die Krisensitzung mit der Vereinsleitung, weil er bis nachmittags um 16 Uhr im Universitätsspital lag. Wo steckt er? Geht es ihm gut? Lebt er überhaupt noch? Auch von Sheila Woods, der Frau des Trainers, ist noch nicht einmal der Riemen der Laptoptasche aufgetaucht.

Der Tote von Kembs ist … (wir wissen es besser) … der suizidale Alain Schneider aus Magstatt-le-Bas. Sachdienliche Hinweise? Tendieren → gegen null. Kein Mensch hat sich in Widersprüche verwickelt oder so grosse Ressentiments gegen Torben Andersen erkennen lassen, aus denen derart massive kriminelle Energie erwachsen könnte, dass sich der Verdacht auf eine Straftat gemäss Art. 111-113 StGB aufdrängen würde.

Einzig Paulina Jüngling und Hugo J. Gattiker sind vorübergehend in den Reusen der Kripo hängen geblieben.

Der Müller liest keine Zeitungen und keine Internet-Newsseiten mehr, weil er sich vorstellen kann, was die über die Fähigkeiten des Basler Kriminalkommissariats schreiben.

Nichts von Interpol, nichts von den Polizeidienststellen der Kantone, nichts von den Kollegen im Departement 68, nichts von der Landespolizei Baden-Württemberg. Eine oder zwei tote Leichen transportiert doch niemand weit in der Weltgeschichte herum!

Das Wetter vor den Fenstern des Waaghofs unterstützt die Müllerstimmung.

Denk an Blumen und ihren Duft, sagt er sich, denk an Blumen und ihre Farben, das hilft dem psychischen Gleichgewicht. Hat er von Borowski, dem Psychotherapeuten.

Wir haben keine Leiche, nicht im Singular, nicht im Plural. Nicht dass sich der Müller welche wünschen würde, aber dann hätte er Gewissheit.

Einen toten Körper zu beseitigen ist nicht einfach, weil er aus stofflicher Substanz besteht: Knochen, Muskeln, Sehnen, Fleisch und Blut. Sogar von den alten Römern und Alemannen liegen ja im Boden noch Teile herum, Pesttote und verhungerte Bauern aus dem Mittelalter sowieso. Willst du als Gewalttäter die traurigen Überreste deines Verbrechens aus der Welt schaffen, hast du eine materialwissenschaftliche Nuss zu knacken. Du musst die Physik und die Chemie überwinden.

«Aber Säure», wenden Sie vielleicht ein, inspiriert von Fernsehkrimis. Chemische Verbindungen, die Protonen (H+) an einen Reaktionspartner übertragen können. Ha! Zur Auflösung einer voll verblichenen Leiche, deren Seele definitiv in den ewigen Jagdgründen weilt, benötigt man muchisimo von Säure plus eine säurebeständige Wanne oder Ähnliches, worin der Körper lange, lange liegen müsste, bis er vollständig aufgelöst wäre. Ha!

Übrig bliebe eine stinkende, dickflüssige, aggressive Masse. All diese Utensilien und einen Ort, ungestört diesem Vorhaben nachzugehen, das hat kaum jemand zur Verfügung. Und wenn: Wie die eklige Flüssigkeit wohin schaffen? Ergo → Ein Toter taucht zwangsläufig eines Tages in der Wirklichkeit auf. Wenn wir Pech haben, allerdings erst in vielen Jahren im finsteren Tann des Schwarzwalds. Doch auch da sind Jäger unterwegs, Hundefreundinnen und Hundefreunde mit ihren hündischen Freundinnen und Rüden. Menschen, die der Wanderlust frönen, Fitness-Adepten, Marathonläufer, Okkultisten, die blöde Zeremonien vollführen. Ein Auto, das nachts eine abgelegene Gebirgsstrasse befährt, mit vollem Kofferraum, was die Federung brutal durchdrückt, wird bemerkt. Vom frischluftzerfurchten Survival-Aktivisten, dem die Nachtkälte zu schaffen macht. Vom Drohnenpiloten, der das Video seines Nachtflugs auswertet. Von der letzten Bewohnerin eines Weilers zuhinterst bei Fuchs und Hase, die mit ihren 87 Jahren noch extrem rüstig um 23:40 Uhr neben ihrem Haus Brennholz hackt. Wer die Einsamkeit sucht, wird sie in der Region nicht finden.

Oder eine Entführung? Torben Andersen in einem Kellerraum oder einem menschenleeren Industriegebiet festgehalten, gefesselt und geknebelt? Warum und zu welchem Zweck? In diesem Fall hätte seine Frau sicher Anzeige erstattet oder eine Vermisstmeldung aufgegeben. Nur, äh, eben Sheila Woods …

Frage an Sie: Haben Sie einen Vorschlag, wie der Müller die Ermittungen weiterführen könnte? Wenn ja, telefonieren Sie ihm bitte? Oder – besser – schicken Sie ihm eine Mitteilung.

Drehen sich die Ermittlungen spiralförmig ins Nichts?

Aber halt!

Die Bevölkerung der Fussballstadt Basel nimmt weiterhin Anteil an Torben Andersens Verschwinden. Leider war bisher zero Verwertbares an diesen Meldungen. Kontaktieren Sie also bitte das Kriminalkommissariat nur, wenn Sie wirklich Hieb- und Stichfestes mitzuteilen haben und nicht einen Quatsch, nur damit Sie sich viva voce mit dem Müller oder seinen Kolleginnen und Kollegen unterhalten können. Dass Sie dieses Bedürfnis haben könnten, verstehen wir zwar, aber nützen tut es uns nichts, weil es den Cheftrainer des Sportclubs Basel und die IT-Spezialistin nicht herbeisimsalabimt.

Mögen manche sagen: Was für ein Aufwand wieder einmal nur wegen des Fussballs. Einerseits, andererseits. Stimmt so nicht ganz. Berücksichtigen Sie vor Ihrem geistigen Auge das Gesamtbild: Wirtschaftsfaktor! Standortmarketing, Standortvorteil, Umsatz, Mehrwertsteuer auf Ticketeinnahmen, ÖV-Billette, Parkplatzgebühren, Hotelübernachtungen, Überstunden für die Polizeikräfte, Aufträge für private Sicherheitsdienstleister, Arbeitsplätze in Fussballvereinen, den Ertrag von Wurstereien, Bierbrauereien, Tiefkühlpizza- und Pommes-Frites-Fabriken und die Lohnsumme, die generiert wird mit der Herstellung von Fanartikeln in Fernost, die mit Hilfe von Frachtfirmen um den Globus transportiert werden. Honorare für Juristen und Berater und Steuereinnahmen aus Spielersalären und anderen geldwertigen Vergütungen.

Nur Mammon, Money, schnöder Ca$h? Brutale kapitalistische Zahlen? Nein, Sir! Der Fussballsport erzeugt zudem nichtmaterielle Werte: Verbundenheit mit der Stadt, Heimatgefühl, Emotionen, Träume, Freude am Sport, frische Luft ausserhalb des Pyrobereichs im Stadion, Sonnenbräune nach Schönwetterspiel, Abhärtung bei Kälte, Bewegung durch Spaziergang von der Tram- (Linie 14) oder Bushaltestelle (Linie 36) ins Joggeli und mit dem 1er und 8er zum Bundesplatz zur Schützenmatte, Sangeslust in der Kurve und auf den Tribünen, Freundschaften, gemeinsam verbrachte Zeit. Zu alldem tragen Fussballvereine wie der Sportclub Basel und der Stadtrivale FC Basel 1893 bei.

Fussball verleiht dem Baselstab Glanz.

Finden Sie immer noch, das Kriminalkommissariat Basel-Stadt überschiesse mit seinem Engagement im Fall Andersen?

Plus: Was sonst in diesen Tagen auch noch an Arbeit für Müller, Sermeter, Wäckerlin, Gormann, Dominguez, Werner und Blaser anliegt, für Panzeri und Jonovic von Cybercrime und Wirtschaft, für den Fussballszenespezialisten Metzger, für Stickelberger und Krähenmann, für Koch von den Spezialformationen und Schmidlin von der Fahndung, für die Kolleginnen und Kollegen der Betäubungsmittelabteilung, für Cattaneo, Hurni und ihr Team von der Kriminaltechnik, das müssen wir bei der Geschichte weitgehend ausser Acht lassen. Sonst würde dies ein Buch, das einen ganzen Wald fällt.

Denk an Blumen und ihren Duft, sagt sich Müller Benedikt, denk an Blumen und ihre Farben, das hilft, das Gemüt ins psychische Gleichgewicht zu zwingen.

***

Dance, baby, dance.

Heute waren wir tanzen. Im «Pohjanhovi». Zuerst sagte ich, ich könne das nicht. Ich bin kein guter Tänzer. Aber sie sagte, wir seien Tausende von Kilometern weit weg von allen, die mich erkennen könnten. Deshalb sind wir ja hierhergekommen.

Tango, ja. Im Saal des «Pohjanhovi». Ein Akkordeonist, ein Keyboarder, elektrisch. Sie sahen aus, als sässen sie seit den siebziger Jahren auf demselben Stuhl. Das Publikum auch. Mit Ausnahme eines Paares waren wir mit Abstand die Jüngsten.

Ich habe einen Fehler gemacht. Es war ... Verrat. Aus Einsamkeit?

***

Patrouille requiriert.

Abends, stockdunkel, leichter Regen, Bise. 20:46 Uhr. Eine Frau Cecchetto Silvia, wohnhaft Hirzbodenpark, im Gellert, meldet der 117 telefonisch den Lärm eines Streits in ihrem Wohnhaus. «Heftig, laut, beunruhigend» sind drei Adjektive, die sie verwendet. «Oben, vermutlich im sechsten Stock», lokalisiert sie die Geräusche, «da ist etwas gar nicht in Ordnung, da gehen zwei aufeinander los», fasst die Frau ihre Wahrnehmungen zusammen, «ein Mann und eine Frau, soviel höre ich.»

Einsatzzentrale → Alarmpikett = Wagen mit drei Polizeikräften → Hirzbodenpark. Drei Minuten. Ranfahren, raus → Lift →

sechster Stock. Dort drei Wohnungen. Aus einer scheppert und knallt es, und ein Mann brüllt heiser Schimpfwörter, Aggression und Schmerz.

Auf dem Klingelschild der Name «Jüngling».

Aspirant Lenny Vukosavljevic telefoniert den Namen in die Zentrale durch.

Kpl Jeanneret Simone und Pol Gugerli Kelvin klingeln an der Tür.

Der Lärm setzt sich fort.

Sie klingeln erneut.

Der Lärm bricht ab.

Wegen des Namens «Jüngling», der seit Kurzem im internen System steht, ruft die Zentrale den Müller auf dem Diensthandy an und erreicht ihn zu Hause an der Birsigstrasse. Der Müller sofort 4054 → 4052. Das Zivilauto steht um die Ecke in der blauen Zone der Schweizergasse gegenüber dem abgewaschen rosafarbenen Haus, wo früher die Poststelle 4011 war. 2.9 km, Fahrtdauer 6 Minuten.

Als der Müller im Hirzbodenpark eintrifft, begrüsst ihn bei der Wohnungstür Aspirant Vukosavljevic. Kollegin Jeanneret und Kollege Gugerli haben Hugo J. Gattiker bereits in Handschellen gelegt. Er liegt bäuchlings auf dem Boden. Sein Kopf signalisiert Bluthochdruck.

ZWÖLF

Do The Waaghof Boogie.

Freitag, 18. Dezember, nasskalt, der Tag wird nicht richtig hell. War eigentlich schon Thema, dass wir uns gerade in der Vorweihnachszeit befinden? Dass dieser Pre-X-mas-Slot sich allmählich lentamente hochschaukelt, steigert und immer mehr verschärft, ja extrem eskaliert bis hin zur alljährlichen finalen Climax, die Glückseligkeit auslöst? Halleluja, puer nobis natus est? Capisci: Redemptor mundi! Salvator! Gesù Bambino! Ist uns aufgefallen, dass die Menschen sich in dieser Zeit besonders herzvoll begegnen, ja sich mögen, freudig die Ankunft des Herrn erwarten, der ihnen Hoffnung und Zuversicht verleiht? Dass sich allmählich ein zarter weisser Zauber über die Stadt legt, mancher Passant mit einem Lied auf den Lippen, «Macht hoch die Tür, die Tor macht weit», die Wohnung verlässt, um inmitten gut gelaunter Kolleginnen und Kollegen und unter den geschätzten Augen eines sympathischen Vorgesetzten schöne, sinnvolle und geschätzte Arbeit zu leisten, für die sich alle bedanken? Dass in dieser Vorweihnachtszeit auf dem Planeten E alle Waffen schweigen, Diktatoren und Autokraten sich zu Lämmern läutern und nur noch eines im Sinn haben: allen Menschen, ungeachtet von Herkunft, Geschlecht, Vermögen, Religion, sexueller Orientierung und was sich der Mensch sonst noch an Diskriminierungsfaktoren ausdenkt, ein Leben in Frieden, Glück und Wohlstand zu ermöglichen?

Ja, in diesen seligen Tagen der Vorfreude liegt ein Zauber über Basel, über dem ganzen Kanton Basel-Stadt, über der Schweizerischen Eidgenossenschaft, den Staaten innerhalb und ausserhalb der Europäischen Union, eine goldflirrende Magie breitet sich über dem Nahen und Mittleren Osten aus, über Asien und Afrika und Nord-, Mittel- und Südamerika, ja sogar über dem fernen Australien und Neuseeland und über dem Plastikstrudel im Pazifischen Ozean und den atomar verseuchten Atollen.

Die Pinguine der Antarktis jubeln und tanzen und singen. Es jauchzen die Eisbären des äussersten Nordens. Seuchen und Pandemien, Habgier und Narzissmus, Grossmäuligkeit und Bosheit, Drogen und Granaten, Machtlust und präpotentes Schafseckelgeschwafel aller Schattierungen ruhen allenthalben. In Erwartung der frohen Stunde, in Hoffnung auf die Erlösung ist die Erdenkugel in diesen Wochen quasi der Wartesaal des Paradieses.

Einzig den Waaghof, Binningerstrasse, Sitz der Staatsanwaltschaft und des Kriminalkommissariats, hat der globale Friede noch nicht erfasst.

08:12 Uhr. Im Befragungsraum S 311 sitzen der Unternehmer Hugo J. Gattiker, der nach dem Vorfall in der Wohnung Jüngling die Nacht in Obhut der Polizei verbracht hat, und sein Anwalt Dr. iur. Benno Henggeler, eigens aus Zug angereist und weniger triumphal als vorgestern. In S 311 halten sich auch Markus Gormann und Romina Wäckerlin auf. Jenseits der nur von aussen durchsichtigen Glasscheibe sitzen der Müller, der Leitende Staatsanwalt Krähenmann und sogar der Erste Staatsanwalt Stickelberger. Beim Aufeinandertreffen auf dem Korridor hat Krähenmann Müller diskret zugezwinkert und Stickelberger beiden ohne Augenkontakt schlaff die Hand gereicht. Dem Müller war, als fasse er ein lauwarmes Forellenfilet an.

Müller hat mit Absicht Gormann und Wäckerlin in den Befragungsraum geschickt. Häusliche Gewalt ist schrecklich, aber Routine. Der Kommissär selbst bleibt aus der Schusslinie. So wird Henggeler sich nicht beschweren können, sein Mandant sei erneut von einem Kriminalpolizisten befragt worden, der befangen sei und ressentimentbeladen vorgehe, weil er Gattiker in den letzten Tagen erfolglos befragt hat und ihn deshalb besonders hart drannimmt – aus Frust, aus Geltungsdrang, aus verletztem Stolz.

Nein, mein Herr, nein, mein Herr, hahaha. Heute läuft das Spiel anders.

Der Müller denkt zwar schon: Haben wir Gattiker doch noch

gekriegt, halt wegen was anderem, weil diese Sorte Typ ... Achtung! Nicht persönliche Gefühle ins Berufsleben einbringen, keine, null, vor allem nicht bei der Beurteilung und Behandlung eines Menschen. Du musst allen, auch absoluten Sympathen, die volle Härte des Gesetzes entgegenbringen, aber auch die faire Behandlung, die allen gebührt, gemäss Menschenrechten, Strafprozessordnung und – hey! Doppelpunkt vor allem auch Menschlichkeit Ausrufezeichen.

Zusammenfassung der Befragung. «Verhör» ist vormodern, so nennen wir das höchstens noch informell. Gormann und Wäckerlin konfrontieren Hugo J. Gattiker mit der Anzeige von Frau Jüngling, die auf Tätlichkeit (Art. 126 StGB), Sachbeschädigung (Art. 144 StGB) und Hausfriedensbruch (Art. 186 StGB) lautet.

Tätlichkeit: Er habe sie mehrfach geschlagen. Die Ärztin, Dr. Rosmarie F. Morosani vom Universitätsspital, hat gestern Abend Hämatome an verschiedenen Stellen ihres Körpers festgestellt. Vermutlich also einfache Körperverletzung (Art. 123 StGB)?

Sachbeschädigung: Er habe mehrere Gegenstände durch die Wohnung geworfen und ein Bild von Roberto da Vinci, Geschenk ihres Vaters zu ihrem 30. Geburtstag, aus seiner Verankerung an der Wand gerissen und auf die Ecke eines Salontischs aus Glas geknallt, deswegen ist mitten in der Leinwand ein Dreiangel eingerissen. Vor Ort fotografisch dokumentiert durch Vukosavljevic, während Jeanneret und Gugerli den Unternehmer unter Kontrolle brachten. Schadensumme aufgrund des Werts des Bildes noch zu ermitteln. Schätzwert circa 1.2 Millionen Franken, weil es nur ein kleines Gemälde ist. «Was? Das war echt?», wird er entsetzt ausrufen, als ihm Wäckerlin den zivilrechtlichen Ersatzanspruch der Geschädigten in Aussicht stellt.

Und *Hausfriedensbruch*: Frau Jüngling habe ihn mehrmals ausdrücklich aufgefordert, ihre Wohnung zu verlassen. Diesem Ansinnen ist er nicht nachgekommen.

Ein schönes Päckchen Vorwürfe. Danke, StGB.

Intermezzo. Sollten Sie dringend Besorgungen machen müssen, zum Zahnarzt oder mit einer Freundin telefonieren wollen, so tun Sie das bitte und lassen Sie sich Zeit. Selbst ein Kaffee und ein Stück Schwarzwälder Kirschtorte dürften drinliegen. Der Müller wird Sie rufen, sobald sich Gattiker in S 311 endlich gegenüber Wäckerlin und Gormann zu den Vorfällen äussert. Anzunehmen ist, dass er nur mit dem Tropfenzähler erzählen wird. Weil, ehrlich gesagt, für einen Mann seines Kalibers ist diese Geschichte eine Katastrophe. Die Fassung, die Haltung, die Selbstkontrolle verloren, die Contenance, die Disziplin, das Gesicht. Er war ausser sich. Kann einer wie er auf zeitweilige Unzurechnungsfähigkeit im Affekt plädieren? Mildernde Umstände, für ihn, Hugo J. Gattiker? Die Medien würden ihn eine Woche lang auf den Titel-, Hintergrund- und Meinungsseiten mit Spott und Häme überziehen. Der Boulevard böte Sachverständige auf, und diese würden irgendetwas faseln. Nur das Wochenblatt, das aus Prinzip das Gegenteil schreibt und dessen Auflage seit Jahren rapide abstürzt, würde ihn verteidigen und zum Helden der Männlichkeit emporstilisieren.

Ja, geschätzte Leserinnen und Leser, gönnen Sie sich eine Pause, bis Gattikers Schale Risse bekommt. Der Müller wird Sie anstupsen, sobald die Befragung des Unternehmers in die Gänge kommt.

Im Raum nebenan, S 312, führen Gülay Sermeter und Freddie Dominguez eine Nachbefragung von Paulina Jüngling durch.

Sie erzählt, dass Gattiker gestern Abend kurz vor 19 Uhr bei ihr geklingelt und sie ihn in die Wohnung eingelassen habe. Einen Schlüssel besitze er nicht. Sie habe stets Wert auf ihre Unabhängigkeit gelegt, in jeder Hinsicht. Nachdem sie sich ein Glas Rotwein eingeschenkt hätten, habe er ihr auf einmal Vorwürfe gemacht, mit Torben Andersen allzu engen Kontakt gepflegt zu haben. Auf Nachfrage von Gülay Sermeter präzisiert Paulina Jüngling, er habe tatsächlich andere Worte gewählt, um sie zu beschuldigen, nämlich «du hast mit ihm ge■■■t» sowie «du hast dich von ihm ■■■en lassen». Die zweite Formulierung entspreche nicht den Tatsachen, weil sie bei dieser Beschäftigung selber gerne eine aktive Rolle übernehme. Sie habe also nur den Wortlaut, nicht aber die Tatsache, dass dieser enge Kontakt stattgefunden habe, entschieden zurückgewiesen. Worauf der Beschuldigte nicht nur verbal ausfällig geworden sei, sondern auch mit den Händen gegen Sachwerte und mit Fäusten gegen ihre Person. Er sei offensichtlich eifersüchtig, obwohl sie ihm von Anfang an deutlich gemacht habe, dass sie für Besitzansprüche durch wen auch immer nicht empfänglich sei. «Ich bin ein freier Mensch», habe sie ihm gestern Abend erneut entgegengehalten und ihn aufgefordert: «Verlass jetzt meine Wohnung. Sofort!» An diesen Wortlaut erinnere sie sich genau. Worauf er sie beschuldigt habe, ihm «Stress» zu verursachen: Die Polizei sei bei ihm in Zug aufgekreuzt, die Reise nach London habe er streichen müssen, worauf der Deal mit der Anglo-American Transatlantic Brokering Corporation geplatzt sei. Ob sie, ■■■■■■■, wisse, wie viel ihn das koste? Abgesehen davon habe er einen Ruf zu verlieren. «Verschwinde aus meiner Wohnung», habe sie wiederholt, «ich will dich nicht mehr sehen!» Und vermutlich habe sie ihn schon «Macker» oder etwas vulgär «A■■■ch» genannt, aber ein Grund, sie mit Fäusten zu schlagen und herumzuschubsen und das halbe Wohnzimmer inklusive des Bildes, das ihr verstorbener Vater ihr geschenkt habe, zu zerstören, sei das nicht. Ob sie ihre Anwältin, lic. iur. Désirée Putzi, verständigen müsse? «Nein, nein, nicht jetzt, aber später, um Ihre zivilrechtlichen Ansprüche durchzusetzen», antwortet Gülay Sermeter. «Sie sind als Geschädigte bei uns im Waaghof, nicht als Beschuldigte.»

Nachdem Frau Jünglings Aussage zu den Vorfällen vom Vorabend gespeichert ist, fragt Sermeter off the record noch: «Was wissen Sie über den Verbleib von Torben Andersen?»

***

Ein Häkchen setzen.

16:14 Uhr. Es hat länger gedauert, bis er mürbe war. Tausend

Fragen vor und zurück, tausend Fragen, immer wieder dieselben, Wiederholungen bis zum Überdruss, bis dem Befragten die Polizeiroutine dermassen zum Hals heraushängt, dass er schliess- und endlich nur noch eines will: dass ihn Romina Wäckerlin und Markus Gormann in Ruhe lassen und er diesen überheizten, stickigen, trockenen Raum verlassen, einen kühlen Sancerre trinken und die kristallklare Basler Stadtluft atmen kann.

«Ring The Bells» (James): Kommen Sie bitte zurück von Ihrem Kaffee, Einkauf oder Telefongespräch, geschätzte Leserin, geschätzter Leser. Bitte, sofort! Denn in S 311 gibt Hugo J. Gattiker im Beisein von RA Benno Henggeler nun eine Erklärung ab. Man könnte es ein Geständnis nennen. Im Nebenraum schütteln Müller, Stickelberger und Krähenmann jede Schläfrigkeit ab, schauen durch die bloss von ihrer Seite her transparente Plexiglasscheibe zu und hören über einen Lautsprecher mit, was im Raum besprochen wird. Gattiker gesteht schliesslich die Vorfälle in Frau Jünglings Wohnung vollumfänglich. Die Beweislage lässt keine Zweifel, die Strafanzeige ist klar formuliert, medizinische Evidenz in Form der Untersuchung von Frau Jüngling durch Dr. med. Rosmarie F. Morosani liegt ebenfalls vor. Hugo Gattiker erklärt, seit Wochen unter enormem Druck zu stehen, einerseits geschäftlich, andererseits emotional. Er habe vor Eifersucht die Fassung verloren. Die Einvernahmen – telefonisch, durch die Zuger Polizei und vorgestern im Gebäude der Zuger Polizei durch Müller und Sermeter – und die vorübergehende Festnahme in Zug hätten seine Anspannung unerträglich vergrössert, sodass er sich zu Handlungen habe hinreissen lassen, die er zutiefst bedaure. Er wolle für den Schaden in Frau Jünglings Wohnung aufkommen und sich bei ihr in aller Form entschuldigen.

Auf Wäckerlins Frage, ob sein Gewaltausbruch mit Torben Andersens Verschwinden zu tun hatte, erklärt er «kategorisch und abschliessend», wobei RA Benno Henggeler mahnend seinen rechten Zeigefinger in die Luft sticht, «kategorisch, abschliessend und ein für alle Mal», dass er keine Informationen darüber hat, was mit Torben Andersen, seinem «Nebenbuhler», wie Wäckerlin den Trainer altmodisch provokativ nannte, passiert sein könnte. Er habe nie persönlichen Kontakt zu ihm gepflegt. Er sei ihm an Anlässen des Gönnervereins des SC Basel «zwei- oder dreimal begegnet» und habe dabei mit ihm «einige oberflächliche Sätze gewechselt». Mehr nicht. Erst im Laufe der Einvernahme im Gebäude der Zuger Polizei durch Müller und Sermeter habe er verstanden, dass zwischen Paulina Jüngling und Torben Andersen eine «enge Verbindung» existiert habe. In seinem Gesicht macht sich wieder der Blutdruck bemerkbar. Diese zweite Einvernahme in Zug habe ihn «massivst unter Stress gesetzt» und gestern Abend zu dieser Verkettung ungewöhnlicher Vorfälle geführt.

«Körperverletzung, Sachbeschädigung, Hausfriedensbruch», wirft Romina Wäckerlin präzisierend ein, was ihr einen bösen Blick von RA Henggeler einbringt. «Gewalt gegen Beamte … Art. 285 StGB», hängt sie noch an. Dr. iur. Benno Henggeler fuchtelt mit den Händen, als wolle er Fledermäuse verscheuchen.

Hugo J. Gattiker aber quittiert die strafrechtlichen Begriffe mit einem Nicken und murmelt etwas.

«Bitte wiederholen Sie Ihre Aussage», sagt Wäckerlin und deutet aufs Mikrofon.

«Körperverletzung, Sachbeschädigung und Hausfriedensbruch», wiederholt er und fügt erneut bei, wie leid es ihm … und sich in aller Form entschuldigen und den Schaden ersetzen. Dass er in Paulina Jünglings Wohnung gegen die Polizeipatrouille Widerstand geleistet habe, sei auch … hm … ja, nun gut. Aber auf keinen Fall dürfen, hier schaut er seinen Anwalt an, die ähm Vorkommnisse des gestrigen Abends und seine Festnahme … an die Öffentlichkeit gelangen. Dr. Henggeler schaut streng.

Dann nimmt Gattiker einen Schluck Wasser aus dem Becher, in den Gormann soeben lauwarmen Sprudel nachgefüllt hat.

Im Nebenraum steht Müller auf, öffnet die Tür zu Raum S 311 und tritt zu Gattiker, Henggeler, Wäckerlin und Gormann hinein. Er nickt der Kollegin und dem Kollegen zu und teilt Gattiker mit, dass die Polizei gegen ihn vorerst für 30 Tage ein Kontaktverbot verhängt. «Sie dürfen sich weder bei Frau Jünglings Wohnung noch bei ihrem Arbeitsort aufhalten. Jeder Versuch, sich ihr zu nähern oder sie auf welchem Weg auch immer zu kontaktieren, ist Ihnen untersagt. Haben Sie das verstanden?»

Wie er sich dann bei ihr entschuldigen könne, will Gattiker eigentlich fragen, doch die graugrünen Augen des Kommissärs funkeln kalt wie zwei Todessterne, die aufgrund ihrer Dichte die giftigen Spiralnebel und die Meteoriten und Kometen zweier ganzer Galaxien ansaugen, um sie unter hämischem Gelächter auf dem Magma ihrer Oberfläche explodieren und annihilisieren zu lassen.

Vielleicht wird der Richter diese Reue strafmindernd berücksichtigen. Vielleicht lässt sich die Sache mit einem Vergleich aussergerichtlich regeln?

17:46 Uhr. Im Korridor stösst der Müller nochmals auf Stickelberger und Krähenmann. Stickelberger schaut ihn ernst an, Krähenmann gibt ihm die Hand. Zwinkert er dem Müller zu, oder entwickelt Krähenmann einen Tick? Abgang Staatsanwälte.

Auf dem Weg zu seinem Büro trifft Müller auf Gülay Sermeter. Sie berichtet ihm wörtlich, was Paulina Jüngling heute Morgen ausgesagt hat:

«Nein, ich habe keine Ahnung, was mit Torben ist. Er hat sich nicht gemeldet, und ich kann ihn auf dem Handy nicht erreichen. Ich kann das, wenn nötig, beschwören.»

Gülay streckt dem Müller ein Blatt hin. «Ich habe das schriftlich und von ihr unterschrieben.» Er schaut drauf. «Den schriftlichen Bericht der Befragung habe ich dir geschickt. Ich gehe jetzt», sagt sie.

Müller lächelt. «Grüss die Kinder von mir», sagt er und: «Ich habe noch eine Weile zu tun. Soll ich nachher vorbeikommen?»

Jetzt lächelt auch Gülay und nickt.

19:00 Uhr. Im Einzelbüro sitzt der Müller, schaut in die Nacht hinaus, auf das grosse Wohnhaus an der Birsigstrasse, das den Zoo-Parkplatz überragt. Wer weiss schon, dass sich dort einst die Hinrichtungsstätte befand? Wenige Dutzend Meter weiter oben liegt seine Wohnung, die heute vergeblich auf ihn wartet, denn er wird später ins Kleinbasel zu Gülay fahren.

Was haben sie in den letzten Tagen nicht alles abgeklärt! Kein Vergleich zu einer normalen Vermisstmeldung. Aus Gründen der lokalpatriotischen Fussballbegeisterung. Weder lebendig noch tot, Torben Andersen und seine Frau sind nicht zum Vorschein gekommen. Niente.

«Das Leben ist eine Abfolge von Aufgaben, die zu erledigen sind», hat schon der alte Diodoros festgestellt, in einer Lebensphase, in der er allmählich von der Depression zum Stoizismus zurückkehrte.

Ungewissheit. Beruflich mag das der Müller nicht. Ungewissheit widerspricht dem polizeilichen Weltbild, das aus gesicherten Fakten zu bestehen hat.

«Je planmässiger die Menschen vorgehen, desto wirksamer vermag sie der Zufall zu treffen», schrieb Friedrich Dürrenmatt. Aber der war nicht Polizist. Recht hatte er trotzdem. Aber «Die Physiker» ist eine Komödie, das Leben ist es oft nicht. «Ohne Scherz ist das Leben nur Schmerz» … Warum kommt dem Müller ausgerechnet jetzt der frühpensionierte Kollege Vetter Rolf in den Sinn?

Ungewissheit. Der Müller mag sie nicht. Selbst nach einem Vierteljahrhundert Polizeidienst kann er sich nicht damit abfinden, dass die planmässige, sorgfältige Arbeit eines ganzen Teams von Polizistinnen und Polizisten nicht immer eine Lösung bringt. Oder manchmal nicht *die* Lösung, die richtige, gerichtlich anerkannte. Oder die wahre.

Doch er muss den Trainer finden. Weil vielleicht ein Mörder frei herumläuft. Weil es Leute gibt, die Andersen kennen oder kannten. Denen er etwas bedeutete oder bedeutet: seine Frau, wo auch immer sie ist, Uwe Kordes und Asta Schneider, seine Jugendfreunde aus Norddeutschland, sein Cousin Stefan Bauer, der Assistenztrainer Holger Baumann, Paulina Jüngling. Der Tod ist ein Saukerl, denkt sich der Müller, aber fürchten müssen wir nicht ihn, nur das Sterben.

Wenn wir unbestattet irgendwo tot liegen, im Rhein, zu Asche verbrannt in der Kehrichtverbrennungsanlage dort draussen bei der Psychiatrischen Klinik, in einer Wohnung, die seit Monaten keinen Besucher mehr erlebt hat, in einem Waldboden zum Staub zurückkehren, der Körper unbeachtet an einem unbekannten Ort verwest, so widerspricht das den Sitten und Gebräuchen und dem Gesetz. Den toten Menschen selbst kümmert es nicht. Denn er hat längst seine Form verändert, hält sich als Seele bei Gott oder im Nirgendwo auf, bereitet sich vor aufs Jüngste Gericht oder auf die Reinkarnation als fliegender Frosch oder Puzzle-Vizemeister der Nordwestschweiz.

Ich muss Andersen und Woods finden, beharrt die Sturheit in Müller. Und sei es offiziell auch nur des Sponsors wegen, der auf Schadenersatz geklagt hat, weil Andersen seinen Verpflichtungen nicht nachgekommen ist. Falls der Trainer noch lebt, findet der Kriminalkommissär, würde er es zwar bedauern, ihn deswegen zu belangen. Vertragliche Vereinbarungen hin oder her.

Falls er noch lebt? Und falls sie noch lebt.

DREIZEHN

Unverhofft kommt vor.

Das Diensthandy vibriert am Samstagmorgen, 19. Dezember, um 07:34 Uhr, als der Müller unter der Dusche steht. Gülay reicht ihm das Mobiltelefon, er stellt das Wasser ab. Vorwahl +358? Welches Land könnte das sein? Ein falscher IT-Consumer-Service, der ihn auf Englisch reinlegen will? Müller wischt nach oben und nennt seinen Namen und seine Funktion.

«Parkkonen, Polizei Rovaniemi», sagt eine Frauenstimme in gutem Englisch, «guten Morgen. Ich rufe Sie an wegen Ihrer Personenfahndung über Interpol.»

Müller sei um 07:36 Uhr «schlagartig wach», könnte ich nun schreiben, aber da gähnt das Phrasenschwein so heftig wie der Müller nicht mehr. «Ja?», ruft er mehr, als dass er sprechen könnte.

Rovaniemi, Nordfinnland, Postleitzahl SF-96100. PLZ-Nerds der Welt, ich grüsse euch.

«Der gesuchte Torben Andersen hält sich hier bei uns auf», teilt ihm Kollegin Parkkonen mit.

«Am Polarkreis?», fragt der Müller ungläubig. «Geht es ihm gut? Ist er verletzt oder so?», fragt er.

«Soweit ich das beurteilen kann, ist er in Ordnung», antwortet die Kollegin.

Müller legt sich ein Frottiertuch um die nackten nassen Schultern. Dass noch Schaum drauf ist, kümmert ihn nicht. Er setzt sich auf den geschlossenen WC-Deckel. Kurz kalt, egal.

«Auch die zweite Person, die Sie suchen, ist bei ihm … Sheila Woods.»

Müller atmet tief aus und zeigt Gülay, die in der Badezimmertür steht, den erhobenen Daumen. Er bringt etwas Systematik in seine Gedanken: «Wo sind die beiden?»

«Ausserhalb der Stadt. Dort haben sie eine Hütte gemietet,

unter ihrem richtigen Namen. So haben wir sie gefunden. Weil der Vermieter ihre Namen gemeldet hat.»

Finnland! Warum gerade Finnland? Nichts gegen Finnland, aber warum dorthin?

«Sollen wir sie festnehmen?», fragt die finnische Polizistin.

«Nein», antwortet der Müller, «es ging uns darum, den Aufenthaltsort dieser Personen ausfindig zu machen und mit ihnen zu sprechen. Ein Vermisstenfall. Plus zivilrechtliche Ansprüche wegen mutmasslichen Vertragsbruchs. Nichts, was eine Festnahme rechtfertigen würde.»

Ein Polarlicht! Jetzt! Oooooooh! Grün-rot-blau flammt es über der verschneiten Landschaft von Rovaniemi auf und irrlichtert in den oberen Schichten der Erdatmosphäre herum. Im Norden oben ist es noch für Stunden so dunkel wie im Magen von Rudi, dem rotnasigen Rentier. Die Sonne wird heute um 11:07 Uhr aufgehen.

«Gut», quittiert Parkkonen.

Er würde sich gern mit Andersen und Woods unterhalten, sagt der Müller. Eigentlich müsse er sogar. Aber das Handy des Trainers sei ausgeschaltet, die Nummer seiner Frau hätten sie nicht eruieren können, und die Hütte bei Rovaniemi sei wohl nicht mit einer Festnetzleitung ausgestattet, oder? Liesse sich ein Gespräch dennoch einrichten?

Kollegin Parkkonen schlägt vor, gleich den Kollegen, der bei der Hütte Wache hält, zu verständigen. Der werde Andersen und Woods ans Diensthandy holen. Sofern sie sich ihm nicht entzögen.

«Ich kann für den Fall, dass … Verstärkung hinschicken», schlägt die finnische Polizistin vor.

«Versuchen Sie's bitte auf die unkomplizierte Tour», sagt der Müller, der in Gülays nicht eben überheiztem Altbaubadezimmer langsam zu frieren beginnt. «Koivisto», sagt er noch, was die finnische Kollegin beantwortet mit «Wie bitte?». Weil das Wort nicht, wie Müller sich von einem Skispringerinterview her zu erinnern glaubte, danke bedeutet, sondern irgendwas anderes. «Danke», sagt er deshalb und wischt übers Gerät.

Abtrocknen → Gülay erzählen → anziehen → in die Küche → Kaffee aufset… Da klingelt erneut das Diensthandy.

Der Kollege vor Ort.

Nichts mit freiem Samstag – Fussball spielen im strömenden Regen mit Doris' und Gülays Kindern, nichts mit den Dinosauriern im Naturhistorischen Museum, die Murat langsam etwas öde findet.

Der finnische Kollege, Heikkinen heisst er.

Müller grüsst und dankt.

Lagebericht aus 66° 30' 2" N, 25° 43' 22" E: Heikkinen befindet sich in der Hütte, sitzt mit Torben Andersen und Sheila Woods an einem grossen Holztisch, auf dem die Teekanne dampft und auf den ein ausgestopfter Elchkopf herunterglotzt. Heikkinen fasst auf Englisch diese Situation live zusammen. Müller bittet darum, mit Andersen sprechen zu dürfen, unter vier Augen, was als Ausdruck nicht passt, aber egal. Der Kollege leitet dieses Ersuchen an den Cheftrainer weiter. Dieser begibt sich mit dem finnischen Polizeidiensthandy ins Nebenzimmer, Tür bleibt offen, Sichtkontakt.

«Herr Andersen?», spricht ihn der Müller an und wechselt ins Deutsche, «hier Müller, Kriminalkommissariat Basel-Stadt.»

Er hört, wie Andersen tief durchatmet. Verschafft ihm der Anruf Erleichterung?

«Gut, dass Sie anrufen», sagt Andersen nur.

Müller zögert und sagt schliesslich: «Das kann ich mir vorstellen.» Nun kratzt sich der Kommissär mit den Fingerkuppen sanft an seiner Kopfhaut und wartet.

«Hallo? … Hören Sie mich?», fährt Andersen fort.

Der Müller muss jetzt etwas sagen. Sag was, Müller, sagt er sich, du führst die Befragung, nicht er. Also sagt er: «Sie werden hier in Basel seit zehn Tagen vermisst. Niemand hat ein Lebenszeichen von Ihnen erhalten. Niemand weiss, wo Sie sind. Ihr Arbeitgeber macht sich Sorgen um Sie. Eine Klage wegen Vertragsbruchs ist eingegangen.»

Nun ist es an Andersen, das Gehörte aufzunehmen, zu durchdenken und darauf zu reagieren. Phonetisch nimmt diese

Reaktion die Form eines Seufzers an, der ungefähr so klingt: «Hhhhhhhhhh.»

Der Müller: «Geht es Ihnen und Ihrer Frau gut?»

Aus dem südkoreanischen Gerätlein am Polarkreis hört er keine Widerrede, also will er mal eine positive Antwort annehmen.

«Gemäss den uns vorliegenden Informationen hat Sie nach dem Abschlusstraining am Montag, 7. Dezember, niemand mehr zu Gesicht bekommen. Ausser dem Personal des Universitätsspitals, das Sie am Mittwoch, 9. Dezember, ungefähr um 16 Uhr verlassen haben.»

Im Raum zwischen Kleinbasel, Antenne, Satellit und Heikkinens Diensthandy dort oben am Polarkreis hat sich vorweihnachtliche Stille breitgemacht, so breit und flach und ausladend, dass sie hermeneutisch das Nichts symbolisieren könnte. Sofern Sie mir diese Überinterpretation eines trivialen Problems mit dem Handyempfang verzeihen möchten. Doch falsch, mi sono sbagliato, dass wir nichts hören, ist kein Handyempfangsproblem, sondern die Stille in Torben Andersens Kopf, die Ruhe, zu der er nach zehn Tagen des Verschwundenseins langsam zu finden glaubt.

«Ich hatte genug», sagt er leise, «genug von all dem Theater.»

In Rovaniemi fallen langsam Schneeflocken, so gemächlich, dass man Lust hätte, sie zu zählen. In Basel rinnt dagegen Regen aus den Wolken, dessentwegen sich Mann und Maus in der Wohnung verschanzen, als läge draussen ein Virus auf der Lauer.

«Was für uns zählt: Sie können mir also bestätigen, dass Sie und Ihre Frau aus freien Stücken verschwunden sind? Dass Sie von niemandem bedroht wurden und deshalb aus der Schweiz geflüchtet sind?»

«Kann ich», sagt Andersen, «ja, wir sind freiwillig verreist.»

«Ich höre Sie schlecht», entgegnet der Müller, ein Trick, damit der Gesprächspartner seinen Satz klar und deutlich wiederholt. Dass Heikkinen durch die geöffnete Tür als Zeuge mithört, wie der Müller annimmt, nützt allerdings nichts, weil der finnische Kollege wahrscheinlich kein Deutsch kann.

«Ja, ich kann Ihnen bestätigen, dass meine Frau und ich aus eigenem Antrieb abgereist sind. Um Ruhe zu finden. Absolute Ruhe. Erholung. Weg von allem.»

Dann erzählt er seine ganze Not. Er war am Punkt, dass es ihm alle Energie abverlangte, auch nur eine Kurzmitteilung zu schreiben. Die Medien, Himmel, er hatte gelernt, sie auszublenden. Doch plötzlich schaffte er es nicht mehr. Die Ergebnisse schlecht. Die Arbeit im Training mit den Spielern mehrheitlich positiv, aber auf dem Feld klappte es einfach nicht. Erstmals in seiner Laufbahn war er ratlos, absolut ratlos, ohne eine Idee, wie das Steuer herumzureissen wäre. Der eine oder andere Spieler offen renitent, doch auf einmal zögerte er, für Ordnung zu sorgen. Er brachte die Kraft nicht mehr auf, sich durchzusetzen. Von der Vereinsleitung wenig Unterstützung. Der Präsident schwer erreichbar, hier muss der Müller lachen, der Vizepräsident freundlich, aber mit seinem eigenen Unternehmen vermutlich sehr stark ausgelastet. Die Müdigkeit. Sponsorenanlässe. Die Spieleragenten, die ihm mit ihren Anrufen, Angeboten und Forderungen die Luft abdrücken. Dabei liegen Transfers und Lohnverhandlungen gar nicht in seiner Kompetenz. Die Stadt, die er nicht kannte – spricht im Präteritum, der Erzählzeit der Vergangeneit – und von der er sich fragte, ob es überhaupt einen Zweck habe, hier heimisch zu werden. Weil schon der Saisonanfang durchzogen war und die Kurve bald weiter absackte. Eine Dynamik, die er nicht entschlüsseln und deswegen nicht brechen konnte … Der Ball schien ihm eckig geworden, das gegnerische Tor zugenagelt, der Himmel schwarz wie eine Gewitterwand kurz vor dem Bersten. Und seine Frau weit weg. Mit wem sich austauschen? Wo Rückhalt finden? Wo sich entspannen und abschalten?

Paulina Jüngling, denkt der Müller, unterbricht ihn aber nicht.

Nach einigen Minuten fürchtet der Kommissär allmählich um Heikkinens Akku und wendet ein: «Ihr Verschwinden, Ihr ungewisses Schicksal ist seit Tagen ein grosses Medienthema, auch online … Haben Sie nichts mitbekommen? Sie wären der Einzige, der nicht ab und zu den eigenen Namen googelt.»

Nun lacht Andersen. Dann sagt er: «Digital Detox.» Dann fügt er hinzu: «Ich will nichts davon wissen. Wir haben unsere Mobiltelefone ausgeschaltet, keine Meldungen, keine Zeitung gelesen, kein Radio gehört, keinen Fernseher angeschaltet. Nur wir und der Schnee. Mehr will ich nicht.»

Hm.

Freiheit, denkt der Müller, Freiheit «... ist einfach ein anderes Wort dafür, dass du nichts zu verlieren hast» (Kristofferson/Foster).

Dann bedankt er sich und bittet den Trainer, dem Kollegen Heikkinen das Telefon zurückzugeben. Auf Deutsch sagt der: «Das mit dem freiwilligen Verschwinden und die Begründung habe ich mitgeschrieben. Ich lasse Herrn Andersen dieses Protokoll unterschreiben.»

Potz Blitz würde der Müller sagen, wäre dieser Ausdruck noch gebräuchlich. Stattdessen sagt er: «Grossartig! Danke sehr.» Und er bittet den Kollegen, das Handy an Sheila Woods weiterzureichen.

Auch sie bestätigt ihm, freiwillig nach Rovaniemi gereist zu sein. «Eine ausgesprochene Nicht-Fussball-Destination», erklärt sie, «von der Schweizer Liga und vom Sportclub Basel weiss hier niemand etwas, und es interessiert vermutlich auch niemanden, was mein Mann in der 2. und 3. Bundesliga geleistet hat.»

Müller wundert sich noch immer, dass es so einfach sein kann, eine Auszeit zu nehmen.

War es reiner Überdruss, was sie nach Finnland getrieben hat? Er will es auch von ihr hören.

«Wir haben auf unseren Notfallplan zurückgegriffen. Es war uns immer klar: Wenn etwas ist, treffen wir uns in Rovaniemi.»

Müller: «Was ist oder war denn?»

Hier zögert sie kurz. «Eben was Ihnen Torben erklärt hat: Er hatte keine Energie mehr, er konnte in Basel nur noch Fehler machen. Eine schiefe Ebene. Stress und immer noch mehr Stress ist keine Lösung. Eine Auszeit, verstehen Sie? Niemandem verpflichtet sein.»

Eine Erklärung will der Müller noch: Weshalb über sie, Sheila

Woods, nichts in Erfahrung zu bringen sei? Ausser dass sie IT-Spezialistin oder etwas Ähnliches sei.

Woods schweigt einige Sekunden, der Müller lauscht wieder der Stille zwischen Kleinbasel, der Mobilfunkantenne, dem Satelliten, der Mobilfunkantenne, der klirrend kalten Polarluft und Heikkinens Diensthandy.

«Ich arbeite … in einem Bereich, der … sagen wir's so: nicht für die Öffentlichkeit bestimmt ist», formuliert sie ihre Antwort.

«Geht das etwas genauer?», hakt der Kommissär nach. Hinter ihm hat Gülay Sermeter längst ihre erste Tasse Kaffee getrunken.

Während er die Schneeflocken in Rovaniemi zu Boden schweben und ein weiteres Polarlicht über den Himmel huschen hört, vernimmt er aus seinem Diensthandy ein leises Summen.

Sheila Woods summt. Sie summt eine Melodie, die der Müller kennt: «Goldfinger» (Bricusse/Newley/Barry).

Sie summt sie bloss wenige Sekunden. Dann schweigt sie. Der Müller auch. Hat ihn der Hauch des Todes gestreift? «Das haben Sie schon wieder vergessen, don't you?», sagt Sheila Woods. Müllers Nicken hört sie sehr wohl. Denn in seinen Nackenwirbeln knackt es.

«Work … huh!» (Heaven 17).

Also, wie befürchtet, nichts mit Kaffee und Frühstück in aller Ruhe mit Gülay und ihren Kindern, nichts mit dem geplanten Besuch zu viert bei seiner Schwester Doris und deren Kindern. Nichts mit – Himmel, wo ist er da bloss reingeraten, wir erkennen ihn gar nicht mehr recht – F.A.M.I.L.I.E.N.L.E.B.E.N.

Was gäbe er darum, wenn er seine Arbeit dafür um einen Tag verschieben könnte. Es führt kein Weg daran vorbei: nach dem Telefonat mit Rovaniemi → ab in den Waaghof → rumtelefonieren.

Müller verständigt die Kolleginnen und Kollegen, zuerst aber den Leitenden Staatsanwalt Thomas Krähenmann, der sich sofort an die Strippe hängt, um seinen Chef, den Ersten Staatsanwalt Daniel Stickelberger, zu informieren. Der Kommissär ruft unterdessen Ruedi Bürgin an, den Vizepräsidenten des Sportclubs Basel, strandet zum unzähligsten Mal im elektronischen Niemandsland mit seinem Versuch, mit dem SCB-Präsidenten Jornod ins Gespräch zu kommen. Dann Beat Schwarz, den Kommunikationschef der Staatsanwaltschaft, während Stickelberger, um den Erfolg seiner Abteilung zu vermelden, sich vertrauensvoll mit Regierungsrat Dr. iur. et oec. Robert «Robi» Augsburger in Verbindung setzt, der hm äh anbietet, ebenfalls zur auf 15:00 Uhr angesetzten Medienkonferenz (Briefing 14:30 Uhr) zu erscheinen, um seine Leute zu unterstützen.

So schafft's Augsburger mit Bild in die nationale Sonntagspresse. Auch wenn fast die ganze Zeit über Stickelberger spricht. Krähenmann und der Müller – er musste nochmals heim, um die Uniform anzuziehen – flankieren stumm diese beiden Vorgesetzten. Das von der Schweizerischen Depeschenagentur verbreitete Foto zeigt v. l. n. r. Müller, Stickelberger, Augsburger und Krähenmann. Aus Layoutgründen wurde das Foto jedoch zu beiden Seiten um je eine Person amputiert, sodass zwischen Romanshorn und Genf, Chiasso und Kleinhüningen und im Internet von Müller nur der linke Uniformärmelsaum zu sehen ist und von Krähenmann der rechte kleine Finger.

Nach der Medienkonferenz verschwinden die vier Herren mit Frauenanteil null Prozent aus den Erfassungsbereichen der Kameras und Journalistenaugen. RR Augsburger gibt allen die Hand und bedankt sich bei Stickelberger für die «gute, wenn auch kostspielige Arbeit, im Grossen Rat werde ich sicher ein paar unangenehme Fragen beantworten müssen, hahaha». Stickelberger schüttelt RR Augsburger die Hand und bedankt sich bescheiden für den Dank an seine Abteilung, «man tut, was man kann». Der Regierungsrat und der Erste Staatsanwalt schreiten zurück in ihre Vorfreude auf ihre flächendeckende Präsenz heute in den elektronischen und die flächendeckende Präsenz morgen in den Printmedien. Als Abschied nickt Stickelberger Krähenmann und Müller zu, die noch gemeinsam beim Automaten einen Kaffee nehmen.

Müller ist froh, als er wieder in den dritten Stock in sein Einzelbüro kann. Das Verhältnis SC Basel ↔ Torben Andersen wird sich in einigen Tagen lösen, als «gütliche Einigung und Vertragsauflösung in gegenseitigem Einvernehmen», wie Müller aus den Medien erfahren wird. Die Zivilklage des Sponsors ■■ ■■ wegen Vertragsbruchs gegen Andersen wird zurückgezogen und mit einem Vergleich beigelegt werden.

Wie die «gütliche Einigung» sich gestaltet, würde den Müller – und noch viel mehr Romina Wäckerlin und Freddie Dominguez – interessieren. Doch darüber ist nirgends etwas zu lesen. Die Fussballbranche plappert zwar meist wie ein Wasserfall, schweigt aber, wenn's drauf ankommt, wie ein Grab.

Draussen dunkelt's ein. Auf dem Asphalt der Binningerstrasse spiegeln sich die weissen und roten Lichter der Autos in den Wasserpfützen. Im Einzelbüro speichert der Müller seine stichwortartigen Notizen der Telefongespräche mit Torben Andersen und Sheila Woods, versieht sie mit seinem Kürzel, legt sie im elektronischen Ordner des Falls ab und schickt sie zur Kenntnis an Thomas Krähenmann. Dann klappt er die digitalen Aktendeckel zu.

Er schaut in die schwarze Schwärze hinaus und freut sich. Weil er einen Fall gelöst hat, ohne dass jemand gestorben ist. Der Tote vom Rechen in Kembs ist eine andere Geschichte.

Plötzlich klart sein Gemüt noch mehr auf, weil ihm einfällt: Hey, bald ist Weihnachten! «Il est né le divin enfant! Jouez hautbois, résonnez musettes!» Freude, Freude, Frohlocken.

In dubio prosecco. Olé!

Dann stimmt dem Müller sein privates Gerät «Sodom And Gomorrah Show» an und vibriert wie verrückt. Freddie Dominguez ist's, der heftig Kräftige. «Das ist ein Aufgebot», sagt er und geniesst es, seinem Chef gegenüber zu demonstrieren, dass er selbst zu einer voll echten Kommandostimme fähig ist. Lockerer fährt er fort: «Komm auf 20 Uhr in die ‹Markthalle›, Müller Benedikt. Wir machen ein kleines Fest. Alle werden da sein.»

«Aber …», will der Müller einwenden.

«Sermeter auch. Sie hat das Aufgebot positiv quittiert», unterbricht ihn Freddie und kommt allfälligen Einwänden zuvor, indem er den Anruf abbricht.

In der «Markthalle», sie besitzt eine der grössten Spannbetonkuppeln der Welt, Samstagabend, 19. Dezember, herrscht Rambazamba à gogo. Streetfood-Stände, Stühle, Tische, Gratis-WLAN. Das «Bierrevier» befreit mit 41 Zapfhähnen und Hunderten von Flaschenbiersorten das Biertier in dir. Der Perser kocht persisch, der Libanese libanesisch, der Inder indisch, die Vietnamesen Sushi, der Nordafrikaner bäckt Pizza. Die Gerüche der ganzen Welt steigen aus Töpfen und Öfen und bleiben in Nase, Magen und in den Kleidern hängen. Im «Wohnzimmer» spielt eine Jazzband.

Die Sängerin kennen wir: Jazzica alias Jessica Panzeri von der Abteilung Wirtschaftskriminalität, sie wird begleitet von ihrem Trio – Schlagzeug, Bass, Klavier – und macht dem Müller eine Freude und singt: «(You Make Me Feel Like) A Natural Woman» (Carole King/Gerry Goffin). Panzeri wirft Gülay einen freundlichen Gruss zu und lächelt beim Singen, sodass dem Müller schlagartig klar wird, dass der halbe Waaghof längst gewusst hat, dass zwischen dem Kommissär und der Detektivwachtmeisterin seit einiger Zeit crescendo bis fortissimo «Love Is In The Air» (John Paul Young). Dann spielt das Trio ein eklektisches Repertoire: Wiederum für Gülay und Müller «Boys And Girls» und – besonders für Gormann – «Smalltown Boy» und für Freddie Dominguez und seine Rosa «Pump Up The Jam» und für die ganze Kriminalpolizei, stark abgeändert und neu arrangiert, «You've Got The Power», was nicht gerade dem müllerschen Verständnis von Demokratie entspricht. Aber piano: Hüten wir uns davor, die Setlist von Jazzicas Trio inhaltlich hyper zu interpretieren. Freizeit, Leute! Polizeisozialleben: Wir haben den Fall gelöst, sind hier und wollen Spass.

Yeah, yeah, yeah.

Die Kriminalpolizei sitzt aber nicht nur in der «Markthalle», weil der Fall Andersen und Woods geklärt ist, sondern auch der runden Geburtstage wegen, die in diesem Jahr stattgefunden haben: Cattaneo von der Kriminaltechnik wurde 40, Gormann ebenfalls (der hat seinen Frank mitgebracht), der Müller selbst hat sein halbes Jahrhundert vollendet.

Braucht man gar nicht so viel Aufhebens drum zu machen, ums Alter, findet der Kommissär. «Die Jahre machen nicht weiser, sondern älter.» (Jack Beauregard)

Ein weiterer Grund für das kleine Fest: Aspirantin Werner und Aspirant Blaser haben, inmitten all der Arbeit des Kriko, die eidgenössische Polizeiprüfung bestanden. Sie werden ab Januar als vollwertige Mitglieder des Polizeikorps in die Sicherheitspolizei eintreten, Arbeitsort: Polizeiwache Kannenfeld, Strassburgerallee 18, 4055 Basel. Alles Gute!

Und eine weitere personelle Änderung steht an: Gülay Sermeter wechselt … zur Abteilung Wirtschaftskriminalität. Die haben familienfreundlichere Arbeitszeiten als die Fahndung und auch als die Abteilung Betäubungsmittel. «Ausnützung eines Abhängigkeitsverhältnisses» ade: Müller und Sermeter haben das Problem gelöst.

Zwischendurch steht der Müller mit Mladen Jonovic von IT und Cybercrime zwischen schlecht rasierten Männern mit wild verstrubbelten Frisuren und leistungsfähigen Handys und langhaarigen Frauen mit schönen Mänteln und leistungsfähigen Handys vor dem Gebäude im leichten Regen und zieht frischen Zigarettenrauch in die Lunge. Da spielt sein Mobiltelefon wieder die «Sodom And Gomorrah Show»-Melodie. Kristallklar und deutlich meldet sich … «Samuel Jornod hier. Verstehen Sie mich, Kommissär Müller?»

«Sehr gut sogar, sehr gut …»

«Ich hätte jetzt Zeit, um ausführlich mit Ihnen zu sprechen. Und endlich … haben wir eine gute Verbindung … Was wollen Sie von mir wissen?», sagt der Präsident des Sportclubs Basel.

«Nichts mehr, Herr Jornod. Im Moment gar nichts mehr.»

Dank

Der Autor dankt Philip J. Müller, dem Präsidenten der Union Schweizer Fussballtrainer USFT, für Hintergrundinformationen zum Trainerberuf. Für allfällige Abweichungen von der Wirklichkeit ist der Autor verantwortlich.

Raphael Zehnder
MÜLLER UND DIE TOTE IN DER LIMMAT
Broschur, 208 Seiten
ISBN 978-3-95451-046-7

«Ein wahrhaft lustiges Buch, was hierzulande selten ist. Nein, Entschuldigung, wir wollten ja solch apodiktische Aussagen nicht mehr tätigen. Sagen wir also einfach: ein Buch, das einen lachen macht. Weil es sich nicht so wichtig nimmt.» Die Zeit

«Schräg, witzig und wirklich mal was ganz anderes.»
20 Minuten Zürich

Raphael Zehnder
MÜLLER UND DIE SCHWEINEREI
Broschur, 224 Seiten
ISBN 978-3-95451-128-0

«Wer ein Krimivergnügen anderer Art sucht, dem sind Raphael Zehnders ‹Müller›-Krimis ans Herz gelegt. Erstklassige Unterhaltung, helvetischer Sprachwitz, witzige Kommentare und Abschweifungen des Erzählers, hintergründige Zitate – unkonventionelle Kriminalfälle, bei denen der Plot nur auf den ersten Blick simpel erscheint. Die verspielte Erzählweise und Sprache ist das Markenzeichen der ‹Müller›-Krimis.» Literaturzeitschrift «entwürfe»

www.emons-verlag.de